# Perdidos na Toscana

Affonso Romano de Sant'Anna

# Perdidos na Toscana

L&PM
EDITORES

Texto de acordo com a nova ortografia.

Estes textos foram publicados na imprensa brasileira nas décadas de 80, 90 e 2000

*Capa*: Marco Cena
*Preparação:* Bianca Pasqualini
*Revisão*: Patrícia Rocha e Lia Cremonese

CIP-Brasil. Catalogação-na-Fonte
Sindicato Nacional dos Editores de Livros, RJ

---

S223p

Sant'Anna, Affonso Romano de, 1937-
    Perdidos na Toscana / Affonso Romano de Sant'Anna. – Porto Alegre, RS: L&PM, 2009.
    256p.

    ISBN 978-85-254-1958-3

    1. Crônica brasileira. I. Título.

09-4549.           CDD: 869.98
                      CDU: 821.134.3(81)-8

---

© Affonso Romano de Sant'Anna, 2009

Todos os direitos desta edição reservados a L&PM Editores
Rua Comendador Coruja, 314, loja 9 – Floresta – 90220-180
Porto Alegre – RS – Brasil / Fone: 51.3225.5777 – Fax: 51.3221-5380

PEDIDOS & DEPTO. COMERCIAL: vendas@lpm.com.br
FALE CONOSCO: info@lpm.com.br
www.lpm.com.br

Impresso no Brasil
Primavera de 2009

# SUMÁRIO

Perdidos na Toscana ....................................................................9
Perdidos na Toscana II ..............................................................12
Em cima da catedral ..................................................................15
Deixando de lado os marajás ....................................................18
Entre vacas e homens ................................................................21
Indo ao Taj Mahal .....................................................................23
Entrando na Cidade Proibida ...................................................26
Comendo escorpião na China ..................................................29
A irresistível viagem à Grécia ...................................................31
O pôr do sol no Peloponeso ......................................................33
Com Lorca em Granada ...........................................................36
Cantando entre chamas ............................................................39
O dia em que Gorbachev perdeu o poder ................................42
A história viva nas pedras da Praça Vermelha .........................44
O dia mais tenso ........................................................................46
Entre as barricadas, com vinho e caviar ..................................49
A Bastilha soviética ...................................................................52
Eu vi a história acontecer .........................................................55
O museu do comunismo ..........................................................58
Ali, atrás dos Andes ..................................................................61
Aquele adeus em Machu Picchu ..............................................63
Paraguai, um remorso brasileiro ..............................................65
Gol do Uruguai! ........................................................................68
O que vi em Medellín ...............................................................71
No México, entre morte e vida .................................................74
Vou-me embora pra Pasárgada .................................................77
No Irã, em torno de Pasárgada .................................................80
Num tapete mágico no Irã ........................................................83
Um coletor de lágrimas ............................................................86
No monte com Zaratustra ........................................................89

Em Arrábida, à beira da história ..........................................................92
Viajando e, sem querer, comparando ...................................................95
Alinhavando tramas e urdiduras ...........................................................98
Aquelas cegonhas em Castela .............................................................101
Em terras de Espanha .........................................................................104
E la nave va .........................................................................................106
Zanzando pelo Báltico ........................................................................108
Plantei uma árvore em Jerusalém ......................................................110
A guerra de cada um ...........................................................................113
Um violino em Auschwitz ..................................................................116
O que é um judeu? ..............................................................................119
Uma tarde entre os ortodoxos ............................................................121
Fixando palavras em Marrakech ........................................................124
Entrando miticamente em Tânger .....................................................127
Quem não gosta de gentilezas? ...........................................................129
Últimas miragens marroquinas ..........................................................131
Um sacro monte literário ...................................................................133
Vivendo num cartão-postal ................................................................136
À beira do lago e no sacro monte .......................................................139
Entre Lugano e Carapicuíba ...............................................................142
Está difícil sair do século XVIII .........................................................145
Quéops, Quéfren e Miquerinos ..........................................................149
Pirâmides e mistérios ..........................................................................152
Um obelisco inacabado .......................................................................154
Fragmentos de uma viagem a Israel (I) .............................................156
Fragmentos de uma viagem a Israel (II) ............................................159
Meditando num campus americano ..................................................162
Entre lá e aqui .....................................................................................164
De preto em Nova York .....................................................................167
Escritor por nove meses .....................................................................170
No meio do Atlântico .........................................................................172
Passeando por Londres ......................................................................174
Artimanhas do sr. Saatchi ..................................................................176
A vida é um caravançarai ...................................................................179
Nos castelos do Loire .........................................................................182

Jardim também é cultura ..................................................................184
O castelo e as rosas ............................................................................187
De que ri a Mona Lisa? ......................................................................190
A Sorbonne não é mais a mesma ......................................................192
Em busca do riso perdido ..................................................................195
Cansei, quero um país pronto ............................................................197
Encontros reais do imaginário ............................................................199
Com Evita na Recoleta ......................................................................202
Em torno da beleza ............................................................................204
O troféu de cada um ..........................................................................207
Sentado na Plaza Mayor ....................................................................209
Viena, Berggasse, 19 ..........................................................................211
Freud e a esfinge ................................................................................214
Em Berlim, além do futebol ................................................................217
Barroco romano ..................................................................................219
Futebol e outras músicas ....................................................................221
A catedral de Colônia ........................................................................223
Coreia, além das fronteiras ................................................................225
O oriente que nos desorienta ............................................................227
Chegando da Irlanda ..........................................................................229
Chile: "hermoso país" ........................................................................232
No Chile de Neruda ..........................................................................235
Meu nome é Chico Buarque mas podem me chamar de Nélida Piñon ...238
Cuba já não será a mesma ................................................................240
Três historinhas finais sobre Cuba ....................................................242
A dura vida do turista ........................................................................244
Tango argentino..................................................................................246
A história me persegue ......................................................................249
Europa, a primeira vez ......................................................................251

# Perdidos na Toscana

Tive um tio, o tio Lemos, que era pastor metodista. Como servo do Senhor, certa vez me disse: "Deus tem me abençoado muito, é tanta bênção que às vezes digo: 'Chega de bênção, Senhor'". Lembrei-me dele agora, dele que levava uma vida humilde, a qual, vista de fora, não daria aos réprobos e ímpios qualquer motivo de júbilo. Não é que aqui na Toscana me surpreendo parafraseando o tio Lemos e quase dizendo: "Chega de tanta beleza, meu Deus!"

Não, a beleza nunca é demais. Mas tem que ser absorvida aos poucos. E aqui ela despenca em catadupas de castelos, igrejas, afrescos, vielas medievais, campos cultivados e essa comida paradisíaca. Que o paraíso, estou certo, está cheio de cozinheiros italianos e foi decorado por artistas do *trecento*, *quattrocento* e *cinquecento*.

Em certas cidades, lhes digo, deve-se chegar à noite. Foi assim certa vez em Pisa, aquela torre inclinada e uma lua cheia pontuando a solidão no mármore clarificada. E, de novo, em Mântua, no caminho da Toscana, vindo lá de Milão. Depois de caminhar à noite sob as arcadas que cobrem os passeios desta cidade, de repente iluminadas, surgem a Rotonda de São Lorenzo, a Torre do Relógio e o Palácio da Razão. E mal vou me acostumando, passo sob um dos arcos entre os edifícios e outro impacto de serena luz – o Palácio Ducal.

É tarde da noite e um frio suave envolve um ou outro vulto que passa pisando as pedras de ontem e hoje. Descubro um jardim sob um dos arcos do palácio. Passeio por aí sem receio. (Estranha experiência para quem, no Rio, desperta em sobressalto com os tiroteios do Pavão-Pavãozinho.)

Três jovens adolescentes vêm com suas capas tagarelando descuidadas por entre árvores, sem saber à essa hora da noite que sou um homem desabituado a confiar no semelhante, seja num jardim desconhecido ou em qualquer calçada do meu bairro. Lá fora na praça passa uma motoneta fazendo aquele ruído dos filmes de Fellini.

Mântua dorme. Na igreja de Santo André repousa o corpo de Mantegna, que decorou a *Camera degli sposi*, que verei no dia seguinte, como verei os pequenos aposentos onde viviam os anões da corte de Gonzaga.

Vejam só. Na cidade onde nasceu Virgílio hospedei-me no Hotel Dante e a recepcionista se chamava Beatriz. Virgílio foi o guia de Dante nos ciclos do Inferno, mas eu já deixei para trás até mesmo o Purgatório e estou escalando o Paraíso.

Dante, aliás, está me perseguindo nesta viagem. Fui dar em San Miniato, terra de Pier della Vigna, que se suicidou por não suportar as intrigas e invejas da corte. Dante colocou-o no Canto XIII do Inferno convertido numa árvore que hospeda aquelas aves terríveis, as hárpias; uma árvore humana que lamenta e sangra. Dante foi um pouco cruel com o suicida. Por outro lado, meu caro Pier della Vigna, eu vos digo com séculos de atraso: nenhuma corte com seus fuxicos vale a nossa vida. Era deixar que eles se consumissem no veneno que segregam sub-repticiamente.

Pois estava em Florença e vejo anunciada uma conferência exatamente sobre o Canto XIII, num centro de estudiosos de Dante, no Palácio da Arte da Lã. Mansamente fui assistir. Mas, dormi. Confesso que dormi fragorosamente. Dormi, porque o conferencista era um chato e melhores eram as aulas do professor Ricardo Averini, há trinta anos em Belo Horizonte.

Contudo, Dante de novo me apareceria daí a dias no Castelo Gargonza, uma típica construção do século XII, no meio de uma floresta, onde nos hospedamos. Nunca me senti tão medievalmente instalado na história. As pedras estão como eram. Não embelezaram nada para os turistas. As lagartixas são as mesmas dos tempos dos guelfos e gibelinos. A própria iluminação precaríssima e a torre com o sino, o poço e o silêncio são os mesmos.

No meu apartamento dou de cara logo com um busto de Dante. É que ele esteve ali hospedado neste castelo quando escapava dos inimigos e das desgraças que lhe ocorreram em Florença.

Mas a verdade é que estou perdido. Estou perdendo-me demais nesta viagem. A primeira vez foi em Lucca. E não foi diante da beleza da igreja de São Miguel e das obras de Bronzino, Tintoretto e Filippino Lippi, ou diante da pracinha oval construída sobre as pedras de um circo romano. Perdi-me, perdemo-nos vagando sobre os largos muros da cidade fortificada, sob um crepúsculo estupendo, onde as árvores entregavam-se maduras ao outono. Ali, eu que já estava perdido de beleza, perdi-me uma vez mais para sempre.

No dia seguinte iria para Florença, ou melhor, para Fiesole, uma colina junto à cidade de Dante de onde se avista a cúpula da imponente catedral e o famoso batistério. Lá em cima estarei amanhã, vendo de lá as colinas de Fiesole envoltas no azul outonal. Ali, eu tinha certeza, iria me perder de novo, para sempre, perder-me para nunca mais.

*5 de novembro de 1996*

# Perdidos na Toscana II

Voltei. Mas não voltei. Minha alma está lá, como de alguma forma meu remorso continuou aqui. Acresce que, ao abrir junto com as malas os jornais, vi que as notícias eram de balas perdidas. Em termos de coisas perdidas, prefiro continuar perdido na Toscana. Como no dia em que tomei uma estrada errada, a fome apertando, eu seguindo a seta de um restaurante solitário e salvador no meio de um vinhedo e de campos de girassóis.

No cardápio estava escrito: "As receitas deste menu são de antigos receituários toscanos do período tardo-renascentista". E o menu prometia: "De outubro a dezembro, está disponível o tartufo branco das colinas de San Miniato". Cada vez mais entendo por que Murilo Mendes nunca saiu e Araújo Neto jamais sairá da Itália.

Olho pela janela e, lá fora, vejo o cozinheiro colhendo medievalmente, num canteiro sobre muros de pedra, os temperos para a minha alma. Na mesa ao lado, executivos italianos usam celular e falam de investimentos em Caracas, Moscou e Marrocos. O velho e o novo. E, já que estávamos perdidos, a moça que nos servia se oferece para nos pôr na estrada certa. Bastava que a seguíssemos após seu trabalho:

– Vou mostrar-lhes a estrada mais bela do mundo, pela qual passo diariamente.

Ela tinha razão. Quem é que penteia esses montes diariamente e pontua seus limites de ciprestes de castelos? O som do carro aumenta o êxtase da cena com a abertura *Rosamunde*, de Schubert. A alma levita. É beleza demais para quem, como dizia Pedro Nava, é um pobre homem do Caminho Novo, às margens do Paraibuna, nas Gerais.

Chego a Certaldo Alto, uma cidadezinha medieval no topo de minha perplexidade mineira. Imagino Boccaccio aqui menino, filho natural de rico mercador, amigo exemplar de Petrarca e propagador da obra de Dante. Que figura humana, esse Boccaccio. Entro na sua casa, hoje museu, e a seguir, piamente, entro na igreja onde está sepultado seu corpo e piso a laje de sua tumba. Lá fora, dentro de uma eternidade, bate um sino, o mesmo que Boccaccio ouvia.

Dos arcos da varanda de meu hotel avisto San Geminiano e suas torres. É tudo tão perto e tanta beleza condensada e sobrevivente a tantos saques e guerras. Vou para San Geminiano no dia seguinte, por uma estrada que não podia ter nome mais apropriado – Via dei Chianti –, passando por olivais e vinhedos que ondulam como os versos toscanos de Petrarca, poeta que aqui releio como fixador das cores dessa paisagem. Sobraram quatorze torres das 72 que San Geminiano tinha. Faço uma profana comparação: era a Nova York da Idade Média. Ali a Piazza della Cisterna e a Piazza del Duomo. Dentro da igreja Collegiata, está Ghirlandaio, mas fora, sob as arcadas, nessa tarde docemente iluminada, uma cena única: um músico toca na harpa aquele adágio de Albinoni, tendo, ao fundo, um afresco da Anunciação de um desses geniais e desconhecidos toscanos do *quattrocento*.

Os turistas vão se achegando, assentando-se sobre as pedras no chão e nos muros, e ali vão tomando vinho e comendo os presuntos de javali, num pão celestial, e frutas da estação.

Deus está me dando uma lua cheia em San Geminiano e vai sustentá-la até Arezzo. Como nasciam gênios nessas cidades! De Arezzo, além de Petrarca, saíram o poeta Aretino, o homem que inventou as notações musicais que usamos, Guido D'Arezzo e Vasari, sem contar Mecenas, aquele milionário que patrocinava as artes. Na igreja de São Francisco, me espera Pietro della Francesca, e descubro que em minha vida faltava Pietro Lorenzetti. É bom almoçar num restaurante cujo prédio foi projetado por Vasari e, a seguir, ir visitar a casa em que viveu mais esse renascentista pluriapto.

O funcionário-guia conta detalhes da vida e da obra de Vasari como se o artista estivesse na sala ao lado. Chama a atenção para uma pintura no teto onde aparecem três figuras: a Virtude, a Fortuna e a Inveja. Ali a melhor representação da Inveja. Primeiro, que é andrógina; segundo, que é um personagem que, graças a um jogo de perspectiva, vai mudando de posição, acompanhando o espectador. Como fazem, aliás, os invejosos.

Estou indo para Montecatini, Collodi, Siena, Volterra, San Savino, Montepulciano, Pienza, fugindo da autoestrada para chegar a Orvieto por pequenos e lindos caminhos. Mas agora estou em Florença. De manhã, subi as centenas de degraus do campanário projetado por Giotto. Demoro no Palazzo Pitti, onde obras de mestres se amontoam nas paredes como se fossem pintores quaisquer. Incorporo à minha vida à *Madalena* de Perugino – linda, jovem, serena, uma *Mona Lisa* sem sorriso, com um olhar inteligente e comedido. Atrás do palácio, um portentoso jardim em escadarias que vão dar num terraço de onde se avista a inigualável campanha toscana.

Mas agora estou na Piazza della Signoria. O guia turístico diz que se deve reservar meio dia para essa praça. Confesso que aqui estou desde a primeira vez que aqui vim. São seis horas da tarde. Um grupo de jovens estudantes começa a dançar a *Macarena* diante das esculturas de Perseu e David. De jeans e suéteres amarradas na cintura, mexem braços e cadeiras alegremente.

Do outro lado da praça, surge um calvo grupo de hare krishnas cantando ao som de tamborins e tambores. Os dois grupos se estudam e logo se fundem. O Ocidente e o Oriente saem dançando levemente e deixam, de novo, a praça só para mim.

*12 de novembro de 1996*

# Em cima da catedral

Cá estou no teto da Catedral de Milão. Estranho lugar para se escrever crônica. Mas sempre imaginei vir aqui por causa daquela cena do filme de Visconti, *Rocco e seus irmãos*, em que Alain Delon e Renato Salvatore conversam dramaticamente entre essas torres sobre seus conflitos sociais, amorosos e metafísicos. Personificavam migrantes que vinham do sul da Itália. E aqui o cenário era, e é, confirmo, deslumbrante.

Pois essa catedral parece um trabalho rendado tal a delicadeza com que trabalharam o mármore.

São 135 agulhas que apontam para o céu. O mármore transformou-se num delicado tecido, levíssimo, onde 1.245 estatuazinhas arquitetam a história da fé cristã. A gente vai caminhando por entre transeptos e arcos ao ar livre, pisando sobre o mármore, subindo e descendo escadas como se estivesse passando numa floresta de estalactites e estalagmites.

O sol está se pondo, por mim passaram turistas vários. Alguns, sentados placidamente, recebem no rosto, de olhos fechados, a luz crepuscular como uma bênção. Muitos desses turistas são orientais, e uma vez mais me veio aquele pensamento: na hora em que os chineses virarem turistas como os japoneses e demais tigres asiáticos, esse teto vai desabar. O mundo vai sair do seu eixo, pois não se desloca a curiosidade, a fantasia e a economia de mais de um bilhão de pessoas impunemente.

Quando eu descer daqui de cima, se é que algum dia descerei, verei lá embaixo na praça coisas sintomáticas da vida dos imigrantes antes e depois de Rocco. Com efeito, dezenas de orientais expõem pelo chão da praça lenços, que dizem ser de seda, mas recolhem tudo apressadamente quando a polícia se aproxima. É um sinal que os *carabinieri* e os camelôs repetem quase fraternalmente.

Mas nessa praça acabei de ver algo que me pareceu estranho. Não eram só os orientais, mas centenas de homens e mulheres com cara de índios peruanos ou mexicanos. Certamente são trabalhadores dessa estranha aldeia global. Ficam por ali à tarde e não se sabe se conversam apenas, ou se estão também vendo algo. Socialmente apossam-se dessa praça como os turcos da estação junto à Catedral de Colônia, na Alemanha, lugar igualmente mágico, de onde, certa feita, me pareceu também descortinar a história.

História, ah! A história! Jornais e revistas italianas estão dando espaço ao filósofo Norberto Bobbio, não porque esteja comemorando oitenta anos de vida instalado no teto infinito da filosofia, mas porque ele acaba de afirmar que está fatigado da política, que não vai escrever mais sobre isso, como vinha fazendo há décadas. E ele argumenta dizendo com certa humildade que, além do mais, não dá para prever ou saber para onde vão os fatos e o mundo. Por exemplo, nem ele nem a CIA previram a queda do muro de Berlim em 1989. Por isso Bobbio caminha para o silêncio.

Há muito venho me dizendo: "O passado é que precisa de profetas. O futuro a Deus pertence." A qualquer hora Bobbio vai concordar com Aristóteles quando dizia que a poesia essencializa mais os fatos que a história. Por isso é que daqui a dias irei a Mântua, onde nasceu Virgílio, e a seguir a Florença, ao encontro de Dante.

Como veem, estar no teto desta igreja está me dando vertigem poética. Estou ficando literário demais? O que murmurarão os meus 25 leitores, como dizia Manzoni no célebre *I promessi sposi*, onde narra a história das guerras, das pestes e dos amores na Milão do século XVI?

Ontem passei por uma pracinha junto a uns singelos prédios antigos chamada Jorge Luis Borges. Que escritor brasileiro teria essa distinção fora de nossas fronteiras? Ontem também entrei na magnífica Galeria Vittorio Emanuelle, com belíssimo chão de mármore e cúpulas altíssimas de vidro como uma catedral – esta, no entanto, do consumo. Na entrada, bem ao estilo italiano, ao comprar um jornal, em poucos segundos o vendedor já era meu amigo íntimo e já contava que sua sogra lhe fazia um risoto inigualável. Mas entro numa e noutra das muitas livrarias ali. Lá está o nosso Paulo Coelho com seu *Piedra* recebendo elogios do Nobel Kenzaburo. Também Malba Tahan está em destaque com *O homem que calculava*, e na capa está escrito que esse livro é *As mil e uma noites* dos números e *O mundo de Sofia* da matemática. Isso é que é marketing. Também há um Jorge Amado e mesmo um Machado de Assis. Mas o escritor latino-americano da moda aqui é o chileno Luis Sepúlveda, que já vendeu mais de quinhentos mil exemplares na Itália. Enfim, há outras notícias do Brasil por aqui. Já na entrada da praça uma placa sobre um jardim anuncia que aquele jardim é patrocinado por uma churrascaria brasileira que aqui se instalou. E em todos os cinemas do país está passando um filme que não ousarei ver e que se chama *Il barbiere di Rio* (O barbeiro do Rio). É uma paródia de *O barbeiro de Sevilha*, e o anúncio mostra o barbeiro ladeado por duas portentosas mulatas exibindo seus bumbuns numa praia do Rio. Deveria ter ido ver o concerto no Scala, teatrinho aparentemente pequeno, que se abre majestoso no interior. Teria ouvido Vivaldi e a música que já sei de cor, mas teria refestelado minha alma com mais beleza.

Não posso. Não devo. Nem irei aqui descrever tudo. Como descrever a suavidade do encontro com telas que sempre amei e vi na Pinacoteca de Brena, onde, em grupo, estudantes italianas falam de pintura com tal intimidade que ouço uma delas exclamar:

– Aquele ali, aposto, é Veronese...

E ela foi correndo ao pé do quadro, e era Veronese, e ela sorri feliz, gratificada. No Castelo Sforzesco, imponente fortaleza, castelo e hoje museu, além de pintura e escultura, um esplêndido acervo de instrumentos musicais. Ali a prova de que em meio às guerras e pestes o homem sempre tirou sons amorosos de madeiras, cordas e metais. Andando pela via Montenapoleone vejo outro tipo de museu: lojas sofisticadíssimas, e por mim passa, com seu rabo-de-cavalo, Armani em pessoa. Entro num museu sobre a história da Itália e vejo como o país foi organizado.

É muita história, é muita beleza. Aqui estiveram os bárbaros, o Império Longobardo, Pepino, o Breve, Carlos Magno, Gibelinos, Ludovico, o Mouro, Da Vinci, Bramante e Napoleão. Agora tocou a mim. Cumpro a minha parte. E amanhã parto para Sabbioneta e Mântua.

*29 de outubro de 1996*

# Deixando de lado os marajás

Nova Deli, Índia. A Índia desmoralizou dois mitos do século XX: o marxismo e a psicanálise. Lá não existe neurose, como nós a cultivamos aqui, nem luta de classes, como queriam os utópicos revolucionários.

Então, é o paraíso, pode alguém alegar.

Não. Não é o paraíso. É tão somente a Índia.

O país é todo dividido em castas. Cada casta na sua. Todos praticando aberta ou veladamente as teorias do carma e do darma. O carma diz respeito à reencarnação: a pessoa estaria aperfeiçoando-se através de várias vidas. O darma diz respeito àquilo que é próprio de cada indivíduo e de sua espécie. Assim como é próprio do pássaro voar, é típico de alguém da casta dos "intocáveis" realizar as mais baixas tarefas como se isso fosse seu papel natural na vida. Cada um na sua. Nada dessa coisa ocidental de subir na vida pulando de classe e atropelando colegas.

Até nas igrejas há uma ala para os sujos e os limpos. E, no entanto, quando você conversa com as pessoas, quando as vê na rua, estão todos com o ar tranquilo. Ninguém parece protestar. Cada um no seu carma e darma.

Depois de conhecer a Índia, o Brasil passa a ser de uma simplicidade irritante. Se isto aqui ainda não deu certo é porque somos de uma continental incompetência. Imaginem se tivéssemos 82% de analfabetos, um intricado sistema de castas e milhares de dialetos!

E, no entanto (humilhação uma vez mais para nós), a inflação lá é de apenas 11% ao ano.

Na semana em que cheguei à Índia, o Parlamento admitiu mais três línguas oficiais no país. Passaram, portanto, a ser dezoito. Daí, um paradoxo. O colonialismo inglês trouxe, segundo me afirma um guia, esse benefício. Uniu o país em torno de uma língua para se comunicar.

Existe uma Índia dos miseráveis e uma Índia dos ricos. Como aqui. Leio num jornal indiano uma reportagem sobre uma dezena de indianos ricos nos Estados Unidos que estão inclusive bancando parte das campanhas eleitorais americanas. A maioria deles é republicana, e um desses milionários indianos diz que há mais sintonia entre o pensamento indiano e os seguidores de Bush.

Uma ampla seção no jornal me chama a atenção: são os anúncios de propostas de casamentos. À primeira vista parecem esses anúncios de namoro por correspondência ou através do computador, tão comuns no Ocidente.

É isso, mas é diferente.

Os anúncios são feitos pelos pais procurando cônjuges para filhos e filhas. A coisa é assim: "Rico sique da família Khatri procura um companheiro profissionalmente sofisticado para uma jovem de 29 anos, gentil, extremamente bonita, magra e brilhante. É formada por importante universidade canadense. Solicita-se mandar fotos."

Noutro anúncio uma família procura um noivo para a moça de 27 anos, médica residente; adiante outra família procura um marido vegetariano para a filha de 28 anos. São páginas e páginas. E não são só as famílias das moças. Também as dos moços. Um desses anúncios é realmente intrigante: "Família sique, rica e no ramo multinacional na Noruega e nos Estados Unidos, convida interessados em se corresponder com um belo jovem de 37 anos, cheio de energia, qualificado, positivo, confiável, sensível e com gostos sofisticados, sincero, que procura moça de boa família. Não há impedimento de casta."

A família gerencia as relações matrimoniais. Mesmo de marmanjões que já casaram, como é o caso de um desses anúncios onde "pais procuram consorte para um belo engenheiro de 35 anos, divorciado depois de um breve casamento e bem-sucedido nos negócios, professor em prestigiosa universidade em busca de atrativa e culta mulher bengalesa educada nos Estados Unidos".

Muitos desses anúncios são de pessoas que vivem ou viveram no estrangeiro. Mas é curioso que procuram aliança com suas raízes e cedem aos pais a tarefa de aproximação.

Por essas e por outras é que penso em Sonia, a mulher do primeiro-ministro Gandhi, assassinado há pouco tempo. Italiana de nascimento, está na Índia há muito. Passei em frente à sua casa fortemente defendida, onde vive com seus filhos. Uma italiana cheia de Siena e Veneza no sangue ligada uterinamente a essa sedutora cultura.

Gostaria de conversar com ela como se procurasse uma fala mediadora entre duas culturas tão diversas. Aqui as mulheres são as guardiãs dos símbolos culturais. A começar pela roupa lindíssima que usam, os brincos e pulseiras, enquanto os homens, em geral, parecem ocidental e pobremente vestidos. Perguntei a uma balconista:

– Como é que vocês fazem, tão lindas assim, tendo de casar com um homem nem tanto?

Ela achou engraçadíssima minha indagação erótico-antropológica.

Em uma semana não dá para conhecer cultura alguma. E todas as observações podem ser desmentidas no dia seguinte. Precisaria ler e ver mais coisas. Por exemplo, fazer a rota das suntuosas residências dos marajás que dominaram a cena até o século XII, como me aconselhou uma amiga.

Mas por várias razões desisto. Não há tempo. E nem esta é mais hora de se falar em marajás.

*16 de setembro de 1992*

# Entre vacas e homens

Nova Deli, Índia. O Forte Vermelho é considerado o maior monumento de Nova Deli. É o primeiro lugar histórico para onde nos levaram. Indo para lá é que nosso ônibus emparelhou com um ônibus de indianos, e parados no sinal da história ficamos nos entreolhando. Eles nos examinando como mutantes e nós vendo neles seis mil anos de mistérios. Assim, duas culturas se indagam.

Este forte data de 1648 e foi feito pelo mesmo arquiteto do Taj Mahal. Irei ao Taj Mahal? São quatro horas de estrada ruim para ir, estrada ainda pior para voltar. Disseram-me que o ônibus quebra sempre no caminho. Agora é estação das chuvas. As condições são piores.

Mas não está chovendo. Faz um sol pastoso e nosso corpo tem a sensação de que nos mergulharam numa sopa quente. Estamos no Forte Vermelho. Mas o que vamos encontrar são arcabouços do passado. Há que imaginar o que se viveu aqui. O que estou vendo é outra coisa, palácios de mármore ligados uns aos outros por canais de água fluente para refrescar o ambiente. Os prédios não têm paredes, exatamente... para refrescar a vida dos soberanos que aí estiveram há séculos. São estruturas de mármore cobertas de grande simplicidade.

Sob árvores, grupos de indianos dormem, embora seja quase hora do almoço. Dormem, porque dormir é uma maneira de resistir ao calor. Dormir é aqui uma atividade. Não é necessariamente sinal de preguiça, mas um comportamento cultural. Se alguém quiser ideologizar isso, pode dizer que dormir é uma forma de resistir. A resistência passiva. Foi assim que Gandhi derrotou o Império Britânico: com a atividade passiva.

Turistas andam todos com garrafas de água mineral na mão e pasmo nos olhos. Agora, por exemplo, diante de um desses palácios, o Diwan-i-Khas (relembro: não é um palácio, é a lembrança do palácio), vejo uma cena intrigante aos olhos ocidentais e, no entanto, normalíssima aqui, porque a verei várias vezes esta semana: o gramado em frente está sendo cortado à moda indiana, ou seja, um boi está puxando uma coisa como se fosse um arado, mas é um cilindro de cortar grama. Na frente segue o guia batendo no boi com um chicotinho e atrás vem um outro segurando firme o corta-grama. É uma cena que poderia ser encontrada em qualquer gravura etrusca, se os etruscos com seus arados cortassem grama.

Quando vi a cena pensei que o boi fosse uma vaca. Não, o boi era boi mesmo, porque a vaca aqui leva uma vida melhor, pois a Índia é o lugar do vaquiarcado. É melhor ser vaca aqui do que ser gente em outras partes.

Quando sairmos do Forte Vermelho vão começar a nos mostrar algumas ruas da Velha Déli, que existia antes que os ingleses fizessem a nova, com amplas avenidas e toda arborizada. São duas coisas bem distintas. Na Velha Déli, ruas estreitas apinhadas de pessoas negociando pela calçada toda sorte de quinquilharias. A rigor, pessoas, objetos e animais não se diferenciam. São coisas postas ao sol como se não tivessem consciência (essa coisa tormentosa para os seres humanos).

Aqui, aliás, é o lugar onde a psicanálise ocidental também naufraga estupidamente. Falar em ego e repressão aqui é uma estultícia. Ego, superego, id, repressão, libido não têm nada a ver com a cultura indiana. Não é à toa que suicídio aqui praticamente não existe. As pessoas estão sempre com um sorriso nos lábios, são afáveis e não é aquele sorriso elástico que caracteriza as moças recepcionistas americanas em qualquer *department store* dos Estados Unidos.

São mansos, gentis e têm uma sociabilidade pré-sociedade industrial. Talvez estejam mais próximos de uma certa pureza infantil, uma certa espontaneidade que a "civilização" vai tirando das pessoas.

Como entender então que a violência rebente de quando em quando ou que tenham assassinado três de seus maiores líderes – Gandhi, Indira Gandhi e ultimamente o primeiro-ministro Gandhi? Como a cultura da não-violência irrompe tão tragicamente diante de seus símbolos?

Ontem fui à casa onde viveu Indira Gandhi e vi o local onde ela foi assassinada. Ali estão guardas ao lado de uma inscrição com uma frase dela sobre a violência. O local era um jardim. E ali se derramou sangue.

Agora, no entanto, ainda estou na Velha Déli. A multidão pachorrenta em meio a animais e objetos à venda. Sentado no chão, um homem seminu faz a barba de um outro. Adiante, três outros urinam em público. Mendigos com toda sorte de deformações seguem nosso ônibus. Galinhas praticamente vivas estão sendo depenadas no mercado. O ônibus com ar refrigerado prossegue.

E prosseguem o pasmo e o encantamento nos olhos que veem a Índia.

*9 de setembro 1992*

# Indo ao Taj Mahal

Nova Deli, Índia. Sete horas da manhã, nosso táxi alugado atravessa as longas avenidas arborizadas de Déli em direção a Agra, onde está uma das sete maravilhas do mundo – o Taj Mahal.

Fez muito bem a direção do LVIII Congresso da Ifla em nos dar esse dia livre. Serão quatro horas para ir, quatro para voltar.

Um homem escova os dentes acocorado no passeio. Outros estão ainda deitados em bancos, gramados ou sob pequenas tendas de palha ou plástico. O carro para num sinal e uma mendiga se aproxima. Dizem que, se a gente der a mínima atenção a um mendigo, estará perdido. Finjo que não a vejo do lado de fora da janela do carro, mas percebo que ela tem um defeito na mão, que exibe. Só no próximo sinal, quando aparecer outra mendiga semelhante, me darei conta: são leprosos.

São leprosos e estou indo ver o Taj Mahal.

Saindo da cidade avoluma-se a multidão nas ruas, porque as ruas também encolheram. Ao lado da estrada, tendas e mais tendas de homens e mulheres mal despertos preparando em fornos de barro alguma comida. Não sei onde defeca toda essa gente. Soube que é um ritual religioso: toda a população da Índia (800 milhões) se aliviando matinalmente num ato de purificação.

Na beira da estrada asfaltada há muita poça d'água, e vacas estão deitadas na lama, enquanto ao redor de dezenas de casas ou tendas se realizam negócios. De tantos em tantos metros, um agrupamento desses: há sempre um barbeiro trabalhando acocorado diante de um acocorado freguês; há sempre um costureiro atrás de uma máquina de costura. Acredito que aí estejam outros profissionais imprescindíveis à estrutura da pequena comunidade.

Nosso chofer a todo instante passa um pano pelo rosto, a que chama lenço. O calor aumenta. Não é à toa que trouxe uma garrafa de água mineral. Ele também tem uma garrafa d'água, que bebe aos goles enquanto dirige.

Todos os carros buzinam euforicamente. Ônibus, táxis e até os riquixás trazem escrito atrás: "Por favor, buzine". Resultado: é uma orquestra infernal da qual nosso chofer é o principal solista.

São lindíssimas as roupas coloridas dessas mulheres indianas. À porta de casebres miseráveis parecem princesas. Ao lado de uma poça e cercada de porcos está uma delas: é uma borboleta multicolorida pousada num monturo.

Na estrada todos os veículos e animais coabitam. Já que a direção dos automóveis, à moda inglesa, é do lado direito, a sensação de desastre é iminente. E faz calor. E buzinam. E ninguém respeita a mão, a não ser no último segundo em que o carro vai bater.

Passa um trator. Seu chofer parece Gandhi, tem a mesma cor, a mesma roupa. Sentadas no trator ao seu lado várias mulheres coloridíssimas com seus xales ao vento. Borboletas pousadas na tecnologia.

No campo ao lado, um indiano ara a terra primitivamente. A charrua é de madeira. O boi segue cavando sulcos. No terreno ao lado é um trator que trabalha. Entre eles uma cerca aproxima e separa seis mil anos de história.

Volta e meia o trânsito para. É a polícia de trânsito. Bois, táxis, riquixás, mendigos, ciclistas, lambretas, turistas em carros com ar-refrigerado se espreitam.

Acabamos de passar por um oratório ao lado da estrada. Onde estaria a Virgem está uma estátua dourada com vários braços. Não vi bem, mas poderia até ser Ganesh, humano com cabeça de elefante.

Como os casebres na beira da estrada têm poucas paredes e sempre animais em torno, têm um ar de manjedoura cristã.

Passam, em fila, vários camelos puxando carroças sobre o asfalto.

Já vi bois, vacas, porcos, burros, esses camelos, e agora o carro está parando diante de um restaurante para turistas. Somos recebidos por três ursos que dançam ao som de um tambor, uma jiboia levantada por três indianos, dois macacos e duas cobras najas que saem de um cesto ao som do encantador de serpentes.

Encantar serpentes virou negócio. Dou dez rúpias para cada um, e fotografo, é claro.

Retomamos a estrada, o calor, a buzinação. Passa um trem conduzindo tanques, jipes e sofisticada tecnologia, que cruza a miséria milenar.

Passamos por um elefante com as trombas coloridas. Ao lado, mais um lodaçal onde bois e touros chafurdam e se refrescam.

Estamos chegando a Agra, sede do poderoso Império Mongol. Visitaremos primeiro a fabulosa tumba de Akbar e depois a brancura majestosa do Taj Mahal, onde jaz Mumtaz Mahal, esposa de Shah

Jahan. Todo de mármore límpido contra o céu azul, é uma esfuziante aparição. Coloridos trajes dos peregrinos esvoaçam em torno dos corpos que caminham nas alamedas.

A beleza, só a beleza, resgata a miséria humana.

*13 de setembro de 1992*

# Entrando na Cidade Proibida

Como entrar na Cidade Proibida senão pela porta da estupefação e do encantamento?

No meio de Pequim, está a maravilha. Aquilo que foi mostrado no filme *O último imperador* é uma pálida ideia. Multipliquem por dez, por cem o que viram. São 9.999 salões e quartos em cerca de mil prédios, onde vivia a corte com os eunucos, as concubinas, os militares e sacerdotes.

O guia nos disse que teríamos uma hora para percorrer toda a cidade.

– Negativo – lhe disse. – Aqui ficarei quanto tempo for necessário, três horas, cinco dias, o resto da minha vida.

Na verdade, jamais poderei sair desta cidade. Vou carregá-la por todas as cidades por onde vá. É como um amor definitivo que se transporta através de todos os amores que teremos.

Para se saber detalhes da história desta cidade, na entrada alugam ao turista alguns auriculares em várias línguas. Em inglês vem na voz de Peter Ustinov, em italiano com Ugo Tognazzi, em espanhol com Fernando Rey. Grande atores para falar do grande teatro do poder que ali se representou. Que tudo na cultura chinesa era ritual e dramatização. Vejam esse lindíssimo e paralisante filme chinês que estão mostrando nesses dias – *Lanternas vermelhas.* Não vou adiantar nada. É preciso vê-lo com os olhos limpos de informação para que o impacto seja mais desnorteante. O fato de ter visto o filme ao voltar de Pequim produziu em mim estranhas reações de sensibilidade. Que intimidade com aqueles telhados de cerâmica colorida! Cheguei a sentir na pele a seda das roupas que os personagens vestiam, o gosto da comida que ingeriam, e a música chinesa me soou tão íntima como se a houvesse ouvido toda a vida.

Tudo na cultura chinesa era pormenorizadamente ritualizado. As pessoas poderiam passar toda a vida só ritualizando, em vez de viver no sentido moderno. Viver era ritualizar. Nada de improvisar, senão ritualizar em gestos e palavras o cotidiano. O Dia do Imperador, por exemplo, era gasto inteiramente em rituais. A cerimônia de despertar, vestir-se, sair andando de pavilhão em pavilhão recebendo reverências era um longo ritual. Tudo isso cercado de incensos, rufar de tambores e fogos de artifício. Os súditos tinham de se curvar nove vezes diante do imperador. Dizem que este, aliás, foi o ponto de discórdia com os ingleses. Chegou um embaixador inglês e achou que beijar a mão do Filho do Céu era já sinal de grande respeito. Equivocou-se: tinha de se curvar nove vezes. Não se curvou, nenhum negócio foi feito e as guerras acabaram ocorrendo.

Nove era o número imperial, assim como a cor amarela era a cor do teto do palácio, cor que só o imperador podia usar. Os elementos decorativos eram sempre organizados em torno desse número mítico.

Na impossibilidade de fazer o leitor visualizar o que vi, posso induzi-lo a ver semanticamente o que vivi. Bastaria o sonoro e mítico nome dos prédios desta Cidade Proibida para se ter ideia do que seriam. Você pode começar pela Galeria da Harmonia Suprema e daí passar ao Palácio da Longevidade Tranquila. A seguir, pode repousar os olhos no Pavilhão da Concha de Jade Verde e contornar o Pavilhão da Boa Vontade, depois de passar pelo Pavilhão da Vida Retirada. Pode se deter um pouco no Palco da Prosperidade. A seguir, como se não bastasse tanta beleza dispersa, entrar no Palácio da Beleza Concentrada.

Mas, como fazia o imperador, você tem de cuidar de sua mente, aí deve dirigir-se à Galeria do Culto Mental. A seguir, já pacificado, dirija-se ao Palácio da Tranquilidade Terrena, jamais deixando de passar pela Mansão da Harmonia Preservada. Ficará mais fácil se antes atravessar o Pavilhão da Chuva de Flores, sabendo que não muito longe está o Palácio da Primavera Eterna.

Se por acaso você tomou o rumo da Casa da Fresca Fragrância, certamente passará pelo Pavilhão das Dez Mil Primaveras e dará na Montanha de Refinamento Acumulado, uma espécie de construção ao estilo do espanhol Gaudí. Há ainda o Palácio da Pureza Celeste, ao qual você pode chegar pela Fonte do Arco-íris depois de ter cruzado o Rio Dourado Interior.

Tudo isso ladeado por figuras de dragões dourados, símbolo do imperador, e da fênix, símbolo da imperatriz. Também passará por imensas tartarugas e verá em toda quina de telhado uma pequena escultura de um homem montado numa galinha, símbolo de um imperador que numa revolução foi jogado do telhado.

Tudo é mágico.

Andando entre os pavilhões, ouvindo a narrativa, olhando os encantadores jardins, tocando as pedras, imagina-se a vida que ali transcorria entre milhares de concubinas e eunucos. Os homens da Esplanada do Leste sucederam as Guardas Vestidas de Brocado até que caíram sob o domínio dos Cavalheiros Vermelhos da Esplanada do Oeste.

Os nomes são sonoras sugestões de drama e glória. A Cidade Proibida durante tantos séculos hoje se abre às avalanches de turistas que passeiam estupefatos num lugar onde a realidade e o sonho se mesclaram.

Nenhum poder é eterno.

O povo reivindica do imperador o amarelo e o ouro. E, revoltado, joga do telhado o imperador que traiu a confiança de seus súditos.

*27 de setembro 1992*

# Comendo escorpião na China

O chinês Paul Liu Qingdao está dando um curso advertindo sobre as gafes que devem ser evitadas quando um brasileiro for à China. Essas aulas são endereçadas mais às pessoas de negócio. Como se espera que os nossos países negociem cerca de 12 bilhões de dólares até o fim do ano, tais informações sobre etiqueta são importantes, porque um passo em falso pode botar a perder muito dinheiro.

Quando fui à China há uns treze anos não sabia dessas dicas. Mas sobrevivi bem. Diz o professor, através da coluna de Mônica Bergamo, na *Folha de São Paulo*, que certas coisas são essenciais para quem quer modernamente refazer a trajetória de Marco Polo. Você deve não só carregar um grande estoque de cartões de visita, mas ao oferecer um a alguém deve fazê-lo segurando o cartão com as duas mãos. É sinal de respeito. Se você não tem cartão, esqueça, pois vai fracassar nos negócios.

E assim vai nos instruindo sobre usar ternos, como se locomover nos aeroportos e como fechar um bom contrato. Mas o que me tocou mais, já que não vendo nada, e poesia dou de graça, foi a questão da comida.

Como ia dizendo, há uns treze anos fui à China. E serviram-me escorpião. Era apenas um das muitas iguarias. Tinha também ali sopa de ninho de passarinho. Mas me deliciei mesmo foi com o requintado pato laqueado. E confesso: não comi o escorpião.

Minha mulher, sim, comeu. E gostou. Disse que parecia camarão frito. Meus anfitriões – diretores da Biblioteca Nacional da China, com a qual eu, enquanto presidente da Biblioteca Nacional do Brasil, estava desenvolvendo vários projetos de restauração de papéis, meus anfitriões, repito, não pareciam decepcionados comigo por não ter comido os escorpiões.

Diz agora aquele mencionado professor de etiqueta e negócios que insetos, escorpiões, ninhos de passarinho são comidas sofisticadíssimas. O chinês não come isso todo dia. É uma distinção para com o visitante. E acrescenta que é deselegante o homenageado recusar esse alimento. Em contraposição, diz, os chineses quando aqui vêm, comem carne vermelha malpassada, apesar de terem horror a isto. Ou seja, ele sugere que quem quer negociar na China saia comendo cobra, cachorro, enfim, uma série de coisas normais lá.

Sempre achei uma temeridade, e, na verdade, quase uma tentativa de assassinato, fazer um gringo no Brasil comer feijoada ou certas comidas baianas. Isso não é coisa para principiante. Claro que o estrangeiro pode até gostar, mas muitas são as histórias de gente que passou mal, quase morreu. Ainda agora na Coreia, uma poeta italiana ao meu lado quase morreu ao se lançar, como os coreanos faziam, sobre um prato de *Kimchi*. Resultado: ficou dois dias fora de combate durante o *Festival de Poesia para a Paz*.

Acho que poderíamos fazer uma conta de chegada. O certo seria o anfitrião perguntar antes ao convidado o que ele gosta de comer, se suporta alho, cebola, pimenta ou se come cérebro de mico vivo da Tailândia. É mais civilizado e pode custar menos – no jantar e no dia seguinte.

Todos conhecem aquela história do embaixador francês que passou uma temporada por aqui. Quando regressou à sua terra, naturalmente, lhe perguntaram o que é que ele comia no Brasil. Ele explicou que entre outras coisas havia a tal de feijoada. E descreveu de maneira expressionista o conteúdo desse manjar afro-brasileiro onde rabos e orelhas de porco sobrenadam num esquisito pântano preto de feijão. E quando lhe perguntaram como era o gosto, respondeu:

– No princípio pensei que fosse merda. Depois lamentei que não fosse.

*4 de setembro de 2005*

# A IRRESISTÍVEL VIAGEM À GRÉCIA

Chega uma hora em que o homem tem que ir à Grécia. O homem, a mulher ou qualquer ser mediterraneamente ansioso de luz. Se o homem e a mulher forem juntos, melhor ainda: conhecerão um duplo gozo e poderão, mesmo atrasados alguns séculos, penetrar no Olimpo.

Quando a Grécia se mostrar inadiável, melhor é não resistir. Deve-se ceder de vez. É que chegou o tempo em que as íntimas mitologias se misturam à mitologia geral à nossa eterna disposição. Não importa que digam: não é a estação propícia. Cada um sabe a estação propícia para ir à Grécia. É possível que lá chegando as amendoeiras estejam florindo, como florindo estarão no sul da França, na Espanha e Itália também os pessegueiros, pereiras e macieiras.

Como chegar à Grécia? De qualquer maneira. Como os invasores: a pé, a cavalo, de navio e avião, com pasta de executivo na mão ou mochila de estudante. O que não se pode é chegar com espírito destruidor dos persas e iconoclasta dos cristãos. Tem-se que ir à Grécia para uma edificação, que as pedras e ruínas lá estão aguardando nossa mão e o toque de reconstrução.

É um lugar estranho, lhes adianto. É um lugar onde homens, deuses e bestas se encontram e ninguém sabe onde começa o cotidiano e onde termina a história, ou onde termina a história e o mito se edifica. Pode numa esquina de Creta surgir o Minotauro. Pode numa ruína em Corinto você topar com a fonte onde São Paulo pregava. Pode no mar Egeu você passar pelo navio de velas pretas de Teseu ou por uma esquadra americana. Ali, repito, homens, deuses e bestas se harmonizam no amor e ódio.

Vejam a estória de Esculápio, ali em Epidauro. Era médico tão maravilhoso que sua clínica virou um lugar sagrado de peregrinação. E, como começasse a ser venerado como deus, o Oráculo de Delfos teve que decidir se ele era humano ou divino. Resolveu, conciliatoriamente, que ele era semideus, apenas, e que Apolo passava, por isto, a ser seu parente.

Assim é a Grécia. A guia anuncia enquanto o ônibus vai pela planície: aqui nasceu Hesíodo, e você está passando por uma vila onde florescem amendoeiras. A *Teogonia* dele hoje é outra, porque, ao invés de deuses, pela estrada estão tratores e caminhões parados: são os operários em greve. Mais adiante está Tebas, mas não é um deserto como nos diz a fábula de Anfion, que João Cabral decantou. Está tudo florido e não há notícia da aspereza do tempo antigo na cidade sagrada.

Quem quiser pode ir rumo norte, Metéora, por exemplo, e ali visitar os mosteiros medievais em cima de estranhíssimos e pontiagudos rochedos. Há que ir a várias ilhas como Rodes, Creta e Delfos, mas o grego de hoje confidenciará que Míconos é um programa turístico para quem, na verdade, não quer ir à Grécia.

Se você tiver sorte, pode ver o carnaval em Atenas. Não, não é nada daquela festa violenta com prazer e sangue de Dionísio. É antes um desfile escolar. E enquanto bandas de música com palhaços e uma ou outra alegoria passam na avenida, do alto-falante você pode ouvir música carnavalesca do Brasil, tipo "Eu fui às touradas em Madri".

Estive em Delfos, ali no lugar onde o oráculo fala, e ouvi coisas que um dia ainda narrarei. Ouvia e via, pastando a alma entre as ruínas, como aquelas ovelhas junto às colunas. No teatro de Epidauro algo imprevisto pode se representar. Ali experimentei a acústica, ousando alçar minha voz num recinto de deuses. Ali, dizem, cantou Maria Callas. Mas estou convencido de que é o lugar para João Gilberto, enfim, dar seu concerto ideal.

Esparramados pelas ruínas do palácio de Agamêmnon estamos. Somos muitos; alemães, franceses, espanhóis, japoneses, dinamarqueses, italianos. Penso nessa coisa mágica: um bando de desconhecidos que vêm do mundo inteiro, e num certo momento tocam seus pés e mãos na mesma ruína histórica. Não nos conhecemos. Não sabemos nomes e profissões. Breve voltaremos ao nosso ponto de origem. Mas naquele momento estamos em pura levitação. Somos um bando de mortais privilegiados. Habitamos o mesmo espaço dos deuses e mitos. Podemos voltar para casa. Um suave mel nos cobre a alma de emoção.

*23 de março de 1986*

# O pôr do sol no Peloponeso

Agora que as férias acabaram e todo mundo está voltando com as malas cheias de narrativas fantásticas, devo advertir que é necessário desconfiar. Desconfiar sempre, como dizem em Minas. Porque se há um lado de revelação e encantamento, a viagem é quando o ser humano entra em total desamparo. Fica tão exposto e frágil quanto um recém-nascido. Por isso, toda vez que vejo um turista com aquele olhar de santo paspalhão pedindo socorro e informações, tenho ímpetos de acolhê-lo em minha casa, dar-lhe sopa quente, cobertor e cantar-lhe uma canção de ninar.

E eu que tenho falado tão bem de viagens devo confessar: há viagens que são um equívoco total. Já nem falo de ser roubado, o hotel não ter feito reserva, perder avião. Falo de desamparo mesmo. Como aquele casal que estava saindo num táxi depois de horas agradáveis numa boate no Egito e, de repente, vê o chofer parar o carro, furioso, pegar uma espada e partir para cima deles, que começaram a correr em volta do carro, como num filme de comédia, até se escafederem por uma rua, assustadíssimos, sem entenderem nada. É que homens e mulheres não podiam se beijar na lua cheia, segundo a religião do motorista, e por isso o casal brasileiro quase foi degolado no Cairo.

Por exemplo: se eu dissesse que vi o pôr do sol no Peloponeso as pessoas iam ficar imediatamente mortas de inveja. Ah, o pôr do sol no Peloponeso! Ah, a Grécia! Os mitos! Uma lua de mel entre ilhas mágicas! Um Peloponeso na minha vida, era tudo o que eu precisava!

Mentira. Eu lhes digo o que é um pôr do sol no Peloponeso.

Primeiro alguém lhe conta num belíssimo cartão-postal vindo da Grécia que está num navio indo da Itália para a Grécia. E descreve tantas e tais maravilhas, que você já não quer mais nada, se não vender terreno e ações, fazer dívida e pegar aquele navio com a pessoa amada.

Foi o que fiz. A companhia de turismo nos dizia que desceríamos de trem em Brindisi, sul da Itália, e a estação era em frente ao cais. Não era. E chovia. E até descermos as malas os táxis acabaram. Andando na chuva com malas consegui um.

Chegamos ao porto. Não se entrava logo no navio. Subíamos e descíamos prédios carregando malas, carimbando passaportes, até chegar à escada do navio. Chovia. E havia uma fila. E chovia. E havia três andares para subir de escadas. Nenhum funcionário para subir as malas. Ao contrário. A fila não andava. Porque em cada andar havia um funcionário com uma mesinha para recarimbar documentos.

Enfim, chega-se ao convés. E toca a procurar a cabine. Acho que tinha dois metros quadrados. Se um abrisse a mala ou o armário, o outro tinha que sair da cabine. Mas o que é isso para quem vai ver o pôr do sol no Peloponeso? Enfrenta-se tudo e uma enorme fila no restaurante-bandejão, porque o pequeno restaurante, que é melhor, tem horário certo e já fechou.

Mas o Peloponeso, Delfos, Atenas, Corinto, Homero, Macedônia e Beócia nos esperam. Beócios estamos nós vendo o tombadilho coalhado de estudantes dormindo pelo chão. E, como chovia, se amontoavam como num navio de imigrantes. Mesmo assim, apagamos. Mas, não se sabe por que, às cinco da manhã marinheiros aflitos batem a nossa porta, anunciando ilhas, que nenhum sonolento quer ver.

Até depois do almoço não há novidades no front. Mas começam a avisar por alto-falante que todos os passageiros tinham que se dirigir às três da tarde para o convés esquerdo para o desembarque. E como exigem que evacuemos a cabine começamos a subir e descer escada com malas até chegar ao convés. O desembarque seria em Pátras. A multidão que ali estava acumulada com mochilas e malas parecia estar filmando o desembarque do *Exodus* na Palestina. E ali permanecemos, como sardinhas, para nada, duas horas em pé, sem poder voltar para dentro do navio, sem poder descer.

E começa o entardecer no Peloponeso. Lá pelas seis apenas descemos ao trambolhões com malas. Andaremos quinhentos metros, com malas, atravessando todo o cais. E como a fila para trocar moedas gregas é grande, e passam os turistas em grupo na frente, perderemos o trem para Atenas. E como não há mais táxi, andaremos um quilômetro. Agora sei o que são a Maratona e os Doze Trabalhos de Hércules. Enfim, famintos e desolados, descolamos um ônibus tardiamente para Atenas. Aí um grego gentil me promete um belíssimo hotel, que era tudo o que precisávamos. Claro, em Atenas o chofer nos levou para uma pocilga, pois ganhava para isto. E às duas da manhã mudei para uma pocilga melhor, até poder no dia seguinte começar uma viagem realmente encantatória, inigualável, inesquecível.

Mas por enquanto estou com a mulher no convés do navio olhando para o porto de Patras, num vento frio safado. Eu, desoladíssimo, olho para ela procurando cumplicidade. E ela, magnânima, compreensiva e generosa, aponta para o horizonte e diz, irônica:
– Olha, o pôr do sol no Peloponeso!
Olhei e vi. Era realmente o pôr do sol no Peloponeso.

*6 de março de 1988*

# Com Lorca em Granada

Como estar em Granada e não visitar a casa onde nasceu García Lorca?
Transcorria a I Conferência Ibero-Americana do Livro, e a agenda de trabalhos não tinha espaço para essa incursão sentimental. Súbito, abriu-se uma brecha entre uma e duas da tarde. Informaram que a casa-museu do poeta estaria fechada às duas. Não tem importância, pensei. Pego um táxi, vou, nem que seja para só ver de fora o espaço onde habitou o lírico andaluz. Encontro Márcio Souza e, como quem vai para uma cruzada, digo:
– Vamos?
– Vamos – disse Márcio.
Avisto numa mesa do café dois uruguaios: o escritor Julián Murguía e o ex-presidente Julio María Sanguinetti, aliás, presidente de honra da conferência. Estendi-lhes o convite desafiador: Sanguinetti e Murguía o aceitaram na hora. E lá fomos.
Dou-me conta de que cometi uma insensatez. Como arrasto uma autoridade como Sanguinetti se nem sei onde fica a casa de Lorca ou se por acaso já está fechada? Como levá-lo se não temos condução?
Em dois minutos estamos os quatro no Paseo del Violon tentando pegar um táxi. Pensei que deveria haver uma limusine para o ex-presidente do Uruguai. Mas meu constrangimento se desvanece. Ele era o mais desenvolto a chamar um táxi, como um cidadão qualquer.
Entramos num deles. E lá ia o carro para Fuente Vaqueros, pequena localidade fora de Granada. E o ex-presidente uruguaio, para minha surpresa, começou a falar sobre literatura brasileira.
Não tenho visto muitos presidentes ou ex-presidentes falarem sobre literatura brasileira. E esse, além do mais, era uruguaio.
E falava com conhecimento dos textos. Começou me perguntando sobre a poesia brasileira atual. Também não é todos os dias que um ex-presidente me pergunta como vai a poesia brasileira. Dei algumas informações, e o próprio Sanguinetti acabou coroando Drummond, cuja obra conhecia.

A seguir falou sobre Guimarães Rosa. Conhecia *Grande sertão: veredas* e referia-se ao livro de contos *Pequenas estórias* destacando "A terceira margem do rio" como um texto que estaria entre as dez melhores narrativas curtas de todos os tempos. Daí a pouco a conversa já estava em Clarice Lispector.

Lá fora passavam pela janela do carro os campos cultivados de Granada e a áspera paisagem de pedra. Será que a casa do poeta estará aberta?, pergunto ao chofer, que imediatamente contata por rádio a central de informações. Dizem-lhe que deve estar fechada, mas que tem uma velhinha que mora ao lado que guarda a chave.

Chegamos à Calle Poeta García Lorca 4, desço para procurar a velhinha da chave, mas Sanguinetti já batia à porta do museu. Um senhor abre a portinhola, desculpa-se por não poder atender, pois o horário de visitas passou e está atendendo ao último grupo de turistas. Sussurro-lhe ao ouvido:

– *Usted está hablando con el presidente del Uruguay*, Julio María Sanguinetti.

Mudou tudo. Pediu que entrássemos e que aguardássemos alguns minutos até despachar os turistas. Despachou-os e já não queria que fôssemos embora. Começou a nos mostrar tudo carinhosamente: o piano em que Lorca tocava (ainda com uma partitura aberta), a cama onde dormia, o berço onde o menino Lorca era embalado, os livros, os móveis etc.

Visitamos, além da casa, o museu, do outro lado do pátio interno da habitação. Cartazes, fotos do poeta com diversos escritores, textos manuscritos e até mesmo o vídeo de um filme com o poeta nos foi mostrado. Eram cenas do grupo teatral La Barraca, dirigido por Lorca, que saía mambembeando pelo país.

Vimos o que nos foi dado ver e saímos ainda com alguns regalos dados por Pepe, o guardião da casa-museu.

Voltamos pelos mesmos campos de Granada de volta à literatura dos livros, depois de ter visto a mais viva literatura de um morto. E Sanguinetti, com sua verve de origem italiana, ainda nos falava de literatura.

De volta ao Palacio de Congresos y Exposiciones nos invejavam todos os 130 participantes porque havíamos logrado ver a casa de Lorca. Sentado ao lado de Sanguinetti no almoço, agora falávamos não mais sobre Lorca e literatura brasileira, mas sobre algo mais doloroso – o

Brasil. O ex-presidente estava preocupado e amargurado com o que se passa por aqui. Perguntou-me coisas. Respondi-lhe coisas.

Lembrando que o havia visto na Conferência dos Oito Presidentes Latino-americanos em Acapulco há alguns anos, narrei-lhe que havia ficado tão bem impressionado com seu discurso naquela ocasião que propusera, numa crônica, o lançamento de sua candidatura a presidente do Brasil. Isso resolveria vários problemas.

Minha sugestão, embora publicada nos jornais, no entanto não prosperou. Mas agora disse-lhe, de novo, que em nome de todos os brasileiros estava urgentemente renovando o convite para 1995.

Pelo leve sorriso em sua face acho que desta vez a ideia pode prosperar.

*28 de junho de 1992*

# Cantando entre chamas

Ella Fitzgerald está entrando no palco do Radio City Music Hall de Nova York. A plateia a ovaciona de pé. Vem amparada no braço do pianista do conjunto de jazz. Anda com dificuldade. Deve ter uns oitenta anos. Assenta-se no banquinho junto ao piano. O público aplaude e aplaude. Vai começar esta única apresentação. Nova York inteira veio ouvi-la.

Tento esquecer que, lá fora, estão tocando fogo em Los Angeles. Os músicos que a acompanham são brancos e pretos. A plateia é branca e preta, com todos os tons intermediários. Mas estão tocando fogo em Los Angeles.

Cheguei a Nova York, vindo de Quebec, onde fui ver o Salão do Livro e participar de um seminário com uns vinte escritores sobre "a beleza". A beleza é isto. Ella Fitzgerald ali no palco deste histórico auditório, cantando como uma adolescente.

Mas estão queimando Los Angeles, e nisto não há beleza alguma. Se eu fosse apenas acreditar no *The New York Times,* não saberia da gravidade da situação. O jornal é frio e esconde nas fotos frias e frias manchetes o que outros jornais e televisões estão alardeando. No dia em que cheguei a coisa tinha acabado de explodir: revoltados com a absolvição de quatro policiais que haviam espancado ferozmente um negro, populares saqueavam e incendiavam mercados.

A cada dia novas estatísticas de mortos e feridos. Em poucos dias serão cerca de cinquenta. Em meia dúzia de outras cidades americanas houve algumas pequenas revoltas. Teme-se que o país volte a se incendiar, como nos anos 60.

Ella Fitzgerald, no entanto, canta já sua terceira canção. "You must remember this", vai ela dizendo a música-tema do filme *Casablanca*. Por um momento me esqueço de duas imagens que chocaram os americanos nesses dias. Duas imagens transmitidas pela televisão. Uma do vídeo de um amador, que filmou a cena dos policiais dando cerca de sessenta pancadas no negro que se contorcia no cimento. Um senador fazendo um discurso no Congresso chegou a dramatizar a situação batendo com o lápis sobre a mesa, repetindo as pancadas que a polícia dera no vitimado cidadão.

O país inteiro discute esse vídeo. Como na Guerra do Golfo, em que todos assistíamos diretamente à realidade, agora uma cena de violência filmada nos coloca a todos como testemunhas. Nas conversas particulares, no entanto, se aceita que o espancado Rodney King teve sua dose de culpa no que ocorreu. Ele infringiu vários códigos. Primeiro, vinha em alta velocidade e não parou quando a polícia ordenou. Também não saiu do carro com as mãos para cima, como a polícia exige, e não quis ficar na posição ordenada. Parece que estava fugindo, porque já tinha uma passagem pela polícia por causa de drogas. E, certamente, porque é negro e sabia que a coisa ia complicar. E complicou mesmo.

Mas outro vídeo igualmente humilhou os americanos: o da cena em que alguns negros, em júbilo, agridem com garrafadas, socos e pontapés o chofer de um caminhão até deixá-lo no chão, semimorto. A princípio pensei que fosse cena de espancamento de uma mulher, tão longos eram os cabelos loiros do chofer. Era uma cena de estúpida e indiscriminada retaliação racial. Felizmente um outro negro salvou o branco, levando-o ao hospital.

Este gesto é que recostura as relações entre pretos e brancos neste país, aliás sempre tensas.

"Existem dois países dentro deste país" – é a frase dos anos 60 que os comentaristas mais repetem nesses dias. Parece ter ocorrido um avanço social-racial e agora todos se dão conta de que a ferida continua se alastrando. Ontem, Nova York quase fechou. Assustados, os cidadãos abandonaram os escritórios e esvaziaram o centro da cidade. E foram para casa atemorizados, olhando para os lados e esperando que visigodos e hunos destruíssem de vez o Império Romano.

A imagem dos Estados Unidos lá fora está péssima. Um repórter americano no Japão pergunta a japoneses na rua o que acham dos incêndios e da revolta dos negros em Los Angeles. Uma nipônica diz com ar de superioridade: "Felizmente não vivo naquele país". Entrevistam, na França, líderes negros da comunidade francesa. Todos se sentem mais seguros fora dos Estados Unidos.

Não sei como o país vai resolver esse problema. Talvez leve mais uns trezentos anos, quando a raça branca se dissolver numa mistura crescente de hispânicos e negros.

Mas Ella Fitzgerald canta e por enquanto isto basta. Há uma pausa entre uma música e outra. Acaba de entrar no palco do Radio City Hall o prefeito negro de Nova York, que faz um belo e conciso discurso sobre como a cidade ama a cantora. É aplaudido várias vezes. E ela volta a cantar. E canta com a energia de sempre. Tão velhinha está que a gente teme que ela vá morrer após cada número. Muita gente veio aqui achando que este é o último concerto de Ella.

Comove-me ver essa coisa que os artistas conseguem fazer: reunir brancos e pretos, aproximar pobres e ricos, aglutinar as nacionalidades e os sexos e criar um momento de paz e êxtase, como a dizer que o ser humano é viável, embora lá fora o ódio incendeie o cotidiano e algumas esperanças.

*6 de maio de 1992*

# O DIA EM QUE GORBACHEV
## PERDEU O PODER

Moscou – Vi os primeiros tanques na Avenida Kalinina às dez da manhã. "Essa cena me é familiar", pensei. Ia fazer compras na Rua Arbat. Vi dois estrangeiros falando de revolução na Lituânia. Estavam mal informados. Era pior: Gorbachev havia sido derrubado na madrugada enquanto eu dormia a quinhentos metros do Kremlin, no Hotel Intourist.

Daí a pouco cheguei à Praça Marx, ao lado do Kremlin. Pequenos grupos protestavam, alguns discursavam. Em frente ao Palácio do Arsenal do Kremlin, onde há uma exposição sobre a guerra do Afeganistão, tanques estacionados. Um oficial com trajes de camuflagem, em cima de um tanque, toma o alto-falante:

– Sou um oficial, e o Exército que aqui está não fará nenhum mal ao povo. Os soldados que aqui estão são filhos, irmãos e pais.

– Então, por que estão aqui? – gritam os manifestantes.

– Vergonha, vergonha! – bradam outros.

Um deputado tomou o alto-falante:

– O Exército é o povo de farda e não pode nos ameaçar. Sou oficial aposentado. Os traidores estão ali dentro (*apontou o Kremlin*); são os nossos verdadeiros inimigos.

O povo aplaude. O povo me cerca e aos correspondentes de TV. Falam, imploram para que digamos ao mundo que estão sendo traídos e de novo afastados do mundo e da história.

Subimos pela Rua Gorki. Passa um pelotão para controlar os Correios. Ao se sentirem filmados, os soldados desviam seu caminho. Mais adiante o McDonald's: a fila está maior do que nunca, dobra o quarteirão e a praça. Os russos querem o seu bocado do Ocidente.

Chove. O trânsito engarrafado com as barricadas. A ordem é ir para o Parlamento, onde Yeltsin tem seu governo. Uma multidão cerca o Parlamento. Estão empilhando ferros, lajes, tudo que podem para proteger o último reduto democrático. Pergunto, aos que gritam "Yeltsin":

– Vocês não eram contra o Gorbachev, e agora?

Dizem que estão todos juntos, pela democracia, e que o inimigo é outro. Da janela, volta e meia, funcionários de Yeltsin jogam folhetos sobre a multidão com as últimas notícias. Fico sabendo que na TV a Junta que tomou o governo continua prometendo paz, prosperidade e ordem.

De repente, corre a notícia de que o novo governo deu prazo até às quatro horas para Yeltsin e os demais abandonarem o prédio. São quatro e vinte, e nada. Sai, no meio da multidão, uma fila de cidadãos vestidos com as roupas das várias repúblicas russas. Não alcanço o significado disso.

Vai anoitecer e chove. Caminhamos pela história úmida e triste. Amanhã teria, com dois mil bibliotecários de todo o mundo, uma recepção no Kremlin, com Gorbachev. Agora passo por estes tanques. Vejo que muitos estão com flores colocadas pelo povo. Populares sobem em alguns tanques. O que tem isso a ver com o passado e as esperanças? Ainda ontem vi uns marinheiros iguais àqueles dos filmes de Einsenstein e agora estou nesta escadaria do Parlamento, igual àquela onde houve o fuzilamento da multidão em 1905.

A história aqui é úmida e triste. Na TV, o governo, entre um noticiário duro e seco e outro, passa cenas do balé *O lago dos cisnes*. E minha alma está triste como a de um personagem triste de Dostoiévski.

*20 de agosto de 1991*

# A história viva nas pedras da Praça Vermelha

Moscou – Multidões começam a entrar na Praça Vermelha gritando: "Abaixo o Partido Comunista". Cortaram a foice e o martelo das bandeiras. Marcham junto ao túmulo de Lênin, mas acabaram de ouvir na Praça do Parlamento uma das maiores autoridades do país dizer que Lênin deveria ser retirado daquele túmulo, e ali enterrados os que morreram há dois dias resistindo aos tanques na Avenida Kalinina.

Estou trepado numa sacada do Museu Central Lênin e a multidão passa com bandeiras. Uma delas é um pornoprotesto onde Yeltsin com seu membro (ou um clister?) encurrala a Junta. É o cartaz que mais sucesso faz na multidão. Ao lado, gritam insistentemente o nome de Yeltsin. Espera-se que Gorbachev fale, mas ele só falará ao cair da noite, na TV.

Agora a multidão faz entrar uma bandeira de cinquenta metros e como uma centopeia cantante a massa repete "Rússia! Rússia! Rússia!" Informam-me que Gorbachev não aparecerá porque aquela multidão é de Yeltsin. Se aparecer será vaiado. Extrema contradição da política. Gorbachev, que é líder internacional e quem comanda a perestroica, domesticamente, em Moscou, é considerado apenas um moderado.

No discurso de Yeltsin para o povo esparramado nos jardins do Parlamento, ele disse que Gorbachev deveria aprender com esse golpe a não se rodear mais de más companhias. Ao que tudo indica, agora que os reacionários foram afastados a luta será entre Gorbachev e Yeltsin.

Essa multidão, no entanto, é diferente das que conhecemos. Parece que os russos aprenderam tudo nesses três dias. Não sabiam se manifestar, fazer comícios, faixas, slogans. Agora aprendem rápido. Mas tudo segue em ordem. Nenhuma anarquia, nenhuma gritaria. O povo segue calmo pelas ruas, indo para onde os líderes indicam. A ordem agora é ficar rodeando a praça, enchendo-a com protestos e voltando em frente ao Hotel Moscou, junto à Praça Marx, onde um comício se desenvolve.

Vindo para a Praça Vermelha, acabei de passar pelo local em que morreram alguns resistentes. Há flores, velas e um grupo de curiosos reverenciando os heróis. A cidade está toda nas ruas, caminhando pelas amplas avenidas, ainda perplexos todos com a reviravolta dos fatos.

Converso com uma vendedora da Rua Arbat, que me diz que morreu de medo esses dias, que agora está aliviada, mas preocupada com os problemas reais. Passo por uma varredora de ruas, saúdo-a com um "Yeltsin", ela se vira e grita "Viva Yeltsin".

De repente, isto aqui se tornou uma praça para a qual aflui todo o mundo. Pessoas de todas as línguas se comunicam. Já falei com canadenses, franceses, italianos, colombianos, japoneses, suecos, alemães. Não estranha que um dos cartazes mais comuns no meio das barricadas seja aquele que marcou a história espanhola: "*No pasarán*". Espetados no meio dos tanques, esses cartazes dão um prosseguimento à história.

Quando acordei esta manhã liguei a televisão. Apareceu a cena de Gorbachev ainda no aeroporto dando entrevista, após chegar da Crimeia. Estava abatido, mas seguro. Mais tarde, de noitinha, ele daria uma entrevista à imprensa mundial sobre sua dramática experiência. Agora, no entanto, é de manhã. A televisão apresenta-o para o povo soviético que amanheceu com um belo sol à sua espera. Acabaram-se os dias de chuva, de história úmida e triste. Mas é interessante que apresentam um cantor de rock cantando uma canção meio política após a fala de Gorby. Depois de outro curto noticiário, outro rock político. Neste país o rock é mesmo sinônimo de revolução.

E eu olho a multidão se avolumando na Praça Vermelha. O cadáver de Lênin, ali naquele túmulo ao lado, deve estar estremecendo, pois se decompondo está há muito. De manhã ainda havia uma fila de curiosos para vê-lo, mas agora mudou tudo. Uma outra voz, outros desejos. Outra história começou a ser escrita nestas pedras.

E a isso tudo eu vi com os olhos assombrados e maravilhados. Nesses dias vi a história viva acontecer diante de mim. O que ocorresse aqui afetaria a Rússia e todo o mundo. O sol continua a brilhar sobre as cúpulas do Kremlin e aquece a alma de todos para quem a liberdade é gênero de primeira necessidade.

*23 de agosto de 1991*

# O DIA MAIS TENSO

Moscou – A televisão estatal soviética exibe esta noite ...*E o vento levou*, enquanto, em volta do Parlamento, milhares de russos resistem nas barricadas às tropas da Junta que derrubou Gorbachev há duas madrugadas.

Estaria o vento levando a perestroica e a glasnost?

Os que tomaram o poder escolheram este filme de propósito. Foi exibido há tempos aqui com enorme sucesso. Querem agora prender as pessoas em casa. Irônico e paradoxal é que precisem de um filme americano para isso. Acho um mau agouro. Muito sangue pode correr ali diante da Casa Branca, nome que também sintomaticamente se deu ao Parlamento de Yeltsin.

Vim, com Marina, caminhando da Embaixada brasileira na Gersena, 54, até aqui na Gorbi, ao lado do Kremlin, tentando chegar em casa antes das onze da noite, porque decretaram toque de recolher. Chove. Quem for encontrado na rua pode ser preso ou vitimado por engano. Fazemos questão de caminhar pelo medo e esperança. Esse dia não foi fácil. Espera-se um massacre ali diante do Parlamento, onde a multidão se espraia pelos jardins, escadarias, barricadas e tendas armadas na última hora. Vai ser difícil dormir apesar da exaustão física. E a televisão mostrando ...*E o vento levou*, esse filme sobre a violentíssima guerra civil americana. Que metáfora é essa no inconsciente dos censores que botaram essa película no ar?

Hoje a resistência estava mais organizada em torno da Casa Branca. Ontem éramos todos uma multidão de perplexos vagueando entre notícias de rádio ouvidas em grupos. As barricadas foram apenas simbolicamente se erguendo no final do dia. Mas hoje aumentaram a tensão e a resistência. Centenas ficaram ali em vigília. Ontem tinha uns 30 mil, hoje uns 150 mil. Encontrei já de manhã a praça ocupada. Uma daquelas estátuas realistas socialistas do tempo de Stalin está apinhada de gente real e não mais socialista sobre a figura de bronze de uma mulher com uma bandeira, uma nova bandeira se ergue, é a bandeira branca, azul e vermelha da Rússia de Yeltsin. Há uns tanques parados, sem soldados, que aderiram à resistência e estão lá dentro do prédio para proteger Yeltsin. Se a Junta continuar no poder, esses meninos loiros com cara ingênua que estavam guiando esses tanques irão parar na Sibéria, se viverem. É um gesto para a glória ou para a morte. Sobretudo, para a consciência.

Rapazes e moças apinharam-se sobre os tanques como se um tanque fosse lugar de repasto. Acumulam pão, leite e frutas ali para quem quiser comer. Tomo uma caixa de leite e saio bebendo. Eram já duas e meia da tarde e não sabia que fim teria o dia. Adiante recolhem em caixas dinheiro para a resistência. Jogo uma nota de um dólar ali. Gesto que repito diante de outras caixas coletoras.

Um zepelim alçado numa corda é a primeira coisa que vi ao chegar aqui nesta praça. Na sua corda, a bandeira da nova Rússia e de outras repúblicas num cordel de esperança e liberdade. Passam pessoas com faixa branca no braço. Enfermeiros para a emergência. Há várias ambulâncias aqui e ali. Há uns trailers, que são banheiros, para se aliviar as ansiedades intestinas. Pelotões de civis estão em fila obedecendo comandos de civis ou de ex-combatentes. Cada vez torna-se mais visível a presença de ex-combatentes no Afeganistão. Converso com um deles. Logo se forma um grupo. Todos querem opinar, participar.

– Acho que não devemos ficar esperando que os americanos façam alguma coisa por nós. Temos que resolver nossos problemas.

Dou-me conta então que, devido à censura, muitos estão ouvindo a BBC e rádios clandestinas. Ao me saberem do Brasil perguntam se aqui temos aquele tipo de problema. Explico que a cena do golpe não me é de todo estranha, mas esperamos ter resolvido essa fase de nossa história. Eles me olham com uma certa inveja, que me deixa ainda mais penalizado.

Volta e meia um carro preto oficial penetra pela multidão. Passa Yeltsin aplaudido. Passam seus assessores, cujos nomes não consigo reproduzir. Mudo de interlocutor, de tradutor. Agora um estudioso do estruturalismo, que me fala de Lotman, Bakhtin, Chklovsky, e com tal entusiasmo que tenho que interrompê-lo para que me explique coisas que estão acontecendo ali ante meus desestruturados olhos.

– Nunca vi uma concentração dessas em quarenta anos! – exclama ele.

Olho a multidão. Não há uma só bandeira ou faixa com foice e martelo. Foi-se o tempo. E tempo os levou.

Corre a notícia de conflitos na Bielorrússia. Outra notícia de que uma coluna de tanques avança para a praça. Um tipo meio desesperado, com uma barra de ferro na mão, começa a gritar:
– Isto aqui não é teatro! Afastem-se, mulheres e crianças.
Anoitece, esperamos os tanques quase uma hora. Vamos para a Embaixada do Brasil onde, na CNN, um jornalista no *The New York Times* especialista em Rússia diz que a Junta pode repetir a cena da Praça da Paz Celestial em Pequim, sem remorsos. Yeltsin diz por telefone ao primeiro-ministro inglês que os tanques se aproximam e o fim está próximo.
Na televisão oficial continua ...*E o vento levou*, e eu durmo exausto, derrotado, sem nenhuma noção do que me espera amanhã.

*20 de agosto de 1991*

# Entre as barricadas, com vinho e caviar

Moscou – Estou voltando do Kremlin. Quando ia entrando, às seis horas da tarde, uma fila de tanques ia se recolhendo pela porta principal do palácio dos tsares. Os mesmos tanques que estes dias todos estiveram escondidos nos parques e bosques da cidade prontos para a ação.

Entrei atrás deles, com centenas de delegados desse congresso internacional de bibliotecários, para uma recepção oferecida pelo ministro da Cultura. Eu não viria aqui hoje se as notícias a partir da tarde não dessem o golpe como fracassado e começassem a anunciar que Gorbachev estava de retorno da Criméia. Sustentei, junto ao presidente da IFLA, que se fôssemos nos encontrar com as autoridades era necessário que se lesse um documento que revelasse a preocupação com as liberdades e expressasse a condenação ao autoritarismo que nos ameaçava regredir a história a um velho capítulo de barbarismo.

Mas esse dia começou pesado, pois, na madrugada, os tanques esmagaram os corpos de dois ex-combatentes do Afeganistão que resistiram à coluna que avançou contra a Casa Branca. A terceira vítima levou um tiro de um oficial que comandava outro tanque. Bombas molotov explodiam sobre os blindados. Nas barricadas estava escrito: "*No pasarán*", e realmente aqueles corpos transformados em pasta de sangue mais a resistência implícita de todo o povo interceptaram uma chacina maior.

Com isso, só aumentou o número de manifestantes diante do prédio de Yeltsin. Depois de passar pela praça de guerra fui para o Hotel Intercontinental, onde se realiza o encontro da IFLA. Hotel ocidental é uma ilha na Rússia. Só se aceita dólar, russo não entra. Os funcionários russos parecem viver numa ilha da fantasia, pois, ao saírem dali para o cotidiano, o mundo é outro.

A tevê está ligada no noticiário do meio-dia. Estrangeiros sentam-se no chão de uma loja do Intercontinental, enquanto as funcionárias soviéticas, atrás do balcão, com uma cara estranha e impassível, assistem às últimas notícias. O locutor diz que um bando de bêbados "atacou propriedades do Estado e foi reprimido". Não mostram imagens. Essas, as verei mais tarde na CNN: incêndio de tanques e mortes, não de bêbados, mas de heroicos resistentes. Anuncia-se que Moscou está dividida em zonas militares. As funcionárias russas olham tudo desanimadas, derrotadas. Uma loura de pele linda e olhos ainda mais lindos abana a cabeça, desesperançada. Forma-se uma cena sintomática: as russas atrás do balcão, os estrangeiros do outro lado. Dois mundos. Olho através da vitrina. Do outro lado vejo uma butique Nina Ricci e outra Yves Saint Laurent, inacessíveis aos russos. O locutor diz tudo com tédio, sem olhar para a câmara, como se estivesse numa rádio. Ao final das notícias oficiais, diz que o Papa apoia Yeltsin. Um americano exclama:

– Por que esse cara está dizendo isso depois de tantas mentiras?

Para a mentalidade americana isso não faz sentido. Mas entendo que algum jornalista resistente da Tass tentou passar uma mensagem driblando a censura.

Há poucas horas estava em frente ao Parlamento onde Yeltsin resistiu. Lá a fila de barricadas ainda permanece. Colunas de ônibus, ferro-velho, lajes e pedras barram todas as vias de acesso. As pessoas permanecem acampadas, apesar do alívio das notícias. Hoje, estavam mais organizadas. Viam-se nitidamente a presença e a liderança dos ex-combatentes do Afeganistão. De uniforme, coordenavam as ações. Esses soldados são um capítulo à parte na restauração da verdade e da democracia neste país. O Afeganistão foi mesmo o Vietnã dos russos. Assim como a sociedade americana jamais seria a mesma depois daquela guerra, os russos já são outros após o inútil e sangrento equívoco no Afeganistão.

Só ao final da tarde começo a saber que o golpe está fracassando e que a Junta está se dirigindo para o aeroporto. No entanto, entre as barricadas alguns acham que os golpistas vão tentar um acordo com Gorbachev. Correm também rumores que os putschistas já estão presos e que um grupo de resistentes e políticos está indo também ao encontro do presidente. Dizem que até o embaixador inglês está na comitiva, o que faz uma amiga dizer que a Inglaterra e os Estados Unidos estão ajudando a "costurar" os acontecimentos para evitar o caos total.

– É a primeira vez que respiro nesses dias – diz uma mulher ao ouvir essas notícias na multidão, enquanto passam folhetos com mais informações e no alto-falante as informações começam a aliviar o povo.

    E aqui estou neste fim de tarde. No Kremlin. Seus jardins exibem uma espantosa tranquilidade. Não há movimento anormal. Duas sentinelas, mais adiante, tranquilas. Parece que não houve tentativa de golpe. Agora olho a torre de Ivan, o Terrível, que Napoleão tentou destruir quando saqueou a cidade há quase dois séculos. Contemplo as cúpulas douradas da Catedral de Assunção. Quase mil bibliotecários são os únicos habitantes deste espaço, que há horas era dominado pela Junta golpista. E no vasto salão de onde se avistam os demais edifícios do Kremlin e a história, comemos caviar e bebemos vinho com uma lírica e grave perplexidade.

*21 de agosto de 1991*

# A Bastilha soviética

Moscou – Ligo a televisão do quarto às oito horas da manhã, quase maquinalmente. É um hábito aleatório que tenho, quando no estrangeiro, para ver se alguma coisa está acontecendo no país que não conheço. Aparece Gorbachev dando uma entrevista, já no aeroporto de Moscou, após o fracassado golpe. Com blusão e suéter, abatido, mas firme, dá as primeiras informações sobre os três dias em que esteve com seus familiares nas mãos dos golpistas.

Efetivou-se a reviravolta. A Junta golpista já foi detida, a imprensa, plenamente liberada. Terminada a retransmissão da entrevista feita na madrugada, a TV apresenta um roqueiro russo cantando algo que me parece ser uma canção de protesto. A seguir o noticiário, tipo *Bom dia, Rússia*, percebo que um casal de locutores, descontraídos e felizes, está lendo telegramas de todo o mundo saudando o retorno de Gorbachev ao poder.

Desço para o restaurante do Hotel Intourist para tomar rápido o café da manhã e ir para as ruas ver os fatos. O restaurante, embora o hotel cobre 120 dólares a diária do casal, parece-se mais a uma cozinha de quartel. Os hóspedes não são muito finos. Um atropela o outro na disputa por um pedaço de pão ou coalhada, temendo que o alimento acabe. E a comida acaba sempre. Por isto, sobretudo os russos enchem seus pratos de comida. Passam com quatro ou cinco ovos cozidos, três ou quatro salsichas, punhados de salada de repolho e montanhas de fatias de pão. Não sei se comem tudo ou se levam para o quarto para garantir alimento para o resto do dia.

Dez horas da manhã, Yeltsin entra no Parlamento da Rússia. O plenário se levanta. O herói nacional, que é fisicamente grande, parece enorme. De pé, cantam, todos, o hino nacional. Vai começar um outro ato destas transformações: afastada a linha-dura, a disputa agora será entre o liberal Gorbachev e o radical Yeltsin.

A multidão continua aglomerada em frente à Casa Branca e já corre a notícia de que Boris Pugo, um dos membros da Junta golpista, se suicidou. Pessoas carregam cartazes dizendo: "O primeiro já se matou", como a insinuar que a morte deve ser o fim de todos os traidores. As pessoas de alguma forma até esperam novos suicídios, uma maneira de ficarem livres dos inimigos sem ter que sujar suas mãos.

O resto do dia vai ser de uma distensão crescente. Não há fila diante do túmulo de Lênin, na Praça Vermelha, mas as filas diante do McDonald's e da Pizza Hut aumentaram. A cada hora surgem notícias de medidas que Yeltsin está tomando, ocupando assim o espaço vazio do poder. Ainda de manhã, espantosamente, acabou de proibir as atividades do Partido Comunista nas empresas.

Nós não nos damos conta no Brasil de como funciona a máquina desse partido. Mas não apenas todas as empresas, todas as repartições têm uma célula do partido, mas até mesmo o comando de um navio tem que ser dividido entre o comandante propriamente dito e outro comandante indicado pelo partido. Fico imaginando o desentendimento entre os dois em caso de guerra.

Yeltsin cria um exército para a sua Rússia e o purgatório para os comunistas vai se transformando em inferno. Na porta da sede do Partido Comunista colocaram cestas para que os membros do partido, envergonhados ou não, joguem ali as suas carteirinhas. Me diz o poeta e correspondente Luis Resena que, na Agência Tass, dois colegas, ao anunciarem que largavam o Partido, foram aplaudidos pelos demais.

Gorbachev já se dirigiu ao povo e deu uma entrevista coletiva, já contou o drama que viveu na Crimeia, quando pensou que fossem envenenar sua comida. Sua mulher, Raisa, voltou doente, alquebrada. Teve um enfarte e ficou semiparalisada.

Agora, no entanto, é o fim desta quinta-feira de alívios. Vindo da Embaixada brasileira com o embaixador Sebastião do Rego Barros, que acaba de chegar do Brasil, e com o ministro conselheiro Roberto Cruz e sua esposa, Wilma Figueiredo, desembocamos numa praça onde há uma multidão. Havíamos saído para mostrar ao embaixador os vestígios da resistência, as barricadas da vitória e, de repente, assistimos a mais uma cena histórica: a derrubada da estátua de Dzerzhinsky, símbolo da KGB.

A lua brilhava por entre dois enormes guindastes da Krupp que tentavam enlaçar com cabos de aço a cabeça e os braços do volumoso monumento de bronze. Desde a tarde jovens tentavam demolir o símbolo da repressão. Agora a multidão assovia, canta, grita, e os guindastes arrancam mais um entulho autoritário. Puxada de seu pedestal, um jovem galga a coluna de uns três metros e começa a agitar a bandeira da nova Rússia. A lua continua a iluminá-lo lá em cima. Coincidentemente explodem fogos de artifício na Praça do Kremlin. Outros jovens sobem ao topo da coluna. Fotógrafos e cinegrafistas de todo o mundo registram a história. A mesma enorme bandeira branca, azul e vermelha que acompanhou os momentos da revolução está ali carregada pela centopeia humana. Nos arrepiamos todos. Os símbolos estão caindo há algum tempo neste país. Mas agora desabarão como numa sequência de dominós.

Um russo percebendo nossa emoção se achega e me diz a frase síntese:

– É a Bastilha soviética.

*22 de agosto de 1991*

# Eu vi a história acontecer

Moscou – Há uma semana que acordo e me sinto no palco da história viva. Hoje, meu último dia aqui, mal desperto e vejo pela janela do Hotel Intourist multidões descendo a Avenida Gorki. Estão mais bem vestidos os moscovitas. Trazem flores nas mãos. Estão indo para uma missa ao ar livre, ao lado do Kremlin, em homenagem aos três mortos da resistência ao golpe.

Basta dobrar a esquina à direita que estou com o povo no Manege. Celebra-se uma missa ortodoxa. Um coro solene e um solista com voz de baixo conduzem a emoção da cerimônia. E pensar que há alguns anos os padres eram perseguidos, reprimidos pelo regime... No meio da multidão um padre ortodoxo passa com uma enorme cruz nos ombros. Muitos retratos dos mortos se erguem sobre as cabeças. As pessoas têm flores nas mãos. A praça é um jardim ambulante. Jovens, velhos, crianças trazem gladíolos e dálias, e que dálias, meu Deus, nunca as vi assim tão lindas e enormemente históricas.

São já umas 50 mil pessoas em frente ao prédio neoclássico com remanescentes bandeiras denunciando a guerra no Afeganistão. Militares estão piedosamente ouvindo uma missa ao lado do Kremlin, com flores na mão. Como nas barricadas alguns dias atrás, grupos trazem radinhos de pilha para ouvir os sacerdotes. Os caixões dos três heróis estão junto ao altar. Gorbachev acabou de falar e finaliza dizendo, que Ilia, Dimitri e Vladimir, os jovens falecidos, receberão a medalha de "Heróis da União Soviética".

Fala também Elena Boner, a viúva do perseguido Andrei Sakarov. E, surpreendentemente, fala agora o embaixador americano Robert Strauss, lendo um comovido texto de Bush, no qual diz que o povo americano também conheceu momentos de drama terrível, e que mais que nunca está ao lado do povo russo. Nesta reviravolta histórica o impensável se realiza: uma missa ao lado do Kremlin com a presença de Gorbachev e o embaixador dos Estados Unidos como orador. As cúpulas das catedrais ao lado estão luminosamente perplexas. Eu me pergunto se a Igreja virá a ocupar o lugar mítico do comunismo junto às massas.

Ainda há dias, em Viena, vi uma esplendorosa exposição sobre o Ouro da Coroa Imperial Russa, onde apareciam várias bíblias riquíssimas, cobertas de pérolas, ouro, rubis e toda sorte de exuberância. Lá, eu já pensava: "Como puderam os comunistas crer que destruiriam e substituiriam essa tradição de dois mil anos por uma religião laica com rituais tão rasos?"

Terminada a cerimônia, penso que minha experiência está esgotada nesse inesgotável país. Entro numa ou noutra loja para comprar um ou outro presente e, aos poucos, percebo que as pessoas estão fluindo naturalmente numa direção só. Acabo dando com elas nas imediações da Arbat e da Kalinina. Descubro uma imensa procissão no enterro dos três mortos. Talvez um milhão de pessoas. Abrem-se espaços de oitenta metros entre uma ala e outra. Esse desfile está organizadíssimo. Nada do improviso dos primeiros dias da resistência. Passam os pelotões civis da resistência com uma numeração erguida num bastão. Passou o de número 129. É sinal que havia centenas deles.

Como na procissão do Círio de Nazaré, no Pará, dos dois lados da rua uma corrente humana, de mãos dadas, avança, ladeando o que vai no centro. Passa um grupo de garotos imberbes, são cadetes da escola militar. Outro de veteranos do Afeganistão. Outro com medalhas da Segunda Guerra Mundial. Agora, de luto, os familiares dos três mortos. Tudo em silêncio. Um estarrecedor e histórico silêncio. Apenas um caminhão estacionado toca por seus alto-falantes uma pausada música clássica. E em todas as partes e mãos, a nova bandeira da Rússia: branca, azul e vermelha. Não há uma só bandeira vermelha com foice e martelo. Isto já pertence à história, ao passado. E passam os três caminhões com os três caixões em suas carrocerias. E passa a multidão. E passa a história.

A massa humana está indo para o Parlamento, onde Yeltsin, comovido, dirá diante dos caixões:

– Queridos meus, compatriotas, moscovitas: toda Moscou, toda a Rússia se despede hoje de nossos heróis, nossos defensores, nossos salvadores. Nada que eu fale os ressuscitará. Por isto me inclino ante seus pais e peço que perdoem o seu presidente porque não pôde defender, não pôde salvar seus filhos.

Devo ter cruzado, devo ter visto esses três heróis nesses seis dias em que frequentei o assombro. Eles estavam entre aqueles que empilhavam ferros e lajes nas barricadas. Eram aqueles que estavam de braços dados fazendo barreira diante dos tanques. Não puderam ver a festa, a vitória. Deveria haver vida após a morte, pelo menos por um momento, para que os heróis pudessem ver que não morreram em vão.

Daqui a pouco estarei indo para o aeroporto e sei que, quanto mais o avião se afastar, mais perplexo estarei se vivi a história ou a sonhei. Terei que pedir socorro aos jornais, revistas, televisão e livros para confirmar se o real aconteceu.

Já não sou o mesmo homem de uma semana atrás.

Este país já não é o mesmo país de uma semana atrás.

A história já não é a mesma história de uma semana atrás.

Eu vi e tento contar.

*24 de agosto de 1991*

# O museu do comunismo

Alguns dias depois de ter voltado de Moscou e de ter assistido ao fim do comunismo soviético, comecei a ler alguns livros para tentar entender melhor o que havia visto.

Comecei a folhear *1917: a Revolução mês a mês*, de A. Nenarokov, editado pela Civilização Brasileira em 1967. Embora já conhecesse a obra, de repente ela me pareceu espantosamente exemplificadora de como a história humana vive se repetindo de cabeça para baixo.

Numa página vejo várias fotos de filas que se faziam na Rússia nos dias que antecederam a revolução. Lá estão mulheres com sacolas e cestas nas mãos e com o ar desconsolado. Uma legenda diz: "Filas intermináveis alinhavam-se pelas cidades da Rússia..." Outra afirma: "Entrava-se nas filas para conseguir pão, leite, açúcar e outros alimentos".

Não é diferente o que vi naqueles dias de agosto de 1991 em Moscou. As filas estavam por toda parte. As prateleiras de todos os mercados, semivazias, como o imenso Gum, que dá uma das faces para a Praça Vermelha. As donas de casa saem com uma sacola na mão chamada *sunka* e entram em qualquer fila, depois é que perguntam o que estão vendendo.

Pois sobre uma outra dessas fotos de 1917 está escrito:

> A polícia prevenia que as mães, que permaneciam horas seguidas nas filas, estavam bem próximas da revolução, pois representavam um material altamente inflamável, para o qual bastava uma faísca para a deflagração de um incêndio.

Desta feita, em 1991, não houve incêndio, mas o que ocorreu em torno do Parlamento de Yeltsin não teria ocorrido se não houvesse tais filas.

Outra foto mostra uma multidão erguendo as mãos para pegar-comprar jornais de um caminhão. O texto diz: "Os acontecimentos desenrolavam-se com incrível rapidez. Os jornais esgotavam-se em questão de minutos."

Vi a cena repetir-se. De novo os jornais esgotavam-se. Qualquer jornal era consumido por compradores ora em fila, ora ávidos em grupos. E grandes grupos se faziam diante das agências de notícias para saber das novidades e ver as fotos dos conflitos.

Outra foto, outra legenda de 1917: "Uma revolta armada eclodiu nas ruas de Petrogrado. Os revoltosos erguiam barricadas."

Idêntica coisa aconteceu agora em várias cidades. Leningrado, já com o nome antigo de São Petersburgo, conheceu a revolta popular e ergueu barricadas em torno do seu prefeito, que como Yeltsin foi eleito por voto popular.

Viro mais páginas e vejo a cena de uma multidão em torno de uma fogueira, e a legenda: "Queimam os emblemas tsaristas na Avenida Nevski, perto do prédio do palácio Anitchkov".

Vi vários símbolos e emblemas serem demolidos e substituídos naqueles novos "dias que abalaram o mundo". Diante da KGB, na madrugada, vi arrancarem a estátua de Felix Dzerzhinsky de seu pedestal entre fogos de artifício. Outros símbolos iam caindo aqui e ali. Estátuas de Lênin foram derrubadas em várias repúblicas soviéticas. Na Praça Marx, sob a estátua do mesmo, estava escrito: "Operários de todo o mundo, uni-vos contra o comunismo".

Vi também as bandeiras vermelhas nas passeatas, mas onde havia uma foice e um martelo, havia agora um buraco. Os símbolos foram recortados.

Os emblemas comunistas iam caindo agora como ontem caíam os emblemas tsaristas.

Isso me deu uma aguda sensação de como a história é dolorosamente monótona e de como o homem é um tolo animal simbólico a erguer e derrubar os mesmos mitos apenas com sinais contrários.

Algumas pessoas me perguntaram se não era um absurdo irem destruindo assim a história ao botarem por terra as estátuas de Lênin. Primeiro, devo confessar que há estátua demais do camarada Lênin. Em toda esquina, em toda praça, em toda cidade. Podem tirar muitas que vão sobrar muitas. O que aliás é bom, para abrir espaço para outras já que tem gente que gosta.

Mas sobre o Museu Lênin é que surgiu a grande questão. Fecha ou não fecha? Acho isso mais importante que a questão em torno da múmia embalsamada dele lá na Praça Vermelha, que querem levar para São Petersburgo. Acho que devem levá-la para o cemitério mesmo. E acharia um erro se tivessem levado adiante a sugestão de um político naqueles dias de se enterrar naquele mausoléu os três jovens que morreram diante dos tanques em Moscou. Botar um cadáver no lugar de outro não resolve o problema econômico e só vai agravar a questão simbólica.

Mas, voltando ao Museu Lênin, creio que a questão é mais ampla e pode ser resolvida com uma só medida. Não deve ser fechado. Ao contrário, deve ser ampliado. E deve-se criar o Museu do Comunismo, para onde seriam trazidos os símbolos e documentos esparsos, antes que o tempo e a fúria das multidões os destruam.

Aí se poderia estudar a história em alguns dos seus momentos mais épicos e líricos mesclados a alguns dos instantâneos mais dramáticos e degradantes de nossa espécie. O museu seria um livro aberto que dramatizasse a arrogância e a ingenuidade que caracterizam esse perverso e cândido animal chamado homem.

*22 de setembro de 1991*

# Ali, atrás dos Andes

O indiscreto charme do subdesenvolvimento me envolve já no aeroporto de Lima, Peru. O funcionário da companhia de turismo não estava. Arranja-se, então, um chofer que me leve ao Hotel Bolivar, que lá tudo se acertará. Chegamos ao seu carrão velho e verde, um Ford dos anos 50. Entramos no veículo. Ele vira a chave, e nada. De novo, e nada. Descobre que deixou o rádio ligado e a bateria foi-se.

Convida-me, a mim que ia ser regiamente recebido, a mim que paguei uma fortuna de ágios no Brasil para não me chatear, convida-me o chofer peruano a empurrar a enorme viatura americana, que pegará, porque, jura, "*los carros americanos antiguos son muy buenos*". Jovial e latinamente empurro o carro e vamos em cumplicidades, conversando amenidades sobre nossas continentais ansiedades.

Tendo à noite comido um radioso e suculento baby-beef, produto ausente de minha mesa-estômago há meses, na devoradora crise brasileira, acordo cedo, sedento de justiça e de turismo. Saio pela Calle Colmena e anoto a emoção que pela primeira vez se anota quando se anotam as emoções pela primeira vez. Montam-se mil tabuleiros e bancas que tudo vendem: comidas de milho, cadernos, refrescos coloridos, mantas e miniaturas de lhamas. A feira nordestina de São Cristóvão mudou-se para os Andes.

Passam por mim pequenos ônibus peruanos, tipo lotações cariocas dos anos 50. Quem nunca viu um ônibus peruano, certamente nunca viu um ônibus peruano. Eles contrariam várias leis do tráfego, da física e da comunicação. Neles, por exemplo, vários corpos podem, compactamente, ocupar o mesmo lugar no espaço ao mesmo tempo. E sendo de um colorido kitsch-tropicalista, perfeitamente iguais em sua velhice enfumaçada, nenhum é igual ao outro. Se fosse pintor peruano passaria a vida pintando ônibus peruanos e espantaria todas as bienais. Deveriam também vendê-los em miniatura para turistas, que estupefatos os veem soltar peruanos pelas portas e fumaça peruana pelos canos de descarga.

E as letras? As letras em que se escrevem os nomes dos bairros, coloridamente, contrariam todas as leis da comunicação, e, no entanto, comunicam. São preciosas, inclinadas, cheias de efeitos tortos e sombras barrocas. Os incas já conheciam a Gestalt.

Amanhã conhecerei o Museu do Ouro e o de Arqueologia. Amanhã verei uma demonstração popular na praça e chorarei envolto em gás lacrimogêneo. Amanhã conhecerei escritores, livrarias, me assentarei na Plaza de Armas e passarei pelos bairros ricos. Mas agora estou descendo essa rua às sete da manhã.

São índios. São índios todos os que saem dos ônibus e passam por mim. Mas não passam sempre como índios. Antes passassem. Passam como aspirantes a europeus, algo inacabado entre a selva e a cidade. Como em Madureira e Belford Roxo. Cada raça tem sua dignidade, quando nas suas roupas próprias. Um japonês num terno ocidental é sempre pejorativo. Esses índios incas estando fora de sua aparência, estão também fora de sua essência (diria Heidegger).

Não vi nenhum sorrindo. Sua cara de pau e pedra é o fim do caminho.

Baixos. Troncudos. Diria que muitos são chineses e japoneses. E o são. Questão de imigração recente ou ancestral. Os operários peruanos são como os operários brasileiros, quando peruanos. As mulheres peruanas são como as mulheres brasileiras, quando peruanas. Os pivetes peruanos são como os pivetes peruanos, quando brasileiros.

Continuo descendo a rua, onde ontem à noite havia enorme fila de índios peruanos para ver um filme pornô. Todos os índios peruanos na fila, de perfil, como num mural, com a mão no bolso, indo ver um filme louro-europeu-pornô. Como os peruanos paulistas da Avenida São Luís, os peruanos cariocas da Cinelândia.

Onde estão os brancos espanhóis?

Estão nos escritórios. Aqui. Em Nova York. Em Tóquio. Em Londres. Em Zurique. Montados nas selas das multinacionais apontam com suas espadas o mapa sobre a mesa e retalham uma vez mais o Império Inca e levam o ouro de Cajamarca e a prata de Potosí.

# Aquele adeus em Machu Picchu

> Então na escala da terra subi por entre o atroz emaranhado das selvas perdidas até você, Machu Picchu.
>
> Pablo Neruda

Aqui estou em Machu Picchu, lugar de peregrinação índia latino-americana. Os islâmicos vão à Meca; os cristãos, a Jerusalém; latino-americano tem que um dia ir a Machu Picchu.

Ir e orar, ir e chorar, ir e sangrar a pedra de sua história.

Tenho subido morros, torres, templos à altura da vileza de meu tempo. Acho que subo tanto, para ver se entendo o que se passa cá embaixo. Como na ciência. Não mandam eles satélites lá em cima para dizer o que se oculta no subsolo da gente? É preciso escalar Machu Picchu para entender o subsolo da alma inca e da americana.

Saí da Cusco derribada, conspurcada por Pizarro, com índios esparramados pelas ruas vendendo seus rostos, lhamas, mantos para pagar uma dívida interna/externa, eterna. Tomei esse trem que passa por um colorido vale da promissão, verde, cultivado, cheio de índios, gado e mansidão.

Agora, cabeça nas nuvens, pés na terra, olho lá embaixo o rio Urubamba, minúsculo, no fundo de nossas selvagens entranhas. Meu Deus! quantos séculos para subir aqui, escalar o Templo do Sol e da Lua, ouvir narrações de sacrifícios de virgens, refazer o caminho do ouro, do milho, na maciez do pelo da alpaca e na dureza da espada colonizadora.

Poderia ir-lhes repetindo tudo o que o guia me contou.

Poderia recitar-lhes o vasto poema de Neruda sobre essas pedras de sangue.

Poderia eu mesmo fazer-lhes um outro enorme poema à altura de nossa continental perplexidade. Mas, ao invés, destaco um pequeno incidente. Pequeno, e no entanto, uma parábola de tudo.

É que depois de dialogar com as pedras e salivar nas nuvens a solidão das águias, descíamos num pequeno ônibus encosta abaixo para, enfim, tomarmos o trem de volta a Cusco. De repente, após uma curva, uma surpresa: surge um menino índio de uns doze anos, cara vermelha, roupa vermelha, fita amarrada envolvendo a testa e cabeleira; chega e, enquanto o ônibus pequeno passa, põe a mão na boca gritando um imenso e tonitruante *GOODBYE*!

Que cordial esse menino, pensamos todos surpresos, quando percebemos que ele desce por um atalho para surpreender o ônibus depois da próxima curva e de novo berrar seu *GOODBYE*! capaz de preencher todo um balão de história em quadrinhos. E de novo desce pelo mato e de novo surpreende o ônibus e de novo grita após a próxima curva e de novo sorrimos todos e de novo começamos a suspeitar algo de velho atrás daquele ritual.

Pensei que ele fosse um chasque. Pois chasques eram os corredores, mensageiros do império inca, que se revezavam a cada uma ou duas milhas levando mensagens de um ponto ao outro. E eram tão velozes e esse sistema de comunicação tão eficiente, que não havia inimigo capaz de derrotar o povo quíchua. Dizem que esse sistema de correio servia até para levar peixe fresco do mar para o chefe inca saborear no seu palácio em Cusco.

Pois está ali aquele menino inca descendo montanha abaixo com seu grito numa estranha olimpíada diante de nosso espanto pânico de turistas. É um chasque moderno, como eu, um guarani decadente. Sua corrida é um gesto de adeus; *GOODBYE*! enorme, econômico, social, transcendental. É uma versão do Sísifo, montanha acima, montanha abaixo, correndo em torno dos turistas e do dinheiro estrangeiro.

De fato, lá embaixo, quando o ônibus chega com seus turistas semirrisonhos à estação, na porta, ele estendia a mão. Com a mesma roupa vermelha, com a mesma cara vermelha e cabelos amarrados por uma fita, cobrando o eco de seu grito. Era realmente um chasque. Moderno, já se vê. E, não sei por que, me lembrou muito os presidentes latino-americanos, os diretores de bancos centrais latino-americanos correndo atrás dos ônibus dos bancos multinacionais. Uma corrida, um constante adeus, uma constante dívida rolando numa montanha histórica.

Certa vez escrevi sobre uma menina índia que me acenava de um igarapé na Amazônia enquanto eu passava de barco contemplativamente. Agora me vem esse menino inca me acenando seu *GOODBYE*! entre ruínas. Não param nunca de me acenar esses índios. Se despedindo sempre.

# Paraguai, um remorso brasileiro

Estávamos ali, uns trinta escritores latino-americanos, todos sem gravata, num jantar na residência oficial do presidente do Paraguai, isso na semana passada. Sem gravata e acho que está certo. Deveriam abolir gravata e paletó na maioria das cerimônias tropicais.

Pedem-me para falar e agradecer ao presidente em nome desses escritores que ali vieram para esse que é o primeiro congresso de escritores realizado no Paraguai nos últimos quarenta anos. Olho o cenário em torno: o gramado, a noite fresca e calma, as mesas servidas, o som de guarânias e, de repente, ouço minha voz soando entre as colunas e mansões que serviram ao deposto general Stroessner. Nunca pensei em fazer discursos sobre literatura, democracia e Mercosul na casa de onde Stroessner controlou todo um país.

O presidente Wasmosy responde a seguir com um discurso que jamais pensei que se pudesse ouvir na residência do ex-ditador Stroessner. Já me impressionara, aliás, a fala do chefe de Estado paraguaio na abertura do encontro. Nada da retórica vazia. Um texto claro e de apoio à cultura. E mais ainda: vim a saber que ele colocou, do próprio bolso, 60 mil dólares para a realização de tal encontro. Vejam que as coisas estão mudando pelo mundo afora. O estudante que eu fui nos anos 60, nacionalista e meio socialista, jamais pensou que ia entrar, quanto mais discursar, na ex-casa de um ditador latino-americano. Mas a vida tem surpresas: há alguns meses – também por causa da literatura – lá na Colômbia acabei passeando no carro blindado que pertenceu a outro ditador latino-americano: Somoza. O carro pertence agora à Mobil Oil, que patrocina o prêmio literário Pégaso. Entre os erros de Somoza está o de não ter levado aquele carro blindado ao Paraguai. Quando ali foi visitar Stroessner, há alguns anos, guerrilheiros misteriosos, não se sabe se da Argentina ou da CIA, explodiram-no com uma bazuca. Os ditadores estão acabando no continente, não é, Fidel?

Estar no Paraguai é uma sensação rara. Paraguai é mais que um país, é um remorso brasileiro. Por coincidência, enquanto eu estava ali no gramado discursando minhas perplexidades alheias, aqui na Biblioteca Nacional se realizava um importante seminário para reavaliação da famigerada Guerra do Paraguai. E nesses dias Ana Maria Barreto doará àquela instituição cerca de mil documentos reveladores sobre o desastrado conflito que arrastou os países do atual Mercosul a se destruirem. Cartas, diários, ofícios de Caxias, conde d'Eu, Osório, Nabuco, Rio Branco e outros estarão pela primeira vez à disposição do público pesquisador.

Mas, estando ali no gramado da residência oficial do presidente paraguaio, pergunto-lhe pelos documentos da mesma guerra que nos tempos do general Figueiredo foram devolvidos ao seu país. A resposta é desalentadora. Parece que foram destruídos numa inundação ou incêndio na Biblioteca Nacional do Paraguai. Felizmente guardamos aqui os microfilmes de tudo. E agora temos mais esses mil documentos novos que Ana Maria, neta do general Mário Barreto, generosamente cede ao país.

Infelizmente não pude ir visitar o interior do país porque tinha de seguir para Santiago e Buenos Aires nesse papel de camelô da literatura brasileira. Teria visto melhor o país. Aliás o encontro de escritores teve, entre outras, essa originalidade. Somente por dois dias se discutiram assuntos teóricos. Os quatro outros, que perdi, foram para que os participantes se conhecessem melhor enquanto iam também conhecendo o Paraguai, suas missões, Itaipu etc.

A impressão que se tem é que os intelectuais paraguaios têm pressa em recuperar o tempo perdido. Existe uma tradição de alheamento do país. Não foi apenas Stroessner. Há vários exemplos como o de José Gaspar Rodríguez de Francia, que reinou entre 1816 e 1840, declarou-se "ditador perpétuo" e proibiu que os paraguaios negociassem com outros países ou até mesmo que as pessoas recebessem cartas do exterior. De resto, as decantadas missões dos jesuítas não foram melhores. Os teóricos ocidentais podem ter visto ali a constituição de um autêntico comunismo onde tudo era de todos. Mas a violência imposta pelos padres começava com a introdução da noção de tempo, e de tempo escravo. De madrugada já batiam um sino para o trabalho. Um sino para o almoço. Outro sino para o trabalho. Sino para voltar para casa. E dizem que tocavam até um sino às duas da manhã para que os exaustos índios fizessem amor e procriassem na hora certa, porque se precisava de mão-de-obra para o reino dos homens e de Deus.

Na abertura desse Encuentro de Escritores Latino-americanos foi comovente a fala do representante dos intelectuais do país Rubén Bareiro Saguier. Disse que há até pouco tempo os paraguaios viviam um constrangimento. Iam a congressos internacionais, mas nunca podiam convidar os escritores a virem ao seu país. Era como uma pessoa que está bebendo com outra num bar e vai criando intimidade e, de repente, quer convidá-la para sua casa, mas não pode.

Agora, dizia Saguier, os paraguaios podem receber em sua própria casa. É uma casa simples, mas afetuosa. E com essa casa o Brasil tem muito a ver. Assessores do presidente Wasmosy insistiam comigo para que se organizem missões culturais de brasileiros, como no tempo em que ali viveu Lívio Abramo. Há clima para isso. Além do Mercosul e das perspectivas que se abrem com Fernando Henrique e Wasmosy, temos ali um embaixador intelectual de primeira linha que é Alberto da Costa e Silva.

*29 de novembro de 1994*

# Gol do Uruguai!

Estava ali em Montevidéu, no último fim de semana, participando de um encontro internacional de poetas, e, ao passear pela sala do Cabildo (sede antiga do Governo), dei de cara com um quadro na parede com o texto da declaração da independência do Uruguai de 1825. Resolvi lê-lo e tive uma estranha sensação. Lá pelas tantas, há uma espinafração no Governo de Portugal-Brasil, considerado naquela época autoritário e massacrante. Deve ter sido verdade. Mas não deixa de ser estranho olhar nossa história de fora para dentro e ver-nos como os outros nos veem ou viam.

Claro, hoje uruguaios e brasileiros vivem aos beijos e abraços. Eu, por exemplo, os admiro imensamente. É um país com 3,5 milhões de escritores e poetas. Os analfabetos e os que não gostam de ler fugiram para o Brasil. Assim se corrige aquele poema-piada que Murilo Mendes perpetuou e que dizia:

> O Uruguai é um belo país da América do Sul, limitado ao norte por Lautréamont, ao sul por Laforgue, a leste por Supervielle.
> O país não tem oeste.
> As principais produções do Uruguai são: Lautréamont, Laforgue e Supervielle.
> O Uruguai conta três habitantes: Lautréamont, Laforgue e Supervielle, que formam um governo colegiado. Os outros habitantes acham-se exilados no Brasil visto não se darem nem com Lautréamont, nem com Laforgue, nem com Supervielle.

É uma maldade e um elogio. Para quem não tem que ter intimidade com a literatura esclareço: esses três escritores franco-uruguaios nasceram no Uruguai e, como diz o monumento erguido a eles ali no centro de Montevidéu, morreram em Paris, famosíssimos.

As relações entre os países às vezes têm lances curiosos. Ao terminar a leitura pública de poemas, lá no Cabildo, recebi o mais insólito dos comentários. Um uruguaio se aproximou e, em vez de comentar a recepção dos poemas, pediu desculpas pelos gols de Obdulio Varela em 1950, no Maracanã.

Quem pede desculpas sou eu pelo que os portugueses e brasileiros, entre 1817 e 1825, andaram fazendo por ali. No mais, quem anda fazendo gols são eles, apesar da modéstia. No avião em que eu ia, por exemplo, o piloto disse que ia informar sobre uma partida em curso. Eu nem sabia quem estava jogando, mas volta e meia ele dizia: "Gol do Flamengo!"

Gol do Uruguai, digo eu, ao saber que a inflação ali, há muito tempo, está em torno de dois por cento ao mês.

Passo por uma casa de câmbio. O dólar vale 4,24 pesos. Olho mais. Pela primeira vez vi o cruzeiro cotado numa casa de câmbio fora do Brasil, e olha que tenho procurado! Mas a cotação era braba: 0,03%. Nem sei o que é isso. Mas já foi um reconforto achar um país que aceita nossa moeda.

De qualquer forma, de novo: "Gol do Uruguai!"

Se alguém me perguntasse como é Montevidéu hoje, eu diria que é uma espécie de Belo Horizonte dos anos 50. Plana e sem pobreza à vista. A rigor, está mais para Curitiba, a mais civilizada de nossas urbes. Mas com mais livrarias. Só minha amiga Jacqueline Barreiro tem aí sete lojas. Numa outra livraria, de Jorge Fontanarosa, vejo outra coisa surpreendente fora do Brasil: livros em português na vitrine, a *Antologia poética* de Bandeira entre outros. É explicável. Mas me surpreende o que diz a semióloga Beatriz Colaroff: que hoje em dia os falantes de espanhol se socorrem das traduções que os brasileiros fazem de livros científicos. Está aí uma boa forma de difundir o idioma, pois minha geração se lembra de que, ao contrário, nos anos 50 tínhamos de ler os clássicos em espanhol.

Então, gol do Brasil!

O Hotel Casino Carrasco, junto à praia, é um fantasma dos tempos em que o Uruguai era a "Suíça latino-americana". Mas, à noite, ali estão velhinhos e velhinhas jogando bingo e gente de toda idade em torno da roleta. O diabo foi aquela ditadura nos anos 60 e 70.

Gol contra dos militares durante o impedimento dos guerrilheiros.

Um repórter do *El País* faz uma longa reportagem sobre as Malvinas hoje. Parece tão longe de nós, brasileiros. Mas não é. Vejam esta história que conta:

– Mamãe, voltei – dizia à beira das lágrimas o soldado argentino por telefone, regressando da guerra nas Malvinas –, mas tenho de pedir um favor, antes de chegar a casa.

A mãe, que voltava a ouvir "a luz de seus olhos", enxugou a emoção e escutou.

– Mamãe, volto com um companheiro que só tem a mim. Perdeu um braço e uma perna. Além disso, está cego. Sei que é muito forte, mas tenho de levá-lo para viver conosco.

A imagem construída ao telefone pela mãe não resistiu, e ela negou o pedido. O filho desligou. E se deu um tiro. Ele havia perdido seus membros e a vista durante a guerra. Com a mentira esperava ser aceito.

Neste caso, gol contra o ser humano em geral.

Montevidéu é uma cidade com ruas arborizadas de plátanos e eucaliptos. Tem lindas portas e varandas em estilo art nouveau. Acompanhado do poeta Washington Benavides e Julián Murguía fui ver o show de um "cantautor" uruguaio, Eduardo Darnauchans. De ascendência francesa, recupera os trovadores medievais através de milongas modernas. O auditório delira quando canta a música que ele e Benavides fizeram para Fellini.

Vamos depois para o restaurante Lubizon, onde está a mais linda juventude uruguaia. Comendo ali um potente entrecôte que daria para alimentar um exército, fico sabendo que Darnauchans fez uma música para um poema meu nos anos 70. Gol para meu ego.

Comento com ele que me disseram que os ingressos para o show do Caetano terça-feira, no Teatro Solis, já estão todos vendidos e pergunto-lhe se vai ver o baiano.

– Não dá. São cinquenta e cem dólares o ingresso. Cantor uruguaio é pobre.

Penso em ligar para o Caetano e dizer: "Caê, convida o jogral uruguaio", mas não há como.

Se tivesse conseguido, a partida terminaria empatada: um a um para a música e para a poesia brasileira.

*10 de novembro de 1993*

# O que vi em Medellín

Há duas Medellín: uma do narcotráfico, outra da poesia; uma dos carros-bomba e outra conhecida como a "cidade da eterna primavera". E aqui estou entre as duas, entre riscos e flores, medos e esperanças.

O que vejo aqui não vi em lugar algum do mundo. Nem eu nem os 45 poetas de vários países que para aqui vieram para o III Festival Internacional de Poesia.

Algumas pessoas já me perguntaram:

– Você não teve medo de vir aqui?

– Estou vindo do Rio, não se esqueçam.

Era uma maneira diplomática e verdadeira de já ir dizendo que estamos todos no mesmo barco. Mesmo assim, alguns convidados recusaram ou desistiram do convite. Um poeta da Venezuela desistiu porque um avião havia caído entre Bogotá e Medellín na semana passada. Eu, que já estive na fronteira com o Líbano e achei mais tranquila que algumas regiões de São Paulo, confesso que fui a Medellín apenas atento. Atento sobretudo para ver uma Medellín que se esconde atrás de outra Medellín, pois me pareceu intrigante que a sede do cartel da droga realize o maior festival de poesia de nossos tempos.

Coisas de Macondo, quase ficção de García Márquez.

Este avião em que estou não vai cair, tenho certeza, e pela janela olho lá embaixo a linda, lindíssima paisagem: diria que estou na Europa; tudo plantado, o verde-claro e o verde-escuro geometricamente arrumados. Acho que nem sobrevoando São Paulo e Paraná vi uma paisagem tão cultivada. Este país é dos maiores produtores de orquídeas. Mas disso pouco se fala, senão das flores do mal.

No entanto, no avião da Avianca vejo nos jornais um anúncio de página inteira: "Amanhã, segunda-feira, às 12 horas, a Colômbia inteira parará por um minuto, fará vibrar suas buzinas e sirenes, soará nos ares seus sinos e elevará uma oração pelo final da guerra e a assinatura de um armistício". Assinado "Comissão Preparatória do Armistício".

Uma guerra. Não existe apenas uma, mas várias guerras neste país ao mesmo tempo. A guerrilha que continua, apesar de muitos do M-19 haverem regressado ao sistema e se tornado até deputados. Dizem que há 70 mil pessoas armadas nas montanhas. E, na verdade, um exército dividido em facções. Muitos guerrilheiros nasceram na guerrilha, jamais viveram na cidade. Muitos talvez não saibam que o comunismo acabou e o socialismo mudou de rumo.

Ao lado dessa guerra existe a do narcotráfico, que está se movendo e se abrigando no Brasil. A gente vê a notícia nos jornais, mas não se dá conta do conjunto da tragédia. Foi preciso vir a Medellín para constatar. Se os brasileiros viessem aqui, talvez pudessem começar a aprender como evitar que a tragédia se alastre em nosso país.

Ouço estupefato as narrativas. Converso com o prefeito, com um ex-governador, com funcionários, gente do povo, e procuro mais informações nos jornais e tevês, entre um compromisso e outro do Festival de Poesia. A poesia se alimenta do real. A poesia é que resgata o real.

Trinta e cinco mil pessoas morreram na guerra do narcotráfico em Medellín nos últimos cinco anos. Uns me falam de 45 mil, outros que 25 mil morreram num só ano. Penso se a estatística não se referiria ao país inteiro. Mas a bela funcionária do serviço de turismo me diz:

— As pessoas saíam para trabalhar e se despediam da família como se fossem para a guerra. Durante o dia, enquanto se trabalhava no escritório, ouviam-se explosões, duas, três de carros-bomba. Isso acabou virando rotina. A pessoa ouvia a explosão, respirava aliviada de que houvesse ocorrido longe dali e continuava a trabalhar.

Isso há três anos. Ou seja, ontem.

Agora estou indo para a inauguração do III Festival Internacional de Poesia, que um casal de poetas, Fernando Rendón e Angela García, resolveu, audaciosamente, criar naquela que era a mais violenta cidade do continente. O Teatro Metropolitano está apinhadíssimo. É três ou cinco vezes o nosso Teatro Villa-Lobos, lindo, sofisticado. Lá fora, filas de gente querendo entrar para ouvir Tony Harrison (Inglaterra), Jorge Adoun (Equador), Margareth Randall (Estados Unidos), Fernando Arbeláez (Colômbia), Djahanguir Mazhary (Irã) e a mim, pelo Brasil.

Nunca vi um público tão generoso, atento e ávido de poesia. E isso foi se repetindo. Em meia dúzia de auditórios e praças, diariamente, grupos de poetas se revezavam em leitura de seus poemas. Coisas surpreendentes iam ocorrendo. O público se punha de pé, como quando lia seus poemas Claribel Alegria, e exigia bis, como se fosse um grande concerto de rock.

É isso: os poetas em Medellín têm a recepção que hoje só têm as estrelas do rock. E isso, na cidade onde tombaram 35 mil, onde há três anos ninguém saía à noite e onde grupos armados entravam aleatoriamente em qualquer bar e fuzilavam as pessoas só para causar pânico.

Estamos agora, por exemplo, no amplo auditório da Comfama, às seis e meia da tarde. Vim assistir à leitura de Pablo Armando (Cuba), Eduardo Llanos (Chile), Pedro Granados (Peru), Orietta Lozano (Colômbia). O auditório cheíssimo. As pessoas, em vez de ir para casa, vieram ouvir poesia. Não são estudantes de letras e professores, senão profissionais liberais e gente do povo. Mas há tanta gente pelas escadas que no auditório não cabe mais ninguém. Do lado de fora, uma multidão querendo entrar. Ameaçam entrar de qualquer jeito, imaginem! Para ouvir poesia. Não dá para entender. Como é que essa cidade tida como violentíssima é a que mais corre atrás da emoção da poesia?

Um dos organizadores avisa:

– A multidão lá fora, no hall do teatro e nas escadarias, não arreda o pé. A solução é pedir aos poetas que, à medida que terminarem suas leituras, se dirijam lá para fora e levem seus poemas aos que não puderam entrar.

Porém, como o primeiro poeta já começou sua leitura e os espectadores lá fora estão impacientes, me pedem que vá lá fora e leia poemas. Levanto-me estremecido, assustado. Encontro no hall um grupo alegre aplaudindo. Dão-me um megafone. Como se fosse um Maiakovski nos sindicatos ou Neruda nas minas de salitre, vou lendo um poema. Termino. O poeta que acabou de ler lá dentro agora vem aqui fora me substituir. Volto para dentro do teatro. Aqui dentro ouço os aplausos que lá fora dão aos que lá fora leem. Aqui dentro os aplausos que respondem como eco os aplausos lá de fora.

A poesia ocupando espaços, entre bombas e flores, ali onde a esperança é tão explosivamente necessária.

*3 de junho de 1994*

# No México, entre morte e vida

Andando pelo centro de Oaxaca, numa fresca e ensolarada manhã, descubro atrás das grades da janela de uma velha casa colonial mexicana o oposto da vida: uma exposição intitulada *No fio da morte*. Entro e vejo caveiras tematizando quadros e esculturas, porém, sem morbidez alguma. Sem mais nem porquê, dirijo-me a um quadro de avisos no corredor e dou de cara com um cartaz: "Aborrecido neste 29 de outubro? As alunas do grupo 303 da Escola Normal de Educação Pré-escolar de Oaxaca te convidam para seu grande carnaval do Dia dos Mortos, que será de 'ultratumba'."

No México, diferentemente de outras culturas, a morte faz parte da vida. A morte é celebrada. A morte é carnavalizada.

Os mais íntimos sabem que há trinta anos estou ameaçando escrever um livro sobre carnavalização e cultura. Se o fosse escrever hoje, não só porque é véspera do Dia dos Mortos, mas movido por essa coisa acidental que vi em Oaxaca, o começaria com essas anotações. E continuaria: ao lado daquele cartaz onde as jovens adolescentes – cheias de vida, com seus peitinhos despontando e hormônios sonhando com beijos e carinhos – convidam para um baile de "ultratumba", ao lado, encontro outro cartaz. Este dispõe sobre um "concurso de altares".

Explico: no México, em torno do Dia dos Mortos, realizam-se certames para ver que famílias montam dentro de suas casas os mais belos altares dedicados aos seus mortos. Num cômodo da casa erguem esses monumentos ornados não só com flores, tecidos rendados, tapetes, retrato dos mortos queridos, mas sobretudo com frutas e fartas comidas típicas. Entre essas comidas pode haver algumas caveiras feitas de açúcar. Desse modo, a alma dos que se foram retorna familiarmente para banquetear entre os seus.

Essa manifestação popular tornou-se um produto talmente artístico, que muitos desses altares foram parar em museus do país. E a relação estrutural com o nosso carnaval se reafirma quando no anúncio do "concurso de altares", há uma referência aos quesitos em julgamento:

"antenticidade, originalidade, apresentação", que lembram os quesitos dos desfiles de nossas escolas de samba.

No México, a morte faz parte carnavalizada da vida. E outro cartaz lembra dezenas de eventos em outubro e novembro onde a morte é o tema de desfiles, adorno de altares, soar de sinos, procissões, rosários, livros de rezas até um "levantamento de cruzes de fiéis defuntos por seus padrinhos".

No México, a morte é um assunto vital. Desde os tempos em que diversos impérios indígenas realizavam sacrifícios humanos coletivos em torno, por exemplo, da Pirâmide da Lua, junto à qual, nesses dias, aliás, acharam inúmeros esqueletos.

Mas estou andando pelo centro de Oaxaca. E um dia talvez ainda faça toda uma crônica ou poema sobre uma das coisas mais comoventes que vi e que é um contraponto à morte. Trata-se da Árbol del Tule. A árvore da própria vida. Tem dois mil anos de vida e é considerada a maior árvore do mundo. Tem mais de quarenta metros de altura. Pode abrigar à sua sombra umas quinhentas pessoas e são necessários trinta indivíduos para abraçá-la.

Pois eu vi essa árvore. Estive sob sua sombra. Imaginem que há quinhentos anos um raio caiu-lhe em cima, fendendo-a. Em vez de morrer, na brecha, ela começou a crescer para dentro, se preenchendo, reverdecendo-se. Não há como ser o mesmo depois de vê-la.

Estou caminhando ainda por esta linda e leve manhã de sol pelo centro de Oaxaca. Ainda estão fechadas as lojas. Não poderei comprar das cerâmicas verdes e das cerâmicas pretas que os índios produzem. E sigo andando. Esta é uma cidade totalmente horizontal, sem edifícios, só casas. Seja por temer terremotos, seja para proteger o original traçado colonial e sua arquitetura, o fato é que as casas alaranjadas, azuis, vermelhas alegram a alma.

E sigo andando, mas percebo que volta e meia passam por mim uma, duas ou mais Harley Davidson cavalgadas por típicos cavaleiros do apocalipse. Dobro uma esquina e por mim passam várias motos com homens e mulheres em suas vestimentas de couro preto, capacetes e botas. Entro noutra rua e lá vêm cinco, seis motos com aqueles tipos de rabo de cavalo, barba, óculos escuros, trazendo na garupa uma ou outra ninfa loira.

É isto: um encontro internacional de Harley Davidson, na mesma cidade onde se realizava o Encontro de Poetas do Mundo Latino. De repente, uma cena estupenda. Entro no *zocolo* (a praça principal das cidades mexicanas assim se chamam). E vejo centenas de enormes e reluzentes motos estacionadas sob as árvores, junto às arcadas, como se todo um exército de centauros tivesse ali pousado.

Fascinado com o imprevisto, olho essas figuras. Têm aqueles blusões de couro preto, aqueles capacetes e óculos intimidadores, aquelas botas que parecem ter esporas, mas são todos homens e mulheres maduros. Têm cabelos brancos, barba branca. São meio barrigudinhos. São senhores e senhoras. Burgueses, apesar da catadura. São advogados, médicos, professores, até padre tem ali. Aquela pinta de Hell's Angels vai se decompondo. Aqueles senhores e senhoras parecem colegiais em férias. Agora estão se dirigindo todos, são centenas, para uma foto, sentadinhos na arquibancada diante da catedral do século XVI. Que precioso anacronismo. Índios zapotecas vendendo suas quinquilharias em torno, a fachada do templo barroco de pedra cinza-amarelada e essa multidão de vetustos centauros em frente posando para foto.

Encostado a uma parede lateral da igreja, um grande cartaz de madeira dava notícia de que no *zocolo* haviam se apresentado os autores presentes ao Encontro de Poetas do Mundo Latino. Os poetas se foram. Mas a poesia continuava, bizarramente, naqueles anacrônicos centauros, na fachada iridescente da igreja, no rosto impassível dos índios na praça, como a vida nos manda notícias de dentro da própria morte.

*1º de novembro de 2000*

# Vou-me embora pra Pasárgada

Se pensam que é uma metáfora, enganaram-se, estou indo mesmo. E há dúvidas se acaso volto. Amigos preocupados, indagam:
– Não está com medo?
E eu:
– Medo de que, cara pálida? Nem dos medos nem dos persas. Porventura quem vive nessas bandas tem direito de ter medo de ir a algum lugar do planeta?

Aqui estou, aqui estamos que nem aquele índio do Gonçalves Dias que caminha para ser morto no ritual armado pelo inimigo e ainda diz: "Guerreiros, descendo da tribo tupi. (...) Já vi cruas brigas de tribos imigas" aquém e além do Catumbi.

E já que "andei longes terras, lidei cruas guerras (…) o acerbo desgosto, comigo sofri", então, lhes digo: vou-me embora pra Pasárgada. Para quem não sabe, fica essa região mítica lá no Irã.
– Mas, no Irã!? Você enlouqueceu, cara?
– Não, se eu já era "loco por ti América", por que não enlouquecer pelo Irã, e lá, por Shiraz, por Yazd e pela praça de Isfaham?

Ah, sim, você está olhando o mapa e se assustando:
– Puxa, tem fronteira com o Iraque, Afeganistão, Turquia, Kuwait, Turcomenistão, Rússia, Arábia Saudita etc.
– Mas, meu caro, por acaso não estou cercado por Pavão-Pavãozinho, Rocinha, Complexo do Alemão, Rato Molhado, Favela da Maré e cerca de setecentas e poucas nações belicosas aqui no Rio?

Então, com ou sem a vossa permissão, "Vou-me embora pra Pasárgada". E para quem não sabe, segue logo a explicação básica a partir daquele poema de Manuel Bandeira que começa com o título dessa crônica. Ele mesmo explica no seu livro de memórias poéticas – *Itinerário de Pasárgada*:

> Quando eu tinha meus quinze anos e traduzia na classe de grego do Pedro II a *Ciropédia*, fiquei encantado com esse nome de uma cidadezinha fundada por Ciro, o Antigo nas

montanhas do sul da Pérsia, para lá passar os verões. A minha imaginação de adolescente começou a trabalhar e vi a Pasárgada e vivi durante anos em Pasárgada. Mais de vinte anos depois, num momento de profundo *cafard* e desânimo, saltou-me do subconsciente esse grito de evasão: "Vou-me embora pra Pasárgada!" Imediatamente senti que era a célula de um poema. Peguei do lápis e do papel, mas o poema não veio. Não pensei mais nisto. Uns cinco anos mais tarde, o mesmo grito de evasão nas mesmas circunstâncias. Dessa vez o poema saiu quase ao correr da pena. Se há belezas em "Vou-me embora pra Pasárgada", elas não passam de acidentes. Não construí o poema: ele construiu-se em mim nos recessos do subconsciente, utilizando as reminiscências da infância – as histórias que Rosa, a minha ama-seca mulata, me contava, o sonho jamais realizado de uma bicicleta etc. O quase inválido que eu era ainda por volta de 1926 imaginava em Pasárgada o exercício de todas as atividades que a doença me impedia: "E como farei ginástica... tomarei banhos de mar". A esse aspecto Pasárgada "é toda a vida que podia ter sido e que não foi".

Começo a estudar o roteiro. Vou fazer uma viagem de agora a três mil anos atrás. Estou indo ao encontro real, da sobrante realidade, que está além dos livros de história que estudamos no ginásio, quando havia ginásio e quando adolescentes como Manuel Bandeira, pasmem!, estudavam grego! É isso, cara!, grego, uma parada legal, sacou?

Pasárgada fica ali perto de Persépolis. É isso aí, tipo assim, Teresópolis-Petrópolis, 48 quilômetros uma da outra. Foi fundada por Ciro uns quinhentos anos antes de Cristo. Ciro, não o nosso ministro, mas o dono de um tremendo império, queria que seu paraíso fosse o centro da terra. Ah! Aulas de ginásio: Ciro, Dario, sátrapas, Xerxes, Artaxerxes e, pronto, lá vem Alexandre, o Grande, lá da Grécia, grande para as gregas dele, é claro, e faz uma grande, grandíssima, enorme estupidez – destrói tudo. E por aí vai, e por aí vamos com Bush – o Pequeno, botando tudo a perder e infernizando a vida do universo inteiro, além e aquém da Mesopotâmia.

– Mas você está indo à Pérsia ou ao Irã? – alguém pode perguntar.

– Aos dois – respondo. – Pois a Pérsia foi virando país árabe a partir do século VII, e, em 1935, o governo daquele país adotou o nome Irã. Seja como for, é o país, isto todo mundo sabe, de Omar

Khayyam, que viveu no século XII, aquele dos vinhos, prazeres e niilismos filosóficos nas almofadas e tapetes da vida. Mas os poetões e os grandes textos poéticos da Pérsia, a gente vai descobrindo, são outros. Por exemplo, o *Panchatantra* ou *Os cinco livros*, de autoria múltipla, cuja cópia mais conhecida apareceu em sânscrito, contando a história de um rei que entrega três filhos indolentes para serem educados pelo brâmane Vishnu Sarma. E não é que ao fim de seis meses eles se transformam em sábios?

Além desse poema, a literatura persa exibe outro monumento de interesse universal – *O livro dos xás* daquele que é considerado o seu maior poeta, Ferdusi (935-1020). Não é à toa que seu túmulo é reverenciado como se fosse um Homero.

Sair de um país como o nosso com uma história tão rala e recente e cair no inesgotável poço de petróleo da própria história deixa qualquer um perturbado. Há de ser instigante e pedagógico ver esse novo país com todas as suas contradições, lutando por uma árdua e crescente liberdade, que, tinha, em 1979, 49% de analfabetos e hoje tem 83% da população leitora; que, com menos da metade da população do Brasil, tem um milhão e meio de universitários e 1.500 bibliotecas, cujo cinema, de prestígio internacional, só em 1997 ganhou 118 prêmios internacionais.

Ali o berço de Avicena (980-1037), filósofo e médico que codificou toda a ciência árabe de seu tempo e reinterpretou a sabedoria grega.

Ali o berço de Zoroastro ou Zaratustra, que alguns dizem que não existiu, e que não existindo fez mais pela vida do que muitos que existem.

Vou-me embora pra Pasárgada.

*15 de maio de 2004*

# No Irã, em torno de Pasárgada

Um dia você desperta em Shiraz, ali no meio da antiga Pérsia, hoje, Irã, olha pela janela do esplêndido hotel, as montanhas num tom ocre, que circundam a cidade ajardinada, e diz entre casual e solene:
– Hoje vou conhecer Pasárgada.
É dizer essa palavra e desencadeiam-se quimeras, que Bandeira fabulou.
Digo, então, ao guia que Pasárgada é muito popular no Brasil. E vou falando e ele vai me olhando com persa perplexidade. Fico de mandar-lhe a tradução para o inglês do poema de Manuel Bandeira, feita por Candace Slater, lá de Berkeley, para que propale aos futuros turistas os versos simples e cruciais do nosso universal pernambucano.
Ir a Pasárgada. Também a Persépolis que, confesso, me veio primeiramente na infância nas figurinhas do sabonete Eucalol, de onde, revelo, emana toda minha colecionada cultura. E no caminho deparar-se com as tumbas de Dario, Xerxes, Artaxerxes cavadas nas montanhas de pedra e guardadas por monumentais cenas em relevo. Não é todo dia que isto ocorre na vida de quem passou a infância às margens do Paraibuna ouvindo as aulas de história do professor Panisset abrindo-lhe as portas da imaginação.
As estradas iranianas são surpreendentemente boas, e esta que nos conduz tem três pistas de cada lado e segue avançando entre plantações de ciprestes, pinheiros e insólitos trigais. O verde chega às fraldas das estéreis escarpas. Este é mais um país que reverte em jardim o hostil deserto, que cobre uns 80% de sua superfície.
Chegamos primeiro ao mausoléu de Ciro. Monumento quase rude, como um grande esquife de pedra sobre vários patamares de rocha lavrada. Ao redor, o descampado, o chão arenoso. Uma paisagem de Marte circunda todo o trajeto.
Olho em torno desse mausoléu solitário erguido quinhentos anos antes de Cristo. Aqui, diante do grande imperador persa, até Alexandre, o demolidor, se persignou. Aqui Tamerlão e sua horda mongol se detiveram para honrar o morto. Aqui essa inscrição reveladora da

complexidade do herói fundador: "Ó homem, eu sou Ciro, que fundou o Império dos Persas e foi rei da Ásia. Portanto, não lamente este monumento."

Em torno vou imaginando os jardins que aqui floriam e os canais por onde águas fluíam. Mas é ali, um pouco mais adiante, que está Pasárgada que Ciro ergueu tentando repetir na terra o que seria um paraíso no céu.

Vontade de escrever um poema, uma carta a Bandeira. Querido Manuel, aqui estou. Como Drummond, eu digo: foi preciso que um poeta brasileiro, não dos maiores mas dos mais expostos à galhofa, aqui viesse conferir a perdida utopia. Aqui estou e ouço os ruídos dos escudos, das patas dos corcéis em guerra, o alarido das lanças. Em Pasárgada só há ruínas do Império Aquemênida, que Ciro fundou. Caminho entre as pedras tombadas do Portal da Casa, da Sala de Audiências, do Palácio Residencial e contemplo os degraus restantes do Altar do Fogo com os quatro homens alados em relevo. Além das pedras, a poesia é aquilo que restou da história.

Seguimos peregrinando. E Persépolis nos chama. Agora é Dario, anos depois erguendo essa outrora fabulosa cidade. Pisamos os primeiros degraus da larga e monumental escada que vai dar entre figuras de leões, gatos, cavalos, reis barbudos e tantos relevos em procissão de imagens repetindo rituais e oferendas na corte.

Não dá para contar tudo. E nem é o caso. Por isto, retornando a Shiraz, retorno à incontornável poesia que brota das pedras deste país. Há pouco tempo o escritor Jair Ferreira dos Santos me escrevia sobre aquela senhora de 97 anos que foi resgatada dos escombros da histórica Bam, no Irã. Tão logo pôde falar, consta que recitou de memória um poema sobre Deus e a ordem por ele imposta ao universo. Pois, no primeiro dia em Shiraz, a primeira coisa que o guia disse foi:

– Há quatro poetas que são as quatro pilastras deste país: Ferdusi, Rumi, Sa'adi e Hafez.

Se fosse no Brasil, o guia começaria louvando nossos rios e florestas, dizendo que somos os maiores do mundo nisto, os maiores do mundo naquilo, e falaria do carnaval e do futebol. Como não ter o maior respeito por uma cultura onde o guia, a primeira coisa que faz é nos levar à tumba de Sa'adi e Hafez? Ele não se referiu a Omar Khayyam, que funciona melhor para o consumo ocidental.

As pessoas aqui vivem a poesia. Os textos dos poetas aparecem nas conversas, nos filmes, nas análises de grupo, são moedas de troca, metáforas expressivas do imaginário popular. Folheio numa livraria o livro de Pierre Loti, *Vers Ispahan*, onde narrando sua viagem por aquelas terras diz: "Pátria invejável de poetas, a Pérsia... em nossa terra, à parte os letrados, quem se lembra de Ronsard?"

Com efeito, aqui a poesia é uma espécie de religião laica. Nem a cultura islâmica conseguiu extinguir a força dos poetas fundadores do país, surgidos há quase mil anos. E na apresentação pública de nossos textos, que eu e Marina fizemos numa iniciativa do eficiente embaixador Cesário Melantonio, surpreendeu-nos que vários dos convidados trouxessem para nós, como presente, livros e antologias de poesia clássica persa.

O mausoléu dos poetas são monumentos que em outros países são feitos para guerreiros e estadistas. Pouco adiante daquele dedicado a Hafez, em Shiraz, está o de Sa'adi, instalado num refrescante jardim onde encontrei as rosas, sobretudo as vermelhas, as mais clamorosamente perfumadas. De longe nos pressentem, parecem confirmar os versos de nosso cancioneiro popular: "As rosas não falam, as rosas apenas exalam o perfume que roubam de ti". Mas essas rosas estão é prolongando a poesia de Sa'adi, em cuja lousa leem-se esses versos proféticos: "Da tumba de Sa'adi, filho de Shiraz, escapa o perfume do amor – você o sentirá ainda mil anos depois de sua morte".

Realiza-se a profecia, por cima dos oceanos. Mil anos depois, não apenas um, mas dois poetas brasileiros aqui estão expostos ao aroma intemporal da poesia.

São notícias imponderáveis de Pasárgada, de um paraíso perdido e só pela poesia habitável.

*20 de junho de 2004*

# Num tapete mágico no Irã

Aconteceu um fenômeno curioso quando há dias numa crônica no jornal *O Globo* anunciei que estava indo para Pasárgada, aquela cidade que Manuel Bandeira celebrou e que foi fundada por Ciro, no meio da Pérsia, cerca de quinhentos anos antes de Cristo. Começaram a chegar e-mails de leitores, uns pedindo carona, outros com saudável inveja dessa viagem, outros dizendo que querem também sair de qualquer maneira daqui dessa antiPasárgada brasileira.

Contudo, em Teerã, Shiraz, Isfahan, Persépolis e na Pasárgada propriamente dita não vi brasileiros (além daqueles da embaixada). Em compensação, na volta, ao passar por Londres, topei com inúmeros compatriotas que para ali foram em busca da (im)possível felicidade. Era a camareira do hotel, a recepcionista, a garçonete, o rapaz no metrô, gente falando português naqueles ônibus de dois andares e, no avião, de volta, um dos nossos explicava ao celular que acabava de ser expulso da "Pasárgada" inglesa por falta de documentos, mas que vai voltar para lá, pois está conseguindo o passaporte italiano. Quer dizer, o paraíso mudou de endereço, não é mais aqui.

Quando, andando entre as ruínas do mítico palácio de verão de Ciro, disse ao guia iraniano que os brasileiros eram íntimos de Pasárgada, por causa de Manuel Bandeira, ele se admirou e me pediu o poema. Quem sabe ele anexa o poema à paisagem? Quem sabe eu mesmo não faço um poema sobre essa viagem transtextual? Por ali começava uma espantosa e sedutora aventura. Agora, aqui estou de volta tendo anexado mais uma dúzia de perplexidades "na vida das minhas retinas tão fatigadas".

Mas quando lá estava, comecei por Teerã. Por esses dois palácios dos dois últimos xás, com o que sobrou da fúria dilapidadora dos revolucionários islâmicos de 1979. Ainda há alguma riqueza lá dentro. Mas o que me impressionou foi um par de botas de mais de um metro. É o que sobrou da estátua de Reza Xá. Está do lado de fora, misturada a materiais de obras. Assim é a história. O que ontem era luxo, hoje é lixo. E vice-versa.

Daqui vejo a cidade lá em baixo com cerca de quinze milhões de habitantes totalmente ajardinada, florida e incrivelmente limpa. Não há sinal de pobreza e miséria, como nas nossas cidades. Durante a guerra com o Iraque, em Teerã caíram 120 mísseis, mas está tudo reparado. Você vai para Isfahan, que já foi capital persa, ou vai a Shiraz e novo espetáculo de flores e limpeza.

O turismo internacional ainda não descobriu o Irã e entende-se por quê. Há alguns alemães, italianos e japoneses aqui e ali, mas os museus, alguns deles esplêndidos como o Museu dos Tapetes, quase sem visitas e é tudo baratíssimo. Uma refeição acaba saindo por três ou quatro dólares. Claro que se está condenado a comer sempre a mesma comida – o espetinho de carneiro –, mas as tâmaras, o sorvete de açafrão e os doces são inigualáveis.

Entende-se. O país ainda está fechado à influência ocidental, embora haja anúncios de várias multinacionais pelo aeroporto e nas estradas. Politicamente as coisas estão em compasso de espera, porque o presidente Khatami, que era liberal, perdeu sua força no Parlamento.

Os museus, como os das joias imperiais, dentro do Banco Central, com diamantes, rubis e esmeraldas do tamanho de um ovo dão conta do fausto de outras épocas. O Palácio do Golestan com seus jardins e canais, salas de espelhos também sendo recuperado. Aos poucos o governo islâmico vai reconhecendo que não se pode apagar esse passado.

Mas olho as mulheres. Muitas vestidas de negro chador. Porém muitas de sobretudo de outras cores. E milímetro a milímetro vão reconquistando seu corpo e seu espaço, dia a dia, ano a ano.

Para um brasileiro com uma história tão rala, provoca um solavanco no imaginário quando o guia nos fala de dois mil anos como se fosse ontem. Por exemplo: você não pode subir o monte onde estão as ruínas do Templo do Silêncio erguido pelos seguidores de Zaratustra (ou Zoroastro) seiscentos anos antes de Cristo e achar que é depois a mesma pessoa.

Você não pode ficar diante do mausoléu de Ciro – o fundador do império persa, saber que Alexandre, o Grande, ali esteve reverenciando-o e voltar para casa como se tivesse ido ao cinema.

Você não pode contemplar os relevos cavados na montanha na entrada das tumbas de Dario, Xerxes e Artaxerxes como se estivesse vendo um anúncio de refrigerante.

Você não pode ver o Palácio das quarenta Colunas, entrar na imensa Praça Naqsh-e Janhan, em Isphahan, onde cabem cinco campos de futebol, com as lojas em arcadas que dão num efervescente bazar e regressar às trivialidades de sempre.

Você não pode aproximar-se da longa Ponte dos 33 Arcos, com 99 outros arcos na parte de cima, uma ponte tão monumental que tinha no meio a residência do Xá, e achar que aquelas águas que ali fluem são as mesmas de uma cidadezinha qualquer.

Aqui, até Tamerlão durante as invasões mongólicas do século XIII se extasiou, se encantou com os poemas de Hafez e Sa'adi e ajudou a construir mesquitas que têm *zeliges* e azulejos bem diferentes da tradição, por exemplo, marroquina.

Viajar aqui é embarcar num tapete voador. Vim para isto. Por isso neste restaurante perto da montanha, enquanto escorre a água da neve dessa primavera, e enquanto como um kebab, sentado nesses tapetes persas, peço um narguilé e, como um derviche, deixo meus pulmões absorverem o leve fumo aureolado com sabor e aroma de mil rosas.

*3 de julho de 2004*

# Um coletor de lágrimas

Num museu em Isfahan o guia nos chama a atenção para um objeto parecendo uma espiralada ampola de vidro – é um coletor de lágrimas de mulher. Em outros museus o mesmo objeto reveríamos. Era para que o marido medisse pluviometricamente o quanto a esposa chorou por ele enquanto viajava ou batalhava.

Antes de embarcar para o Irã estava lendo um romance baseado em fatos reais – *Lendo Lolita em Teerã* (Random House) escrito por Azar Nafisi, uma professora universitária que em 1997 recusou-se a usar o véu e foi expulsa do país. Atualmente dá aulas de literatura na Johns Hopkins. Impedida de dar aulas no Irã, reuniu uma meia-dúzia de alunas em sua casa para ler e discutir Nabokov, Fitzgerald, Henry James, Jane Austen e outros. Qualquer hora, espero, algum editor traduz o livro por aqui. É um bom flagrante de contrastes de cultura.

De repente estou no aeroporto de Frankfurt para embarcar para Teerã. E busco sinais das primeiras metamorfoses que ocorrerão, porque estaremos mudando de frequência, de canal, de rotação, de hemisfério, enfim, de ideologia dominante.

Na sala de espera do voo vejo, por exemplo, como passageira uma adolescente com uma camiseta sem manga, barriga à mostra e penso: como é que ela vai enfrentar os aiatolás quando lá chegar? Outras mulheres estão vestidas ocidentalmente. Só duas têm já um véu cobrindo a cabeça. Mas a cena irá se transformando quando, depois de quatro horas, o avião pousar em Teerã. Como se tivessem trocado os personagens do avião, chadores e véus aparecem cobrindo as mulheres. Nos preveniram que nem as canelas devem aparecer.

Cena de aeroporto, igual e contrária, vai ocorrer quando estiver saindo do Irã para Londres. Até entrar no avião da British, todas as mulheres cobertas de véus e balandraus. Cruzada a porta do avião inicia-se o striptease possível. Desvela-se a eroticidade acobertada. Descubro que está em lua de mel um casal ao lado. Ela não para de beijar o rapaz, ela que no aeroporto em Teerã estava islamicamente recatada. E a surpresa maior passa por mim na direção do banheiro. Um mulheraço, como dizem os homens tomando cerveja nas esquinas da vida, uma tremenda gata malhada, pernas torneadas dentro um jogging justíssimo. Nem sombra da mulher vestida de negro que entrou pela porta do túnel que leva ao que chamam de aeronave.

No Irã, dizem-me, as mulheres não podem cantar em público nem dançar. Custo a acreditar.

Mas no Irã uma mulher, Shirin Ebade, ganhou em 2003 o Prêmio Nobel da Paz.

No Irã há divórcio. Converso com algumas iranianas sobre as agruras aí inerentes.

No Irã há o "casamento temporário". Um Imã pode fornecer um documento oficial para uma relação que dure poucas horas ou só uma noite, apesar de o homem ser casado.

Consulto ali um livro que é uma espécie de vade-mécum: *Os direitos das mulheres no Islã*, da autoria de Murtada Mutahhari, editado pela World Organization for Islamic Services. Didático, às vezes dialético, demonstrando conhecer alguma coisa da filosofia ocidental (Aristóteles, Platão, Bertrand Russell, Will Durant), é um excelente objeto de análises sobre as diferenças culturais. Embora em algumas partes faça críticas pertinentes ao Ocidente, por outro lado, como nos sofismas clássicos, esforça-se para dar logicidade ao ilógico e justificar o absurdo. Entre outras coisas, anoto: "é aborrecido para o homem viver na companhia da mulher que ama, enquanto nada é mais agradável para uma mulher do que viver ao lado do homem que ama".

Em outros trechos estabelece um confronto entre "amor" e "compaixão". O amor está do lado do desejo passageiro, e a compaixão, que é o que segundo sua doutrina se deve procurar, é permanente. Compaixão, ou *mercy*, como diz o texto inglês, tem o mesmo tom de complacência diante do inimigo ou do inferior.

Mulheres do Irã, mais do que minha compaixão, vocês têm todo o meu amor. Vocês me comovem. Comovem-me primeiro as que andam de chador preto mal mostrando a face, mordendo um lado do manto, para mais se ocultarem. Vocês, mais que Drummond, poderiam dizer: "tenho apenas duas mãos e o sentimento do mundo", pois como segurar o chador que esvoaça, carregar embrulhos, dar a mão aos filhos debaixo dessa mortalha? Como fazem com esses cinco metros de pano, lhes pergunto prosaicamente, quando têm que ir aos banheiros públicos onde as privadas estão no chão, ao estilo turco?

São lindas, em geral, as mulheres do Irã. Todos as temos visto nas fotos e nos filmes. Que olhar inteligente têm as mulheres inteligentes do Irã! Que sensualidade no rosto têm as que têm sensualidade no rosto! Nunca me esquecerei desses olhares, dessa luta terrível em que vão conquistando um milímetro por mês, alguns centímetros por ano, deixando mostrar mais seus cabelos, às vezes já pintados, usando mantos e sobretudos de outras cores, exibindo sandálias e pés bem tratados, e, sobretudo, o rosto, esse curto e sobrante espaço, no qual as maquiagens mostram os sortilégios da discreta sedução.

Eu as vi comprando suas roupas íntimas nas lojas, para se abrirem qual borboletas para seus amados, quando entre as paredes do lar. Se em todos os países o lar e a rua são instâncias diferenciadoras e complementares, aqui no Oriente Médio é que se potencializa ainda mais o conflito, a tensão, o espaço do limiar.

Nessas mulheres de roupagem escura há qualquer coisa de andorinha procurando o seu verão. Há nelas qualquer coisa de crisálida. De crisálida esforçando-se para largar a carcaça e inventar suas asas. Qualquer dia, qualquer hora elas vão desabrochar para a luz. E quando isto se der, como borboletas triunfantes ocuparão o espaço com o alarido de suas cores.

*27 de junho de 2004*

# No monte com Zaratustra

Estou no topo das ruínas do templo de Zoroastro e olho para ontem e para hoje. Subi, subimos, Marina e eu, cem, duzentos metros íngremes num não-caminho, um sol de botar o chapéu, vamos subindo, e a cidade de 14 milhões de habitantes começa a aparecer em seu conjunto, pois a maioria das construções no Irã tem poucos andares. Então, estou no topo das ruínas do templo de Zoroastro a que chamavam também Zaratustra, que viveu há mil e seiscentos anos antes de Cristo, de quem Nietzsche tomou o nome, embora seu pensamento nada tenha a ver essencialmente com esse profeta que veio da raça ariana, raça que surgiu no Irã e não na Alemanha. E, aqui em cima, nesse círculo de pedras da história que restou, dois iranianos conversam agachados, acocorados, um deles com uma pomba branca nas mãos.

Pomba prisioneira ou pomba libertária? Ambiguidade. Há uma tradição autoritária aqui que tem praticamente 2.500 anos.

Olho a pomba, olho a paz, olho a guerra.

Sobre esta cidade, na Guerra Irã-Iraque, caíram 116 mísseis desferidos por Saddam Hussein, naquela época amigo dos Estados Unidos em sua hipócrita política externa, para destruir o "grande satã" iraniano.

Cada época tem seu Gengis Khan ou seu Alexandre, o Grande, com manias civilizatórias. Sabem o que os mongóis lá pelo século XIII fizeram por aqui? Vieram arrasando tudo desde as estepes da China e avisavam que era melhor os inimigos se renderem, porque iam de qualquer modo degolar todos os príncipes. Então, o guia que me levava por uma dessas deslumbrantes mesquitas me recita os versos de um poeta antigo:

"Ontem, se alguém morresse, encontrariam cem pessoas para chorar por ele

Hoje tanta gente morre que não há mais quem chore."

O que fez então Gengis Khan? Ordenou que recolhessem os crânios dos vencidos e construíssem com eles um arco do triunfo por onde suas tropas passariam.

Parece que não avançamos muito.

Olho os jornais publicando as fotos de tortura quando os novos mongóis vindos da América desembarcaram no Iraque, que está a uma hora daqui. Pois acusavam Saddam de fazer pilhas de cadáveres. Então, os mongóis da América vieram e ergueram novas pilhas de cadáveres sob um arco de impossível triunfo.

O homem é mau desde sua meninice, brandia Salomão.

Vou ao Museu Armênio, pois eles há muito vieram perseguidos para cá. Não se pode andar um metro história adentro sem sujar os pés, o peito e até se afogar em sangue. Aqui vive uma comunidade de armênios, esses quase sem pátria, com a pátria comprimida, oprimida como os curdos, os palestinos, os tibetanos. Como esquecer o massacre de 1910, em que os turcos, em sua versão mongólica, eliminaram um milhão de armênios. Nas paredes da igreja uma série de pinturas sobre as torturas infligidas a São Gregório, ele que havia curado o rei que tinha alucinações de que era um porco. Possivelmente era porco mesmo, como sucede com certos reis e governantes.

É em Isfahan, nesta espetacular praça que soma cinco campos de futebol, com centenas de arcadas para lojas e um mágico bazar persa ao fundo, é nesta praça que observo pela primeira vez que, em vez de flâmulas, todos os postes da cidade e todos os postes do país ostentam uma bandeira negra em solidariedade ao que ocorre no país vizinho.

Mas onde estava eu no princípio dessa crônica, senão no topo desse monte onde os zorastrianos celebram cultos, ainda hoje, em outras partes do país? Devo descer, apagar essas visões? Devo ir ao portentoso Museu dos Tapetes e ver se descubro modos novos de trançar a urdidura da história? Devo ir ao Museu do Golestan com seus espelhos, jardins e água corrente, devo ir ao ilustrativo Museu de Vidro ver como se fragiliza a beleza, devo ir ao Museu de Joias e ver rubis, diamantes, esmeraldas que brilhavam na cabeça dos tiranos e rédeas de seus cavalos, enquanto os pobres, ah!, os pobres, sempre aos vossos pés, sempre os tendes convosco...

Descubro então pequenas coisas, não apenas como se trama a história, mas como se tramam e se tecem tapetes e que, por exemplo, é a lã em torno do pescoço da ovelha a melhor para tecer, e que esses símbolos nos tapetes, esses símbolos nos quais pisamos, soberanos e incultos, esses símbolos falam, têm sentido e caligrafam histórias. Dois pássaros, por exemplo, significa amor, setas são sinais de fertilidade, e outros sinais representam o destino e a abundância. Os tapetes falam. Narram desejos.

Quando eu descer daqui de novo passarei pelas ruas ladeadas por sucessivos plátanos que tudo sombreiam e amenizam. Passarei por jardins e gramados que só um povo à beira do deserto pode cultivar. E quando for no Palácio do Golestan, erguido no século XVIII, uma coisa me chamará a atenção: em muitos quadros representativos da vida persa, quando a cultura islâmica ainda não havia proibido a reprodução de figuras humanas nas pinturas, observo que aparece sempre uma figura masculina com um véu cobrindo todo o rosto. Explicam-me: é o "Imã Oculto", o 13º profeta que há de vir para participar do Juízo Final e acabar com o sofrimento humano.

Pesaroso, desço o monte do Templo do Silêncio com alguma esperança, pensando em Zoroastro, a única criança que sorriu no dia de seu nascimento.

*26 de junho de 2004*

# Em Arrábida, à beira da história

Aqui estou no Convento de Arrábida erguido por frades franciscanos em 1542. As paredes brancas se destacam no verde da mata em torno e, lá em baixo, rebrilha o azul oceano. Estou a uns quarenta minutos de Lisboa e do século XX. Para aqui vim não exatamente para purgar pecados, senão para participar de um seminário organizado por Gilda Santos, onde portugueses e brasileiros tentarão entender os "enlaces e desenlaces" que atam e desatam Portugal e Brasil há quinhentos anos.

Pareceu-me que uma boa forma de comemorar os infaustos quinhentos anos do Brasil era adentrar-me por Portugal em busca de um controvertido espelho histórico. Se você quiser vir comigo, começaremos por Guimarães, onde em 1139 Afonso Henriques instituiu este país. Daí iremos a Bom Jesus, em Braga, a subir-descer pelos labirintos do Escadório dos Cinco Sentidos; depois peregrinar por Viana do Castelo; a seguir, entrar na deslumbrante biblioteca de D. João V, em Coimbra; pisar no Mosteiro da Batalha onde se celebra a vitória dos portugueses em Aljubarrota, ou então, ficar em contemplação daquela manuelina e barroca janela do Convento de Cristo, em Tomar; e em Alcobaça poderemos aguardar a eternidade até que Inês de Castro e D. Pedro se levantem do mármore e se reencontrem amorosamente. Assim, de pousada em pousada, arribaremos às muralhas de Ourém, à cidadela de Marvão, a Évora, Estremoz, Beja, e onde quer que haja um castelo e uma muralha aguardaremos os mouros ou celebraremos as disseminadas ruínas romanas. E para um repasto podemos nos deitar sob oliveiras e vinhedos que há séculos nos esperam.

Mas estamos em Arrábida. E no convento propriamente dito visitamos as minúsculas celas onde os frades enfrentavam o inverno e prelibavam a eternidade. Agora, no entanto, é verão, e um vento agita as folhas dos eucaliptos, plátanos e choupos. Lá na capela do conventinho, por alguns dias, nos reunimos, portugueses e brasileiros a trançar e destrançar os laços de nossas culturas.

Eduardo Lourenço, no primeiro dia, dá o tom:

– O Brasil não é uma questão, um problema que os portugueses se ponham. Temos, sim, uma questão conosco a propósito do Brasil.

Bela maneira de começar um diálogo. Ficaram para trás aquelas querelas mesquinhas que, certa vez, vi num encontro de brasileiros e portugueses em Columbia e Harvard. Estamos amadurecendo. Por isso, nesta questão de identidades, aparteando, lembro que quando os espanhóis chegaram à costa do México cometeram um ilustrativo equívoco. Perguntaram aos índios: "Que país é este?" E os nativos responderam: "Yucatán". Então, os europeus pensaram que esse era o nome do lugar, quando, na verdade, o que soava como Yucatán era uma frase cujo sentido era: "Nós não vos entendemos".

De um equívoco linguístico e antropológico nasceu o não-diálogo entre dois continentes. Mas as coisas estão mudando, e Carlos Reis fala da "dupla alteridade" que ocorre quando Eça, na pele de Fradique Mendes, critica o Brasil. E Maria Alzira Seixo analisa a peça de Maria Velho da Costa – *Madame*, encenada pela nossa Eva Wilma e pela atriz lusa Eunice Muñoz, onde surgem duas figuras emblemáticas de nossas culturas: Capitu e Maria Eduarda. A primeira é de Machado, a segunda está em *Os Maias*, de Eça de Queirós. Com efeito, as duas "pecadoras", naquela peça, mantêm um diálogo imaginário na Suíça e na França, num exílio moral a que os homens as condenaram.

Quando Luís Filipe Castro Mendes trata ironicamente da "infelicidade de ser ibérico" e da "desgraça de ser português", vem-me à mente o poema "Sobre a atual vergonha de ser brasileiro". E muito mais vai se falando. Com Gilberto Velho analisando sociedades complexas e Joaquim de Brito assinalando como a música popular brasileira foi importante em sua formação. É sempre bom ouvir o suave saber de Cleonice Berardinelli e um gramático como Ivo Castro. Já Evanildo Bechara faz uma bem-humorada palestra sobre as discutíveis regras do uso do hífen e do apóstrofe em nossa língua. Afonso Marques de Souza revela os projetos imperiais conjuntos de Brasil e Portugal. Helder Macedo, esse moçambicano que reside em Londres, é homenageado por Teresa Cristina Cerdeira, e lembrando o verso de Pessoa "o meu jardim é o do vizinho", ele afirma corajosamente que "temos o direito de escolher nossa cultura". A seguir, faz uma afirmativa desestabilizadora: o historiador Oliveira Martins é, na verdade, o maior romancista português do século XIX. Do historiador Sérgio Campos Matos aprendo que a nossa proclamação da república ajudou o movimento republicano no Porto em 1891, e com António Costa Pinto anoto que em 1900, ano em que morreu Eça de Queirós, Portugal tinha oitenta por cento de analfabetos. Ana Hatherly, enfim, especialista em Barroco, faz uma saborosa análise de como diversos autores se deliciam estilisticamente descrevendo as frutas do Brasil.

As culturas luso-afro-brasileiras têm mais em comum do que supõem os circunstanciais governos. E um país se conhece além dos livros que o traduzem. Por isso, com Ana Filgueiras saíamos a passear pela Vila Fresca do Azeitão onde o queijo, o vinho e o mel são notáveis e nos espera a bela Quinta da Bacalhoa, erguida em 1480. Ali adiante está Palmela, com seu ostensivo castelo e ótimo vinho, mais adiante Setúbal, onde nasceu o satírico Bocage.

Tomemos, no entanto, a estrada e cortemos o país para o norte e pousemos em Guimarães – berço da nacionalidade lusa. Foi aí que o D. Henrique começou a gerar esse país e foi aí, descubro, olhando uma casa na praça principal onde por algum tempo residiu outro Salazar, o Abel e não o ditador, que pensou em levar para lá a capital do país. Chegar a Guimarães nas Festas Gualterianas (em homenagem a São Gualter) é uma sorte só. Na praça principal canteiros de flores exibem a data 1139 e cartazes anunciam que "mil anos gloriosos se passaram" na história da cidade.

Vamos para a Pousada de Santa Marinha, um fabuloso mosteiro que vem do século IX. O canto-chão soa no claustro onde jorra uma fonte ornada de golfinhos. Salões grandiosos e austeros, azulejos magníficos, infinito corredor de onde saem as "celas" ou aposentos dos santos hóspedes. Num pomar imenso, douradas laranjas refletem a tarde. Bate o sino. A noite custa a vir no verão. E na colina em frente iluminam-se as pedras do Castelo de São Miguel. Tudo é história. Tudo é comoção.

*16 de julho de 2000*

# Viajando e, sem querer, comparando

Andei declarando por aí, em alto e bom som, e até já escrevi e assinei embaixo, que estou trocando o futuro improvável do Brasil pelo passado certo e glorioso de Portugal. E mais: tolhido aqui em minha cidadania, tenho dito, em bom som e alto, que deveríamos aproveitar aquelas comemorações dos quinhentos anos e pedir desculpas pela independência, implorando para sermos de novo anexados, agora, ao Mercado Comum Europeu, via Lisboa.

Enlouqueci? Claro que estou sendo irônico, primeiro comigo mesmo, que sou o primeiro que sofre ao dizer isso. Mas a ironia funciona como mertiolato para quem hoje vai às terras lusas e cai nas inevitáveis comparações. Imaginem que estamparam lá nos jornais uma enquete sobre violência e chegaram à estarrecedora constatação de que cinco por cento dos portugueses já sofreram algum assalto ou forma de violência.

Sem comentários. Ou, comentando: aqui, acho que só cinco por cento ainda não foram assaltados ou algo que o valha. O fato é que lá andei tranquilo o tempo todo. Por exemplo, um piquenique na beira da estrada, ali perto de Batalha. Italianos, espanhóis e nós mesmos, abríamos o farnel... e ninguém vinha pedir esmolas, ninguém vinha nos assaltar, ninguém nos ameaçava com estupro. Já havíamos, em Lisboa, ficado ao entardecer, ora sentados, ora deitados num daqueles bancos do jardim diante do Mosteiro dos Jerónimos e andando alta noite pelo Chiado. Tranquilidade absoluta. Igualmente, às onze horas da noite, no silêncio luminoso em torno do castelo de Ourém. O rádio do carro sintonizado na Antena 2 tocando músicas renascentistas e um locutor dizendo como o ano 1000 de nossa era foi uma encruzilhada na história, com a generalização das catedrais, dos sinos, dos relógios, dos incunábulos. Um casal ou outro passeando entre as ruínas em plena noite de verão. Nenhuma suspeita. Nenhum sobressalto.

Outra coisa chama a atenção. As estradas bem-cuidadíssimas. Dizem que isso se deve à entrada de Portugal para o Mercado Comum Europeu. Então, retomo aquela tese inicial: aceitem-nos de volta, deixem-nos entrar nesse mercadão. (Escrevo isto um dia após, de novo, ter usado uma de nossas rodovias e ter tido uma vez mais que adivinhar onde está a estrada e onde começa o mato, e rezar para o carro não atropelar um cavalo ou cair num buraco.) Ao contrário, lá em terras lusas, as estradas, principais ou não, têm, como se aconselha, as margens arborizadas. Viaja-se num jardim permanente. Como, aliás, em qualquer país decente.

Outra diferença. Não há essa poluição visual de anúncios. E nesse aspecto, dou-me conta, de repente, que há dias não via anúncio com mulher pelada me chamando para sacanagens comerciais. Nem mulher nua nem homem nu como na novela das sete. Por favor, não me digam que os brasileiros é que inventaram o sexo e que todas as demais culturas são eroticamente frias, pois algum estrangeiro poderá responder que tanto anúncio erotizante por aqui pode ser sinônimo de que o brasileiro só pode decodificar mensagens no nível do instinto e não da inteligência.

Estamos indo de carro do Sul para o Norte, do Leste para o Oeste, e, de repente, dou-me conta de outra diferença. Nas vitrinas, nos postos de gasolina, nos anúncios públicos não há palavras em inglês. Eu já havia esquecido como era viver numa cultura onde a língua fosse a portuguesa. Vivemos infestados, cercados, oprimidos, obnubilados com desnecessárias expressões em inglês. E foi preciso ir a Portugal para me sentir, de novo, brasileiro e não um residente de Miami. Não, não estou fazendo nenhuma campanha xenófoba, não estou me excluindo burramente da globalização, vejam lá, Portugal entrou no Mercado Comum Europeu, teve que assumir uma série de normas, e nem por isto transformou-se numa babel de letreiros comerciais. Estou convencido de que o pandemônio linguístico-comercial que aqui se estabeleceu tem raízes na incultura, no iletrismo e na macaquice pós-moderna.

E, num certo dia, quis comprar qualquer coisa numa farmácia. Cadê a farmácia. Meus irmãos em Pedro Álvares Cabral, vou lhes dizer uma coisa: farmácia é uma invenção ou mania brasileira. Você sai do Brasil e custa a achar uma. E quando acha, realmente é uma farmácia, com farmacêutico e tudo. Lembra-me sempre meu falecido sogro italiano dizendo que o Brasil parecia um país onde duas coisas se revezavam, farmácia e botequim, botequim e farmácia.

Outra coisa deixa perplexo o brasileiro que há mais de vinte anos vê sua economia estagnada: há uma espantosa febre de construções em Portugal. Será que todos os seus emigrados voltaram? Será que é para todos os brasileiros desempregados? Para todos os africanos despaisados? Quem vai morar em tantos edifícios novos e continuamente edificados em todas as partes por onde se passa? Será que o país passou de dez para vinte milhões de habitantes?

Claro que todo mundo que viaja faz comparações entre sua terra e a outra. Até aí, nada demais. Mas o que não pode, o que constrange é atravessarmos a fronteira para a Espanha, ir, por exemplo, a Valência de Alcântara e depararmos com a Calle Hernán Cortés arborizada com laranjeiras cobertas do amarelo fruto. Laranjeiras douradinhas e ninguém roubando ou depredando as árvores. Ao contrário, numa janela vi uma laranja, que, tendo caído naturalmente, alguém ali depositou para manter a rua limpa.

E eu que pensava ao iniciar esta crônica dizer apenas das coisas agradáveis, sem cair em masoquismos! Quem sabe ainda tento e consigo? Talvez volte com uma série de cartões-postais, mais amenos, numa felicidade alienada, da qual andamos todos carecendo urgentemente.

# Alinhavando tramas e urdiduras

**1.** Aquela janela ali é onde, dizem, a freira Mariana Alcoforado se punha suspirante e pesarosa esperando pelo retorno do nobre francês que a seduzira. Isso foi em mil seiscentos e pouco. Agora, enquanto a contemplo aqui em Beja, sul de Portugal, junto a esse bar ao ar livre, minha reverência se vê trespassada pela música do grupo É o Tchan, aquela que fala de Alá, Ali, cobra, deserto e bundinha. E eu olhando a janela da freira, lembrando das belas e torturadas cartas de amor que enviou ao sedutor e imaginando-a debruçada naquele balcão, sob aquelas bíforas, ouvindo essa serenata profana soar nos seus santos e eróticos ouvidos.

Enlaces. Desenlaces. O ontem. O hoje. A intemporal sexualidade de santos e pecadores.

\*

**2.** Sabem aquele prédio dos três arcos góticos na praça principal de Viana de Castelo?

Um hippie crioulo meio rastafári, com seu violão, acaba de se instalar junto à parede e começa a cantar "Olha que coisa mais linda, mais cheia de graça". Esta cidade é do século XV. O músico veio de Moçambique e tem uma namoradinha branca, bonitinha, cara de americana transviada da Califórnia, que aciona uns mamulengos enquanto seu companheiro ataca a bossa nova diante do único edifício renascentista de Portugal, aquele com arcadas apoiadas sobre cariátides.

Enlaces. Desenlaces. O ontem. O hoje. A busca da desafinada harmonia no encordoamento da história.

\*

**3.** Agora você está comigo em Évora.

É noite. E na Pousada dos Loios, antigo convento, você acabou de abrir a porta de vidro que dá para a praça principal e um deslumbramento preenche seus olhos. As iluminadas colunas do templo romano dedicado a Diana erguem-se na noite, e somos lançados da Idade Média ao tempo dos césares. Não são legiões romanas que, no entanto, cruzam a praça, são turistas que pervagam ao redor e escalam as pedras do templo.

De repente, vindo dos tubos invisíveis do tempo, irrompe a "Tocata e fuga em ré maior" de Bach envolvendo toda a praça. Um grupo de artistas experimentais está fazendo uma performance. Uma daquelas coisas geniais e bobas. Mas tenho que lhes agradecer pela música. E o arquiteto daquele antigo templo não sabia que estava fazendo uma "instalação" para o século XXI.

Construções. Desconstruções. O ontem. O hoje. A intemporal fuga e contraponto de estilos e modernidades.

*

4. São quatro da tarde em Guimarães neste 5 de agosto de 2000 e vai começar o Cortejo do Linho. A população debruçada nas janelas e portas. Visitantes e curiosos postados às margens das ruas. Vai começar um dos predecessores do nosso desfile de escolas de samba. Participam sete grupos folclóricos com nome tipo Rancho Folclórico de São Cipriano de Tabuadelo e Rancho Folclórico e Etnográfico de Lordelo etc.

A estrutura de nossas escolas de samba é, inconscientemente, anterior à Tia Ciata na Praça Onze. Nasceu até antes dos gregos. Neste cortejo que se desdobra aos olhos de minha câmera vão sendo narrados "os trabalhos do linho", ou seja, as treze etapas por que passa o linho até que chegue ao nosso corpo, à nossa cama e à nossa mesa.

Portanto, usemos o linho com mais respeito. Ele carece de um ritual.

Lá vem o primeiro carro dramatizando a semeadura na primavera, primeiro com o arado, depois com a enxada.

Lá vem o segundo carro mostrando como é arrancada a haste amarelada.

Lá vem o terceiro carro mostrando o que é "ripar": é separar a semente do caule. Ali o linho vai passando pelos dentes do ripeiro de forma a tirar-lhe a baganha.

Lá vem o quarto carro exibindo o que é "enriar", quando as "manadas" de linho já ripado são apertadas em molhos e levadas ao rio, por oito dias, para a curtimenta.

Lá vem o quinto carro explicando o que é o "secar" durante quinze dias em bouças onde há vegetação rasteira.

Lá vem o sexto carro explicando o que é o "malhar", e o sétimo o que é o "macerar", e o oitavo com o "espadelar", o nono com o "assedar", o décimo com o "fiar", o próximo com o "barrelar", o outro com "dobar e tecer" até o décimo terceiro com o Carro Caixa de Bragal, onde, finalmente, se guarda o linho.

Com trajes típicos, mulheres gordas e operosas, crianças e lavradores, seguidos de rangentes carros de bois enfeitados, dançando e cantando história afora, história adentro.

O ontem e o hoje. Tramas e urdiduras. Assim se faz o linho. Assim se faz a história.

Lévi-Strauss escreveu aquele *O cru e o cozido* tentando mostrar que a passagem da comida crua à comida cozida, passando pela defumada, demandou milhares de anos. Já nem me lembro se ele fala ou se alguém já estudou, mas carecia escrever agora "O nu e o vestido". Essa passagem da nudez primitiva à vestimenta ritual, pois desde os egípcios, ou mesmo antes, as múmias, as roupas dos sacerdotes e os objetos sagrados já eram cobertos de linho.

Veste ritual e mística, na Antiguidade, o linho era preparado com hidromel, mirra e vinho. E agora estou aqui em Guimarães, berço de Portugal, vendo essa "escola de samba", onde não há alegoria, pois a coisa é a própria coisa, em miniatura. Aqueles lavradores vieram do campo mesmo, esses são os bois do trabalho, esses cantos, essas danças são as danças e os cantos laboriais.

Marx nisto tinha razão: ah!, se não nos alienássemos tanto dos nossos objetos. Se soubéssemos fabricá-los com nossas mãos, tê-los como extensão de nosso saber, de nosso corpo. Ao contrário, nossa cultura só intensifica a alienação, a separação do sujeito e do objeto.

Olho respeitosamente o desfile e milenarmente olho o linho e vou alinhavando a crônica. Entre outras coisas, aqui vim para um seminário sobre "enlaces" e "desenlaces" da cultura luso-brasileira. O drama atravessando nossas carnes. A trama atravessando transversalmente o tecido tempo, serpenteando pela longitudinal urdidura dos fatos. Assim são as viagens. Assim a maneira de escrever, reescrever o que se inscreve em nós.

A trama. A urdidura. O ontem. O hoje. O entrelaçamento da história e das culturas.

*30 de agosto de 2000*

# Aquelas cegonhas em Castela

Acabo de chegar da Espanha e, como se quisesse prolongar a viagem, antes de começar esta crônica, ouço um CD de canções e poemas de García Lorca. A mesa está cheia de folhetos, livros, discos, anotações de viagem e, vejam só, até um novo volume do *Don Quijote de la Mancha*. Há algum tempo tenho tido ganas de reler esse livro e isto agudizou-se quando, recentemente, varei a edição monumental do romance de cavalaria *Tirant lo Blanc* (1490), que a Editora Giordano lançou em português. Este *Tirant lo Blanc*, com suas quase mil páginas, era o livro que Cervantes considerava "o melhor livro do mundo", e serviu de modelo parodístico para o Quixote.

Mas ainda ontem estava eu ali em Pedraza, mínimo povoado medieval, a uma hora e pouco de Madri, com suas casas de pedra cor de sépia e pequenas torres de igrejas, onde cegonhas constroem gigantescos e ostensivos ninhos com enormes gravetos. Estão por ali chocando seus ovos e pairando sobre a vida desde sempre. Vejo um ninho, vejo dois-três, vejo-os muitos; fotografo, filmo e incorporo aos meus emblemas essas plácidas cegonhas nas torres da região de Castela.

Nós, americanos, disse-o alguém, nunca vamos à Europa, senão que retornamos à Europa.

Na entrada do Hotel Suécia, em Madri, dou de cara com uma nobilizadora inscrição na parede. Diz o texto que Ernest Hemingway hospedou-se ali nos anos 50, encontrando "*refugio de su extrema pasión por el Museo del Prado y por la vecinidad del Círculo de Bellas Artes*". Como se vê, não só de touradas vivia o fanfarrão escritor. Por outro lado, as andanças de Hemingway e seus amigos ritualizando pela Europa o que chamavam de "festa móvel" acabaram gerando um mito. São inúmeros os bares do mundo onde há placas dizendo que Hemingway esteve ali bebendo. Daí que em Madri um bar decidiu colocar um aviso advertindo que Hemingway nunca esteve ali. É o marketing ao revés. Aliás, indo assistir ao último e genial filme de Almodóvar *Tudo sobre minha mãe*, passo por uma loja que anunciava em grandes letras: "Não compre aqui. Nossos preços são muito caros." E a loja estava cheia.

"Quantas Espanhas há dentro da Espanha? O que tem a Espanha de Almodóvar a ver com a de Lorca?", penso enquanto ouço suas canções e poemas. São diferentes e complementares. O princípio e o fim do século. O homossexualismo recluso de um e o travestismo do outro, ambos, no entanto, com uma patética doçura e uma imensurável ternura pelas mulheres. Dá gosto ver Almodóvar na posse total de seu talento e virtualidades.

No entanto, eu havia ido à Espanha não para ver as cegonhas de Pedraza ou o Museu Guggenheim Bilbao – de que lhes falarei noutra crônica –, mas para ser júri do VIII Prêmio Reina Sofia de Poesia Iberoamericana. Há países como a Espanha e Portugal – para ficar apenas na Península Ibérica, que têm política cultural. Nessa semana em que ali estive concederam, só na área literária, três prêmios a três personalidades internacionais. Ao peruano Vargas Llosa, deram o Prêmio Menéndez Pelayo – e Llosa confessou-se constrangido de estar ganhando tantos prêmios ultimamente. Ao alemão Günter Grass, deram o Prêmio Príncipe de Astúrias e ao uruguaio Mario Benedetti, nosso júri deu o Prêmio Reina Sofia. E como essa distinção leva o nome da rainha, ela será conferida a esse escritor com pompa e circunstância, no Palácio Real, em novembro.

Benedetti disputou com nomes como o chileno Nicanor Parra e o barcelonês Pere Gimferrer, e ganhou por pouco desse esplêndido poeta argentino que é Juan Gelman. A reunião do júri foi no Palácio Real, e tendo eu chegado quase junto com Camilo Cela íamos conversando abobrinhas literárias. Revelei-lhe minha surpresa de ter lido (graças às cartas dadas à luz por Cassiano Nunes) que o grande ensaísta espanhol Américo Castro, na verdade, havia nascido em Cantagalo, no Estado do Rio, e, em 1947, veio visitar sua vila natal deixando isto registrado em cartas a Baltazar Xavier.

– Pois eu – disse Camilo Cela – tenho parentes no Nordeste brasileiro, e são todos pobres.

E assim vão se misturando nossas raízes ibéricas. Por isso, me agradou a maneira fraterna como os espanhóis tratavam José Saramago, também no júri, chamando-o de Pepe e elegendo-o para dar à imprensa a notícia do prêmio conferido a Benedetti.

Dois dias depois reencontro Saramago na Feira do Livro de Madri, que tinha mais de quinhentos estandes ao ar livre no Parque del Buen

Retiro. Lá estava, pelo segundo dia consecutivo e uma enorme fila a lhe aguardar o autógrafo. Passo e murmuro aos seus ouvidos: "Esse Saramago ainda vai acabar fazendo sucesso". Ele sorri cumplicemente.

Anotem: a Espanha tem uma política cultural. Dois milhões e meio de pessoas foram à Feira do Livro de Madri. Nesse país, em 1998, se editaram 60.426 obras, umas 20 mil a mais que o Brasil, embora tenhamos quatro vezes a população de Espanha. E porque a Espanha tem uma política cultural, a Casa da América, num esplêndido prédio no centro de Madri, realiza um programa de integração com a América Latina. Manuel Piñeiro Souto, seu diretor, fala-me de seus projetos e Hortensia Campanella mostra-me o rico palácio, uma verdadeira *plaza mayor* para o encontro de nossas culturas. E porque a Espanha tem uma política cultural o Museu Thyssen-Bornemisza, que está com uma exposição de obras de Morandi, obteve dois prédios novos para se ampliar seu espaço, o Museu Reina Sofia continua crescendo, e a Biblioteca Nacional passa por novas ampliações e reformas.

Uma *plaza mayor* para a cultura. Quantas vezes escrevi sobre isso? Agora, no entanto, estava ali na Plaza Mayor de Madri, construída por Filipe II, em 1619, meditando sobre as nossas relações ibéricas, comendo a clássica paella, tomando um vinho da Rioja, enquanto um músico popular em sua flauta fazia soar "Concerto de Aranjuez de Rodrigo".

Um cantor de flamenco se aproxima e faz um improviso com uma letra atualíssima: não canta uma canção de desesperado amor, conta um drama atual, "*la droga que mata poco a poco y que a uno vuelve loco*".

Já vi o que em Madri me era dado ver. No Museu do Prado, Velázquez, Murilo, Zurbarán, Ribera e outros, sobretudo o alucinado Goya continuam emblematizando uma cultura cheia de assombros. Goya é a verdadeira encruzilhada na modernização da pintura ocidental. Dos seus quadros patéticos brotam guerras, touros, bruxas e figuras voadoras.

No entanto, antes que ele existisse e depois dele, nas torres de Castela as cegonhas brancas fazem seu ninho e alimentam seus filhotes para as intempéries da próxima estação.

*9 de junho de 1999*

# Em terras de Espanha

Estou saindo, imaginem!, desse ambiente de violência e de corrupção para ir a um festival de poesia, em Múrcia, na Espanha. Pego o avião, onde aeromoças simpaticíssimas e letradas nos promovem logo de classe, entre champanhes e outras finesses. Nunca havia prestado atenção em Múrcia, confesso. Mas agora vou me inteirando que está em Andaluzia, e só o eco desse nome desencadeia fantasias lorqueanas. Sair de nossa história tão rala e mal contada e chegar, do outro lado do oceano, a uma cidade fundada pelos mouros em 825 é uma iniciação poética.

Mas o avião, afortunadamente, vai parar antes em Madri e teremos umas sete horas para revisitá-la em plena primavera.

Sou daqueles que, sistematicamente, fazem isso quando passam por Madri. O tempo pode ser curto, mas não há como não perambular pela Plaza Mayor ou pelo Museu do Prado. Desta vez atemo-nos gostosamente ao Museu, e dedicar algum tempo para dialogar com Tintoretto, Veronese, Cranach, Dürer, Breugel e Bosch é já um "Jardim de delícias". Isso sem falar no incontornável Velázquez de *As meninas*, sempre com uma multidão em frente. Que contagiante magia têm esses clássicos. Como são densos e instigantes. Como sempre nos acrescentam algo, ao contrário, muito ao contrário da maioria dessas perfunctórias tolices que nos apresentam hoje nas bienais e galerias.

De uma janela envidraçada olho lá fora e, nos jardins do Museu, vejo que adolescentes adolescem com suéteres coloridas, com loiridão e sorrisos, beijando-se nos bancos, entre as flores da estação.

Daí a pouco, já pronto para dizer graças Senhor por tanta beleza, saio e dou-me conta de que a primavera resolveu doar-me o Jardim Botânico Real, colocado ali diante dos meus passos ao sair do Museu. Sair da arte para a beleza da natureza não é sair, é reentrar no sublime. Tulipas vermelhas, rosas, amarelas, talvez negras (como naquelas novelas de antigamente), narcisos, rododendros, azaleias e quantas pequenas flores que mesmo não nomeadas perfumam-me a vida e o texto.

Um pássaro entende o que sinto, pontuando-me a tarde com seu canto. Sentamo-nos num ou noutro banco armazenando beleza e eternidade para enfrentar futuras poluições e violências. Poderia ir para o aeroporto e voltar para o Brasil, que essas sete horas já me serviram de bálsamo.

Mas vamos para Múrcia.

Intrigante como tantos países, menos o Brasil, fazem festivais de poesia. Por conta disso, aquele rapaz franzino que em 1962 publicou, em Belo Horizonte, seu primeiro livrinho chamado *O desemprego do poeta*, já foi a Dublin, México, Quebec, Israel, Colômbia, Chile, Uruguai e ao final do encontro de Múrcia, imaginem!, será chamado para algo semelhante em Bagdá.

É como se diz – poesia é uma viagem.

Em Múrcia reúnem-se uns quarenta poetas de todo o mundo. São divididos em grupos e apresentam-se em diversas cidades da Andaluzia. Ali descubro que o organizador do encontro – poeta José Maria Alvarez – era leitor de poesia brasileira e da nossa produção tomou conhecimento graças àquela insólita *Revista de Cultura Brasileña*, que nos anos 60 Angel Crespo publicava pela Embaixada do Brasil.

Entre leituras e conferências, uma coisa realmente extraordinária ocorre no Bar Zalacán, onde meia dúzia de poetas populares, como os nossos repentistas, vão colhendo motes da plateia, improvisando desafios, achavando rimas e metáforas de matar de inveja a nós outros ali, poetas letrados, letrados até demais.

O festival vai acabar. Mas considerando que Múrcia está ali perto da África planejei as coisas na direção do Marrocos. Então tomamos um Toyota e seguimos pela costa rumo a Málaga, cidade que vem do tempo dos fenícios e cujos passeios hoje são revestidos de mármore colorido. Comer calamares, tomar um vinho de La Rioja num bar típico e aí dormir ao lado da velha catedral. Pena não ter tempo para ver a Casa Natal de Picasso. Continuaremos a descer pela costa onde a agricultura prospera sob longos canteiros protegidos com plástico. Parece até que aquele artista, Christo, que gosta de empacotar paisagens, passou por aqui.

Pela estrada beira-mar, de tempos em tempos uma torre antiga, de onde os espanhóis vigilantes, aos gritos de "Mouros na costa", alertavam contra os invasores. Os mouros, contudo, hoje estão do outro lado, embora tivessem deixado aqui traços de requintada civilização. É para lá que vamos, ao encontro deles e de Alá.

Estamos nos aproximando de Algeciras e sobre o azul do Mediterrâneo já divisamos Gibraltar.

*11 de abril de 2001*

# E LA NAVE VA

Achei que estava no *Titanic*, não só pela dimensão do navio com cerca de duas mil pessoas a bordo, mas porque, mal nos instalamos em nosso quarto, fomos convocados, todos, para irmos ao convés, vestidos com os coletes salva-vidas, e fazermos um treinamento, caso houvesse um naufrágio.

Ríamos, achando certa graça. Mas a voz e as instruções do comandante ao microfone eram bem severas. Eu olhava aquela multidão, sobretudo de americanos, vestidos de coletes amarelos, perfilados diante do crepúsculo no porto de Copenhague. Estamos todos no mesmo barco. Só que no mar da história atual, Bush é que está no (des)comando. Portanto, é melhor agarrar-se ao colete salva-vidas dentro e fora deste barco.

Durante os próximos doze dias, percorrendo portos e cidades da Dinamarca, Estônia, Rússia, Finlândia, Suécia e Alemanha, verei esses senhores e senhoras americanos devorando salsichas, ovos e bacon no café da manhã. Alguns andam de cadeira de rodas, outros de bengala. Jovens e crianças neste navio são minoria. E esses idosos, que vieram de Utah, São Francisco, Dallas ou Middlebury, eram jovens quando eu jovem era nos anos 60 e vivia na Califórnia.

Tento imaginá-los no campus universitário daquela época, nas *pajama parties*, nos rituais de *love-in* nos parques, nas demonstrações contra a Guerra do Vietnã. De lá para cá, seus filhos e seus netos tiveram que ir a novas guerras, que o complexo militar-industrial americano sempre providencia. Passa por mim um homem, um ex-GI, com perna mecânica. E à noite, no teatro onde sempre há show com mágicos e cantores, alguém vai cantar não só as músicas da Broadway, mas a utópica "Age of Aquarius" da peça *Hair*.

É nisto que deu a prometida "idade de aquários": em vez do paraíso, o precipício do apocalipse pós-moderno. Olho esses velhinhos. Me olho neles. Acho que fracassamos.

Mas *la nave va*. Isto é uma cidade flutuante deslizando sem qualquer tremor: três piscinas, quatro restaurantes, teatro, cassino, boates, butiques, cinema, salão de beleza, de ginástica, salas de internet e até uma boa biblioteca. Ter vindo a essa parte do mundo, tão oposta aos trópicos, é mais uma lição de história. Cruzamos o Báltico e aportamos em Tallinn. Nunca pensei em vir à Estônia e aqui estou ouvindo o jovem guia falar desse país de um milhão e meio de habitantes, que em setecentos anos de história só teve trinta de independência. Ora vinham os suecos, ora vinham os russos, ora vinham os alemães. E até os facínoras chamados Cruzados por aqui passaram. Entro na catedral de nome Alexandre Nevsky – príncipe russo que os expulsou daqui. Católicos e luteranos também se trucidaram nesses lugares.

O jovem guia diz que Tallinn foi eleita umas das "sete cidades mais inteligentes". Os brasileiros, deveríamos aprender alguma coisa com isso em vez de ficarmos louvando apenas nossa natureza. E ele segue falando dos estúpidos tempos do nazismo, quando ouvir a BBC era um gesto de coragem, e do comunismo, quando ouvir Alice Cooper, Elvis Presley ou os Beatles, era um perigoso ato revolucionário. Usar um jeans era o mesmo que ser guerrilheiro.

O que a repressão ideológica faz com a gente! Como nos emburrece e avilta. Como a proibição valoriza e inventa a maçã! E isso foi ontem. Os mais jovens não sabem, mas no Brasil também havia ousadas atitudes revolucionárias desse tipo. Por exemplo: assistir, escondido e heroicamente, num cinema de terceira, em Londres ou Nova York, *Emmanuelle* – aquele filme pornô com Sylvia Kristel. A gente assistia sem saber se alguém do SNI estava ali para nos denunciar ou se havia outros brasileiros igualmente revolucionários que iam dar testemunho de nossa ousadia.

Ando pelas ruas da Estônia e não vejo miséria e pobreza. Nas lojinhas muitas joias com âmbar, uma riqueza regional. Imagino que por ali haja poetas, cineastas, artistas vários tentando expressar a mesma perplexidade de artistas em Montes Claros ou Olinda. Mas o navio partirá à noite para São Petersburgo. Estaremos assistindo a espetáculos, comendo, bebendo, lendo, conversando e nos preparando para o amanhã. *E la nave va.*

Enquanto isso o navio avança na escuridão.

Fica mais fácil dormir, talvez sonhar, quando se sabe que um porto novo nos espera e que vai haver um amanhã.

*19 de agosto de 2007*

# Zanzando pelo Báltico

Dia cinza, seis da manhã: acordamos no porto de São Petersburgo. Do restaurante do navio olhamos ao longe a mítica cidade construída por Pedro, o Grande há trezentos anos, e que já foi Petersburgo, Petrogrado, Leningrado e de novo Petersburgo. É aquela que resistiu ao exército de Hitler durante novecentos dias. Um milhão de habitantes morreu de peste, fome e guerra, um milhão fugiu, um milhão restou. Quando tomarmos o ônibus para conhecer o fabuloso Museu Hermitage e os palácios de Catarina, também a Grande, iremos imaginariamente reconstruindo os combates pelas ruas. Nefandos tempos aqueles em que a miséria da guerra impelia a população a comer ratos, cães e cadáveres de gente. Nefandos tempos aqueles quando tiveram que sobreviver ao comunismo e ao famigerado Stalin.

A guia nos mostra a casa onde morou Dostoiévski. Como a história está cheia de fantasmas! Eu era íntimo desse país, por causa de seus escritores, por causa de seus músicos. Eu era íntimo da realeza russa lendo *Guerra e paz*, de Tolstói. Só não sabia que um dia ia estar nestes cenários, e mais: que um dia ia estar dentro do Kremlin, quando Gorbachev caiu e diante dos tanques e da Casa Branca, em Moscou, quando Yeltsin ascendeu ao poder. Registrei (com Marina) essa façanha no livro *Agosto 1991, estávamos em Moscou.*

O tempo flui. O presente é apenas a terceira margem do rio. O passado não passa, o futuro não chega. Os nazistas quando se retiraram tocaram fogo e explodiram o que podiam. Vi as terríveis fotos da destruição. Mas vi a gloriosa reconstrução. O esplendor dos palácios de Catarina – essa administradora excepcional – nos lembra que o ser humano, compensando o grotesco, expressa também a exasperada vocação para o sublime. E a arte uma vez mais nos salva.

Disseram que eu deveria passar pelo menos três dias só no Hermitage, pois são três milhões de peças. E eu, entre a inigualável coleção de pintores impressionistas e o Salão Dourado, onde estão as requintadas joias de ouro feitas há milhares de anos por primitivos siberianos, vou me indagando: "Quem foi o imbecil que teve a petulância de dizer que a arte acabou?!"

Depois de Napoleão e Hitler, agora é o rock'n'roll que invade a Rússia. Elton John fez um concerto objetivando arrecadar fundos para reconstruir os palácios. E, saindo do Hermitage, vejo uma grande arrumação num imenso pátio interno: ali os Rolling Stones iriam, à noite, num megaespetáculo, deflagrar a guerra de seus sons.

A gente, quando viaja, deveria, na volta, como a jiboia, ficar à toa, só digerindo o que assimilou. Mas como a vida/viagem não para partiremos para a doce Helsinque, na Finlândia, país onde toda a energia é importada e o galão de gasolina custa nove dólares. Mas é desenvolvidíssima. Os estudantes finlandeses foram classificados como os melhores da Europa. Aí vamos conhecer e almoçar, no campo, com uma família finlandesa. Mentalmente, enquanto ali estava, eu ouvia a música de Sibelius.

Aos meus amigos que vão ganhar o Prêmio Nobel, comunico que, em Estocolmo, na Suécia, visitei o prédio e o auditório onde será a cerimônia de sua glória. Visitei o palácio em que a brasileira Silvia é rainha, vi a troca de guarda, peguei chuva e comi arenque. E no dia em que Bergman morreu, coincidência!, eu estava na ilha de Gotland onde ele viveu.

Que linda cidade é Warnemünde, na Alemanha, que produz as melhores cervejas do mundo. Que emoção suave é voltar a Aarhus, na Dinamarca, onde habitam as mais lindas loiras do planeta. Quis o destino que aqui viesse pela terceira vez, duas delas convidado pelo brasilianista Jorge Jensen, que fazia um belíssimo trabalho de divulgação de nossa cultura. Ergo um brinde à sua memória.

No mais, vamos para Paris que ninguém é de ferro.

*26 de agosto de 2007*

# Plantei uma árvore em Jerusalém

Poderia começar com uma piada, dizendo: quando comuniquei a um amigo judeu que havia sido convidado para conhecer Israel, me perguntou: "sim, mas depois, à tarde, o que é que você vai fazer?"

Se eu começasse assim, ia entrar em considerações sobre a surpreendente capacidade dos judeus de fazerem piadas consigo mesmos, a exemplo de Woody Allen. Lá, essas piadas se não forem um modo de refrescar a tensão entre eles, os árabes e cristãos, sem dúvida são uma variação do método parabólico de Cristo ilustrar a verdade.

Poderia também começar de uma maneira apocalíptica: estou em Jerusalém e vejo esparramarem-se pela colina, onde está a cidade sagrada, milhares de sepulturas. Ali, muitos judeus preferem ser enterrados, e os mais ortodoxos pedem para serem enterrados de pé; assim, quando o Verdadeiro Messias chegar, eles já estarão prontos para segui-lo.

Se eu começasse assim ia entrar em considerações sobre a fé aterradora no Messias, uma esperança tão total e absurda que faz com que não aceitem nenhum messias, porque conceber o advento concreto do messias é matar a espera do messias, que é o que sustenta, paradoxalmente, o próprio mito do messias.

Mas poderia tentar começar de novo com outra cena. Estou em Massada, entre as ruínas do palácio que Herodes, o Grande construiu e onde recebeu a visita de Cleópatra. Lá embaixo o Mar Morto com suas águas azuis pesadas-paradas. Aqui em cima faz tanto calor que cada um tem seu chapéu e uma garrafinha de água. O guia conta a história de Elazar, que resistiu ao cerco dos soldados romanos por três anos. Lá embaixo veem-se as ruínas de meia dúzia de acampamentos romanos, cercando a montanha. Mas quando o exército imperial se preparava para o ataque final (depois de erguer uma montanha artificial para chegar ao topo de Massada), Elazar e seus liderados se mataram, derrotando, paradoxalmente, o inimigo e criando um mito.

Começando assim essa narrativa eu teria que dizer mais. Dizer, por exemplo: dentro dos muros destruídos da sinagoga de Massada vi alguns judeus reformistas americanos realizando o bar mitzvah de seus filhos. Fazia um calor estupendo, eles desenrolavam a Torá, a adolescente repetia uma oração no semicírculo da família, que filmava e fotografava o mito e a história. E enquanto esse ritual de milhares de anos se desenrolava ante meus olhos tropicais, passam no ar três aviões da Força Aérea de Israel em formidável estrondo. Um ritual religioso milenar cá embaixo e a alta tecnologia guerreira lá em cima. E me contam: os soldados de Israel sobem essas ruínas de Massada para fazerem, com o fuzil numa das mãos e a Torá na outra, o juramento de fidelidade à pátria.

Poderia também começar de outra forma. Ir narrando todos os lugares por onde Cristo passou, e dizer, por exemplo: estou nas margens do Lago da Galileia. É um domingo luminoso. Aqui Cristo fez o sermão da montanha. Entre as flores desta encosta alguns turistas experimentaram a acústica natural e mística. Começo a pensar num poema a ser escrito a partir dali, um novo sermão da montanha, mais realista, dizendo algo como bem-aventurados os ricos, os egoístas, os sem caráter, porque o que a gente sempre viu foi eles levarem vantagem em tudo e os piedosos cristãos sempre se darem mal...

Mas o escritor chileno Enrique Lafourcade, intuindo minha intenção, liquida-a com uma frase de Borges: "Felizes os felizes..."

Melhor, então, é começar de uma maneira mais banal, dizendo: aqui estou para o Segundo Encontro em Israel de Escritores da América Latina, Espanha e Portugal. Durante dez dias vamos percorrer o país. Na fronteira do Líbano vamos presenciar tiros de advertência. Percorreremos as colinas de Golan, onde duros combates foram travados ontem e hoje. Iremos ao lago Tiberíades, onde alegres os judeus passam seu fim de semana, esquecendo a guerra. Conheceremos as pesquisas do Instituto Weizman, visitaremos a central do Movimento Operário (Histadrut), iremos a um kibutz e comeremos do peixe de São Pedro. Teremos encontros com escritores de Jerusalém e Tel Aviv. Em Haifa, o novelista Alex Yehoshua, num debate, nos afirmará que "há um vazio quanto à definição de judeu" e que "ser judeu é uma escolha e não um destino". O general Uzi Narkiss, um dos heróis da Guerra dos Seis Dias, nos dirá exatamente o contrário, e outros o contrário do contrário. Teremos debates e almoços com sionistas, uma entrevista com o chanceler Shimon Peres. Iremos ao Museu da Diáspora e percorreremos o Museu do Holocausto. Além de conhecer o Mar Morto, veremos os documentos históricos aí achados. Dentro da cidade velha de Jerusalém negociaremos alucinadamente com os árabes.

Ao contrário da piada inicial, estaremos ocupados à tarde e à noite. Este país não termina nunca. Há milhares de anos que vive recomeçando, disseminando. Daí que a melhor maneira de recomeçar essas anotações talvez seja dizer: plantei uma árvore no Bosque da Paz em Jerusalém.

# A guerra de cada um

Na minha primeira noite em Jerusalém aconteceu-me uma experiência trivial, mas significativa para se entender a teoria da relatividade de Einstein.

Ao abrir a janela do meu quarto no Mishkenot Sha'ananim deparei-me com uma cena extasiante: na minha frente, iluminada, a Velha Jerusalém, como se fosse um cenário de cinema ou um cartão postal. Contemplava, maravilhado, os muros tantas vezes destruídos, tantas reconstruídos. Ali os muros pelos quais se bateram e se mataram judeus, cristãos, cruzados, árabes, turcos, ingleses etc., todos disputando um fragmento do Santo Sepulcro e uma lasca do mito. Ali a cidade mítica com torres e mesquitas iluminadas ante meus olhos tropicais.

É claro que não poderia ficar ali apenas em parva contemplação. Então, embora fossem onze horas da noite, resolvo sair para caminhar junto àquele muro e aspirar noturnamente mito e história.

Chego à portaria e indago (já pensando brasileiramente):

– Vou sair para dar uma volta, tem perigo?

O porteiro olhou-me surpreso. Pareceu-me que pensava: "Esses gringos acham que tem guerrilheiro de Arafat em toda esquina". E disse:

– Perigo nenhum, pode sair.

Piso a rua. Uma noite estupenda, como só havia em Belo Horizonte quando as ruas cheiravam a jasmim e dama da noite, e como só havia no tempo de Cristo, quando à noite contemplava Jerusalém, no verão, ao luar.

Mas havia um jardim à minha frente. O Mishkenot Sha'ananim é um hotel em estilo antigo, disposto comodamente na encosta ajardinada. Por isso, entre mim e um bar-restaurante mais adiante, de onde poderia, assentado, bebendo uma cerveja Macabea contemplar à noite os muros de Jerusalém, havia um suspeitoso jardim. Suspeitoso não só porque aquela era a região de jardins problemáticos (o Éden, o Getsêmani etc.), mas porque brasileiro nenhum atravessa jardim à noite, mesmo em Jerusalém.

E aí começou o meu Getsêmani: atravesso ou não? Vou ser assaltado ou não? Claro que os pivetes me esperam. Vai dar no jornal amanhã: "Escritor brasileiro baleado ao tentar resistir ao assalto". Ou, menos mal: será chato perder todos os dólares na primeira noite. Vou ou não vou? Essa questão durou séculos durante vinte minutos. Do outro lado, mais abaixo, o bar, a juventude israelense, a Macabea me esperando para grandes epifanias.

Examino cientificamente as primeiras moitas, me agacho, me estico, aguardo. Ninguém. (Devem estar escondidos, já me viram...) Mas num súbito gesto de desassombro, parto como um cruzado para a guerra santa. Um pouco acovardado, reconheço, e colado a um muro. Desço rápido, atento. Ufa! Cheguei. Nada me aconteceu. Bebo a cerveja. Contemplo a verdade e a mentira petrificadas na noite luminosa. Bebo e volto pelo mesmo caminho, com o mesmo medo assustado. Chego ao hotel como se voltasse de uma cruzada, mas o rapaz da portaria me acalma: "Não, aqui não tem assalto". Mas não tinha jeito, todas as noites em que por ali passei era o mesmo suspense, como se fosse um turista americano em Copacabana, ou melhor, um brasileiro no conflagrado Oriente Médio.

Chego aqui. E narro essa tola e importante sensação a essa figura histórica de Ipanema que é o Antônio Idaló, ali, numa conversa entre a Teixeira de Melo e a Visconde de Pirajá, às sete da noite, quando todos os favelados são pardos e os presumíveis palestinos saem para atos de terror.

– Que tal Israel?

Começo a lhe contar coisas. E ele:

– Mas deve ser duro viver num país militarizado.

– Sim – respondo. – Por exemplo, no hotel nos servia o jantar uma linda judia que regressava de dois anos de serviço militar. Nas ruas vi várias mulheres soldados. Realmente vi as fronteiras com o Líbano, Síria e Jordânia minadas e guardadas por tensos soldados.

– É, eu não viveria em país militarizado – repete o inquieto amigo.

– Nem eu – afirmo. – Mas é complicado. Volta e meia você vê uns rapazes à paisana carregando uma metralhadora no ônibus ou na rua. Como o cidadão normal tem que dar trinta dias por ano ao exército, alguns requisitam a arma quando vão a lugares perigosos. Já pensou isso nos Estados Unidos ou na Baixada? E nunca ninguém lá atirou enlouquecido na multidão.

– É, mas eu não viveria num país militarizado – martelava o resistente amigo.

– É duro. Tiveram cinco guerras em menos de quarenta anos. Mas sabe que só morreram 2.500 soldados de Israel na guerra do Yom Kipur, enquanto aqui na Baixada morrem mil por ano?

– É, mas eu não viveria num país militarizado – repetia, em definitivo, o amigo.

E como a conversa continuasse, falei, vamos por aqui, indicando a boca da favela, perto de onde moro.

– Não, por aí, não – disse o amigo.

– Por quê? Essa região eu conheço. Não vão te assaltar – afirmo.

– Não. Também conheço o pessoal da Associação dos Moradores do Pavãozinho, mas por aí não.

– Vamos – insisti. – É minha zona de guerra, na minha Beirute eu garanto.

Mas não teve jeito. Ele não veio comigo. Como eu, ele não viveria num país militarizado.

# Um violino em Auschwitz

Acabo de plantar uma árvore no Bosque da Paz em Jerusalém, junto com doze escritores da América Latina e da Espanha. É um gesto ecológico primeiramente. Em Israel já plantaram duzentos milhões de árvores. Como brasileiro, não posso dizer quantas estamos destruindo por ano na Amazônia ou na Mata Atlântica. Mas há uma semelhança entre os nossos países, ainda que invertida: em Israel a fronteira verde avança sobre o deserto, no Brasil o que era floresta desertifica-se.

Durante dez dias verei oásis e miragens concretas: o verde nascendo da pedra. Você está em pleno deserto, por exemplo, às margens do Mar Morto, uma paisagem tão inóspita quanto a chamada paisagem lunar. E, de repente, uma cerca: começa o verde por alguns quilômetros. E da mesma maneira que o verde começa, acaba, de repente. É uma plantação de tâmaras ou de uvas. Acabam de descobrir que nessa região salobra nascem tâmaras e uvas, das mais doces.

Não vim aqui para fazer comparações nem queria ser de novo humilhado, ao ver que este kibutz de EinGuev está plantado sobre as rochas e prosperou apesar de estar a dois-três quilômetros dos canhões jordanianos na meseta de Golan. Mas penso no nosso Nordeste, fertilíssimo se comparado com essas pedras e, melancolicamente, deploro nossa incompetência.

Disse que plantar a árvore era primeiramente um gesto ecológico. Mas é também um gesto simbólico. Estamos nesta montanha de onde se pode avistar o Monte das Oliveiras, a pedra onde Abraão ia sacrificar Isaac no Monte Mona, o Monte Sião, o Getsêmani, as paredes do templo, que Davi sonhou, mas não pôde construir por ter as mãos sujas de sangue de guerra. Na verdade, acabamos de vir de dois lugares opostos: de Belém, onde Jesus nasceu, e do Memorial do Holocausto – uma espécie de museu onde se recapitula a tragédia judaica durante o nazismo.

Pensamos já conhecer este capítulo fartamente. Mas desfilando ali diante das fotos, objetos e história, senti náusea, tonteira, falta de ar.

É inimaginável a crueldade humana. É inimaginável a capacidade de resistência humana.

Estamos diante de uma enorme foto de um grupo de prisioneiros do campo de concentração com seus uniformes listrados. Caminham curvados tocando violino. É a orquestra fúnebre composta de judeus prisioneiros, obrigados a tocar enquanto outros judeus eram executados à bala ou a gás. Já vimos cenas dessas em cinema, mas sempre se acha que é ficção, um recurso dramático. Era um recurso dramático e irônico dos nazistas, fazer com que alguns tocassem durante a orquestrada morte de seus irmãos.

E Moshe Liba, um dos guias, nos revela: aqui em Jerusalém vive um dos sobreviventes de Auschwitz que tocava violino nessa orquestra funerária. Não só vive aqui, mas todos os dias sobe essa colina e vem reverenciar os que morreram, mirando essa foto.

Eu o iria encontrar dias mais tarde.

Junto com Salvador Puig (poeta uruguaio) e Enrique Lafourcade (romancista chileno), entrevisto Jacques Stroumsa – o homem que tocava violino enquanto seus irmãos caminhavam para o forno da morte.

Ele é baixinho, tem os olhos ainda assustados e 74 anos. Está sentado conosco aqui no Mishkenot Sha'ananim, de onde se veem as muralhas da Velha Jerusalém. É um sobrevivente de outro mundo. Olho-o como se olha um dinossauro ou qualquer objeto muito arcaico. Olho-o como se olha o que de mais arcaico existe na alma e na pele de um homem. Olho-o como se olha um fragmento da história, ou um cientista olha, no laboratório, uma lâmina no microscópio.

No seu braço está inscrito um número – 121097, sua identificação nos campos de concentração. Na verdade, não esteve só em um campo, mas em três. Além de Auschwitz, Birkenau e Mauthausen.

Estamos conversando e chega sua esposa, dona Laura. Também esteve num campo de concentração – Bergen-Belsen –, mas não tem nenhum número inscrito no corpo. É que os judeus espanhóis tiveram um tratamento diferenciado.

Stroumsa vai narrando que os campos de extermínio tinham uma cota de mortos por dia. Começaram com cem, mas foram aumentando. Os diretores dos campos apresentavam estatísticas de mortos, como estatística de produção. Pergunto-lhe o que fazia nesses campos. Responde-me que era engenheiro, e usavam seu trabalho. Fico sem saber o que é pior: ser engenheiro ou tocar violino num campo de concentração.

Como engenheiro, hoje, é o responsável pela invenção de um tipo de iluminação usada em várias cidades do mundo, inclusive sobre as muralhas de Jerusalém. O homem que conviveu com a morte hoje ilumina a história. Das trevas de ontem, passou a engenheiro da luz.

Não pude resistir e lhe perguntei se ainda tocava violino. Sim, respondeu-me.

O homem de Auschwitz ainda toca violino.

# O QUE É UM JUDEU?

Durante os dez dias que passei em Israel, uma pergunta surgia sempre, espontânea e provocadoramente: o que é um judeu? E era tão constante nos debates e conversas que acabou virando uma piada obsessiva em todas as entrevistas. E ao tomar o avião de volta e ler o *The Jerusalem Post* constatei que a questão estava longe de terminar, pois ali havia um debate em torno da mesma indagação. Naquela semana os judeus americanos foram a Israel pressionar o parlamento contra uma emenda que dá direito a um rabinato ortodoxo de dizer quais as conversões ao judaísmo que são válidas. Os judeus americanos revoltam-se por serem considerados judeus de segunda classe, sobretudo se se considera que são seis milhões e que dão uma grande quantidade de dólares para Israel. Os radicais em Israel revidam dizendo que quem quer dar opinião sobre o país que vá viver lá. É uma situação esdrúxula. Por isso circula uma piada de que sionista é um judeu que dá dinheiro a um segundo judeu, que o dá a um terceiro, para ir viver em Jerusalém.

A pergunta *quem* e *o que* é um judeu existe há três mil anos, diz o novelista A. B. Yehoshua. Ela se repete até no parlamento, onde existem árabes e drusos, além de assessores beduínos.

O fato é que há uma diferença inicial entre um judeu, um israelense e um sionista. Conforme a tradição, judeu é aquele que é filho de mãe judia. Não é necessário que fale hebraico ou acredite em Jeová. Isso provoca um problema, pois, como lembra Yehoshua, pelo menos uns três milhões de mortos no holocausto da Segunda Guerra, considerados judeus pelos nazistas, talvez não fossem filhos de mãe judia. Já um israelense é aquele que tem a cidadania de Israel; neste sentido os milhares de árabes que lá vivem são israelenses e por isso têm representação no parlamento. Já os sionistas lutam pela existência do Estado, apesar de viverem às vezes fora de Israel. E há sionistas de direita e de esquerda, e dos 120 deputados, 110 são sionistas.

É complicadíssimo. Yehoshua diz: um negro não pode deixar de ser negro, um judeu pode deixar de ser judeu. Ser judeu é uma escolha, não um destino. Para ele existe um vazio nas definições do *judeu*. Mas Natan Lerner sustentou posição diversa. Reconheceu que o judeu é uma "entidade étnico-religiosa-histórica com um corpo de doutrinas". Mas confirmando a singularidade de certas situações narrou um episódio: um judeu se fez católico e virou padre. Foi ser sacerdote em Haifa. A Suprema Corte aceitou-o como cidadão, mas não como judeu, alegando que "o homem da rua" não o reconheceria como judeu.

Como a pergunta "o que é um judeu?" se tornasse já obsessiva para os escritores convidados em Israel, num jantar com o general Uzi Narkiss, a pergunta também lhe foi feita. E respondeu:

– Ser judeu é sentir-se como judeu. Há algo que se chama judeu. Aos judeus interessa serem judeus. É como se tivessem recebido um mandato de gerações. Pode ser mandato mítico ou histórico. Só esse mandato explica por que depois de milhares de anos sobrevivem os judeus. Me perguntei várias vezes por que construíram a cidade sob o templo e não numa colina mais alta, já que em outro lugar seria mais fácil defender-se. Há outros lugares mais bonitos. Aqui não há água e alimento suficiente, mas há o ar para o pensamento espiritual. É o melhor lugar que podiam escolher.

– O senhor acredita no Messias?
– Não – respondeu o general.
– E se Jesus chegasse hoje a Jerusalém?
– Cada coisa que ocorre aqui exige uma solução do governo. O governo vai dar a Cristo uma recepção digna. Nomeará uma comissão, e, antes que acabe de chegar, já estará tudo decidido.

O professor Israel Eldar, luminosa criatura, defende a ideia de que o judaísmo é uma verdade em movimento. É o presente que determina o passado e o futuro, e não o contrário, como querem os conservadores. E ousou dizer: o Eclesiastes está errado quando diz "não há nada de novo sob o sol", pois a história não se repete.

E Moshé Liba explica que está ocorrendo uma mudança no conceito e no comportamento dos judeus. Os mais novos não se preocupam em falar muitas línguas, senão o hebraico. Durante dois mil anos não tiveram tradição guerreira e hoje são dos melhores soldados do mundo. Não tinham tradição de agricultores e se fizeram agricultores. E contrariando a tradição, os bancos israelenses não estão muito bem.

O que é um judeu? A questão continua. Em Israel convivem a pluralidade e a contradição. E, no entanto, o país avança. E, para terminar, um exemplo dos mais surrealistas: há uma seita de ortodoxos que não reconhece o Estado de Israel, pois este não pode ser fundado por homens, só pelo Messias. Por isso, não só desobedecem às leis do país, mas já pediram ao rei da Jordânia que os ajude a destruir o falso Estado de Israel.

# Uma tarde entre os ortodoxos

— Aquela mulher ali está de peruca.

– Qual?

– Aquela em pé no ponto de ônibus, ao lado daquele homem de terno preto, chapéu preto, barba longa, que está sentado. É marido dela e ortodoxo.

– O que há de especial nessa peruca?

– É que a mulher ortodoxa quando se casa raspa o cabelo.

Assim comecei minha visita ao bairro dos ortodoxos em Jerusalém. Já havia passado por ali de ônibus. Mas uma coisa é passar de ônibus vendo pela janela aqueles homens de preto andando com chapéu preto. Outra é ir ver de perto o bairro com meu amigo Ishmael Viñas, me mostrando ao vivo os segredos do bairro, à tardinha.

– Repare nas mulheres, se não estão de peruca, estão com esse pano amarrado na cabeça. E olhe, estão todas de meias brancas. Não podem exibir suas peles aos homens.

– Mas estão pintadas e maquiadas.

– Sim, porque devem se enfeitar para seus maridos, conforme a lei. Assim como entre os árabes, só os homens se casam, por isto se há divórcio é o homem que o pede. As mulheres são posses. Nas casas dos árabes polígamos aqui em Jerusalém há duas portas, uma para o homem e outra para as mulheres. E se há uma visita só a mulher mais velha aparece para servir o café.

– O que estão fazendo ali naquele ponto de táxi tantos ortodoxos barbudos?

– É um ponto de táxi só para eles. Não podem correr o risco de entrar num táxi comum ou noutra condução e se assentarem perto de uma mulher.

– Por quê? – Indago perplexo como se estivesse noutro planeta.

– Segundo a lei um homem não pode tocar numa mulher impura (menstruada). E como não se sabe nunca quando está impura, um homem não pode tocar nunca uma mulher. Só o marido.

— Mas como fazem essas mulheres quando leem o jornal ou veem a tevê com informações sobre o mundo real e os anticoncepcionais? Como é que fica a cabeça delas?
— Não veem televisão porque está escrito que não se deve adorar imagens. Daí que não tiram nem retrato.
— Sem anticoncepcional, como fazem?
— Têm tantos filhos quanto Deus manda.
— Então, no futuro, serão a maioria em Israel?
— Quem sabe? O fato é que, fora o marido, ninguém pode tocar nelas. Houve recentemente o caso de um homem que foi socorrer uma mulher de um ortodoxo que havia sido ferida num desastre, levando-a até o pronto-socorro. Pois sabe que ele foi processado por haver tocado nela, por ter ficado a sós com ela?
— E em que trabalham essas figuras?
— Só as mulheres trabalham, inclusive fora de casa. Os homens ficam lendo as escrituras o dia inteiro. Recebem bolsas para isso, até do estrangeiro.
— Mas e essas piadas sobre rabinos e prostitutas?
— Sim, a lei não proíbe. Em caso de necessidade.
— E não há casamento de rabino com prostituta? Afinal Cristo tratou-as bem, veja Maria Madalena.
— Sim, na literatura moderna há narrativas. E recentemente um ortodoxo largou tudo e resolveu denunciar tudo que havia ali escondido, inclusive o homossexualismo latente e explícito.

E assim íamos dialogando. Eu aprendendo ao vivo, concentradamente, o que está narrado em milhares de páginas e compêndios. Ortodoxos de todas as seitas passando com seu passo mecânico por mim. Mulheres de perucas e meias brancas empurrando carrinhos de criança. Meninos também vestidos de ortodoxos, com o solidéu na cabeça e aqueles dois cachos descendo pelas orelhas como se fossem chifres invertidos. Não sabia se estava num gueto em Varsóvia ou num filme histórico.

De repente, vejo duas meninas lindas de uns dez anos, de vestidos longos coloridos e tranças. Vêm sorrindo, e a tarde é tão bonita que faço o mais ingênuo e espontâneo dos gestos para acariciar a cabeça da que passa junto a mim.

Numa fração de segundo ela se desvia assustadíssima, meu amigo em pânico diz:

– Não faça isto! A consequência pode ser trágica!

Eu havia me esquecido: não se pode tocar sequer numa criança ortodoxa, no mais puro dos gestos. Segundo a lei do outro, a impureza está em mim.

Mas nem por isso deixei que manchassem minha tarde. O diferente de mim também tem direito de existir. Afinal não sou um ortodoxo, mas um convicto heterodoxo.

# Fixando palavras em Marrakech

Estou sentado no Café Argana olhando a praça Djemaa el Fna, no centro de Marrakech. Ali, antigamente, costumavam espetar cabeças dos inimigos de um sultão, daí que Djemaa el Fna signifique "assembleia de mortos". Mas hoje ela é a praça mais viva do Marrocos. Aqui estão dançando, cantando, comendo, negociando, representantes de todas as tribos da região. Por aqui passaram as hordas de hippies dos anos 60 e 70 em busca do encantamento. Há encantadores de serpentes e há encantadores da palavra. Contadores de histórias agrupam pessoas que diariamente vêm ouvi-los. É primavera. E acabei de sair da labiríntica medina com seu efervescente, luminoso e aromático comércio. Mas o fato é que não apenas estou sentado no Café Argana olhando a praça de Djemaa el Fna e olhando o mundo em torno, mas estou lendo um livro de contos de Tahar Ben Jelloun, intitulado *Le premier amour est toujours le dernier* (O primeiro amor é sempre o último), Éditions du Seuil.

Ver o mundo. Ler o mundo.

Topei com o nome de Tahar Ben Jelloun em muitas ocasiões. Sabia-o ficcionista marroquino dos melhores. Mas outros contextos desviavam-me de seus textos. Agora, no entanto, leio seu conto "O homem que escrevia histórias de amor". Trata-se de um contador de histórias procurado por pessoas que não apenas queriam ver sua vida escrita, mas queriam-na modificada, melhorada. Tal escritor tinha, então, o poder de, usando uma tinta sépia, reescrever a vida alheia alterando-lhe o porvir.

Letra e vida. Vasos comunicantes. A letra pode modificar a vida.

Num determinado trecho ele diz de um personagem que ele veio de Tânger e deu uma parada em Marrakech. Eu também estou vindo de Tanger. Passei por Arzila, Meknès e Fez e estou dando uma parada em Marrakech, antes de ir a Essaouira e Casablanca.

As palavras-chave deste país já não me são um significante vazio. E faz toda diferença ler o que estou lendo aqui neste lugar e não em Juiz de Fora. As palavras têm cor, têm luz, têm peso, espessura, sonoridade e sumo, e quando experimentadas dentro da realidade natural ganham carne e sangue. Alá começa a ser para mim uma realidade sensível.

Uma coisa é a experiência abstrata, puramente conceitual do verbo, outra a sua experimentação iniciada pelos sentidos. Agora, por exemplo, quando um personagem deste livro entra numa medina, sinto-a concretamente. Agora quando um personagem serve um chá de menta ou come um *corne de gazelle*, sei gostosamente de seu significado. Quando digo *djelaba*, sinto-o vestir meu corpo. Meus olhos sabem finalmente o que é o azul de Fez. E aqueles saborosos e brilhantes frutos verdes, negros e violeta que degustei nos mercados são olivas, nunca mais prosaicas azeitonas.

Estou me lembrando aqui do dinamarquês Peter Poulsen, que me contou que havia ganho uma bolsa de estudos para viajar pelo sertão de Minas, para poder sentir na pele o que era o imponderável sertão roseano e melhor traduzir *Grande sertão: veredas*.

A vida das palavras. Experimentar as palavras por dentro. Em situação. Através de todos os sentidos, como no ato de amar. Então, posso dizer: ler um livro durante ou depois de uma viagem é fazer com que a letra funcione quimicamente como um fixador. Há quem fixe o mundo musicalmente, há quem o fixe plasticamente. O escritor carece sobretudo da palavra para fixar as tintas, os sabores, as sonoridades e o inefável das experiências.

Mas não estou fascinado com Tahar Ben Jelloun – que qualquer dia vai ganhar o Nobel – somente porque estou nesta praça e neste país com seus personagens e através de sua escrita incorporando essa cultura. Fascinado estou por vários outros motivos. Primeiro porque é um ficcionista legível, nada chato, nada pedante. É um escritor que faz o leitor esquecer que está diante de um sofisticado criador, que parece, repito, "parece" um simples contador de histórias. Ele retoma a tradição narrativa das *Mil e uma noites*, e avança. Confiro-o também com *Cuentos populares marroquíes* (Editora Aldebarán). Está tudo entrelaçado. E aqui ouso até lançar uma teoria sobre a narrativa e a arte do *zelige*.

*Zeliges* são aquelas pequeninas pastilhas de cerâmica, que vi serem confeccionadas em Fez e que compõem os desenhos geométricos dos mosaicos nas paredes e nos chãos das mesquitas, *riads* e palácios. Ali desenhados parecem um caleidoscópio de cores, mas são um labirinto ordenadíssimo de formas em movimento, emergindo do centro para a periferia e vice-versa. Exatamente como as vielas de uma medina.

Exatamente como as narrativas de Ben Jelloun, que são histórias que saem de dentro de histórias, que saem de dentro de outras histórias, elipticamente. O *zelige*, diria, é o barroco árabe. Quando escrevi *Barroco, do quadrado à elipse* (Editora Rocco), bem que tive vontade de fazer um capítulo explorando essa aproximação.

Alguém vai dizer, mas isso parece Jorge Luis Borges rebatendo histórias dentro de histórias. Não, em Borges isso é pura influência árabe, a qual, aliás, ele reconhecia. E em favor de minha tese agregue-se outra anotação: a visualidade da escrita árabe complementa a ideia do *zelige* enquanto metáfora epistemológica dessa cultura. Por isso, textos do Corão são escritos/inscritos sobre as paredes encimando os *zeliges*, parecendo que a escrita árabe é continuação plástica e labiríntica do *zelige*. E não é à toa que lá a caligrafia é uma arte.

A palavra como argamassa do real. *Zelige*, arabesco vital.

Mas, lhes dizia, estou diante da praça Djemaa el Fna, e são cinco da tarde. Encantadores de serpentes, dançarinos, adivinhos, mulheres desenhando com hena emblemas sobre as mãos de turistas, aroma de comida por toda parte. Um desses ajuntamentos, porém, é especial para quem há pouco lia um conto de Ben Jelloun e agora vê um grupo em torno de um secular contador de histórias. Sentados ou em pé, vivem uma segunda vida pela ficção.

A ficção fixando a vida.

A ficção e a poesia como fixadores daquilo que de outra forma teria se perdido no tempo.

*21 de abril de 2001*

# Entrando miticamente em Tânger

O navio dirige-se a Tânger. Saiu desta ponta sul da Espanha, em Algeciras, e avança no azul do Mediterrâneo. A ilha de Gibraltar é que parece deslocar-se enquanto o navio avança. Além das aulas de geografia do ginásio, vem em nossa mente a mitologia, pois nessa região estão as Colunas de Hércules, que primeira e infantilmente conheci nas estampas Eucalol, responsável, como negar?, pela formação de minha primeira cultura laica.

Depois aprenderia que foi ali naquele estreito que separa a Europa da África que Ulisses se deixou aprisionar por sete anos pela deusa Calipso. Então, não é possível olhar esse mar de histórias com olhar banal. Os antigos diziam que além do Mediterrâneo, no Atlântico, estava o "mundo inquietante". É desse mundo inquietante que brasileiramente venho para aquietar minha alma.

Desembarcar num lugar que sempre se sonhou conhecer é atitude de alta periculosidade. Pode-se espatifar a fantasia, às vezes, de um só golpe, ou ir desgastando-a contra a aspereza do real. Aos poucos aproximamo-nos de grandes falésias sobre uma das quais vem despontando Tânger.

Estamos numa fila para o desembarque entre dezenas de turistas, todos na mesma frágil situação. Arrastamos as malas barco afora, dirigimo-nos aos táxis. Dirigir-se a um táxi num país estranho é como cruzar o estreito de Gibraltar, entrar numa situação "inquietante". Porém, surpreendentemente, o chofer cobra os exatos cinquenta *durhams* (cinco dólares) previstos.

El Minzah é um hotel mítico. E numa cidade que deixou marcas na obra de Delacroix, Saint-Saëns, Paul Bowles, Bertolucci, Genet, Beckett, Kerouac e Capote, hotel de celebridades é o que não falta. Estamos ainda admirando sua beleza quando nos avisam que há um guia disponível antes que anoiteça sobre a medina. Vamos a pé, pois os grandes hotéis do país instalam-se junto às medinas – coração histórico da cidade, com todo tipo de comércio, das especiarias aos tapetes, dos couros às joias, com mesquitas, minaretes e até mesmo *riads* e *maisons arabes* – instalados no que chamaríamos de palacetes, com jardins internos, fontes com pétalas de rosa, esplêndidos mosaicos de *zelige* e surpreendentes restaurantes.

Brasileiros tendem a dizer que as medinas parecem favelas que misturam pobres e ricos, folclore e sofisticação. Essa comparação só vale se for para ser negada a seguir. Quem dera nossas favelas fossem esses fascinantes labirintos. Em Marrakech e Essaouira, por exemplo, instalamo-nos num *riad*. Não dá para achar o endereço sozinho, por isso alguém foi nos esperar lá fora da medina, e um velho no seu djelaba com um carrinho de ferro conduzia as malas. Dobra viela, entra em beco, de repente, uma porta como qualquer outra num muro. É abri-la e surge o deslumbramento. O mundo interior pouco tem a ver com o exterior. Dizem que é preceito do Corão: não se deve ostentar riqueza. O que não impede que atrás daquele portão até ricos estrangeiros se entronizem, como Barbara Hutton, que comprou imensa casa na medina de Tânger. O guia nos leva até lá. Contam de festas das mil e uma noites dadas pela herdeira das lojas Woolworth. Do lado de fora, no entanto, pelas ruas da medina, algumas crianças jogam bola nos becos, outras ajudam o trabalho dos pais bordadores e costureiros, estendendo, esticando e trançando fios de seda junto às paredes das vielas. Sim, neste país, sentados nas lojinhas ou nos espaços do *caravan serrail*, são os homens que bordam, tecem e costuram.

Em duas horas nessa medina, entraram-me pelos poros da alma mais de cinco mil anos de história. Lá em cima, do topo desse morro, no entardecer, mulheres com suas vestes ao vento contemplam o mar, vendo, imaginando outro mundo onde pousam outras "inquietudes". Se eu fosse Matisse ou Delacroix, que aqui estiveram, eu pintaria esse quadro.

Quando a noite vier, no esplendoroso restaurante do El Minzah entre dança do ventre e músicas tocadas em cordas e tambores berberes, necessariamente provaremos cuscuz e *tagine* e um surpreendente vinho tinto marroquino. Agora, no entanto, o muezim está soando sua voz no minarete lembrando que cinco vezes ao dia se reze a Alá. Estou diante de uma pequena livraria. Não tenho dúvida. Compro urgente um Corão, que seguirei consultando por toda a viagem.

*22 de abril de 2001*

# Quem não gosta de gentilezas?

Se me perguntassem sobre uma das coisas que mais me tocaram no Marrocos, eu diria – a gentileza das pessoas. Quem não gosta de ser bem tratado? Se é bom quando isso ocorre em nosso próprio país (embora esteja cada vez mais raro), imagine no exterior. Por exemplo: os policiais marroquinos, com aquele uniforme azul e luvas brancas, sempre bem posicionados nas avenidas e estradas, com o garbo de quem pertence à Gendarmerie Royale. Devo ter pedido informações a todos eles, só para ser bem tratado por um policial, e em francês. Alguns, ao saberem-me brasileiro indagavam logo por Romário e Ronaldinho. Já outros, confesso, olhando minha cara, tentavam me informar mesmo em árabe, e a vontade de ser gentil era tanta que eu gentilmente até entendia o que diziam. Foi essa minha cara de árabe ou de judeu sefardita, além da brincadeira de dizer que meu pai era berbere ou descendente de Ahmed el-Mansour, o Dourado, que rendeu-me alguns descontos nas compras.

Mas falava eu mais especificamente de gentileza.

Estamos no restaurante El Fassia, em Marrakech. Aviso à senhora que nos servia que quando chegasse o guia que esperávamos, que nos avisasse. E brinco:

– Se não me avisar não terei para onde ir. Terei que dormir aqui.

Sorrindo, ela diz:

– Não se incomode, se ele não vier o senhor pode ir dormir na minha casa, terei o maior prazer. (E ela estava falando sério e não havia aí nenhuma terceira intenção.)

Noutra ocasião estamos entrando em Casablanca, e evidentemente perdidos no trânsito, falo quase em árabe para dois jovens que passam num carro ao lado. Eles pedem que os acompanhe e, chegando aonde eu queria, ouço um deles, despedindo-se, dizer:

– Sintam-se em sua casa, o país é de vocês.

Noutro dia, em Marrakech, perguntamos por um endereço a uma jovem que lá ia vestida no seu djelaba. Ela explica cortesmente, dá uns

cinco passos continuando sua trajetória, mas volta-se amigavelmente para nós e diz para esses dois desconhecidos que nunca viu nem verá:
– Anotem meu telefone, se precisarem de alguma coisa na cidade, me liguem.

Minha mulher debruça-se na janela do hotel de Casablanca para contemplar melhor a mesquita e ouvir o muezim fazer a prece das sete da noite. Uma mulçumana no quintal ao lado a vê e sorri. Marina lhe acena dando a entender que acha bonito aquele canto no entardecer. A desconhecida mulçumana lhe manda um beijo com a mão.

Em Fez um chofer de táxi, aproveitando o sinal fechado, largou seu carro com os três passageiros que transportava, caminhou entre outros veículos para me advertir que, conforme me avisara quinze minutos antes, não entrasse à esquerda. E como eu errasse o rumo, mais adiante tornou a parar para me explicar.

Sempre nos disseram que o "jeitinho" era uma invenção brasileira. Pode ser, mas os marroquinos são nossos sérios competidores. Como eu dissesse ao funcionário do Hotel Minzah, em Fez, que desde o Brasil estava tentando passagem de Casablanca para Madri, e que por não consegui-la teria que viajar dois dias de carro, ele me disse "Deixa comigo". Daí a uma hora, embora fosse noite e os escritórios estivessem fechados, ele apareceu no restaurante com os bilhetes já pagos e debitados em minha conta no hotel.

Igualmente, quem no Brasil daria carona a desconhecidos que queriam melhor nos explicar endereços, sem temer amanhecer no dia seguinte degolado nas manchetes dos jornais?

Vai ver que demos sorte. Mas procurei no jornal *Le Matin* notícias de crime, de rebeliões nas cadeias, tiroteios de AR-15. Encontrei, sim, uma notícia de assalto, como aquelas que havia por aqui nos bons tempos. Além disso havia a notícia de que numa penitenciária estava havendo uma festa, com uma exposição de arte de detentos e concerto de música com banda (não bando) de presos.

*29 de abril de 2001*

# Últimas miragens marroquinas

Prometendo não atormentar mais os leitores com minhas marroquices, adianto que Fernando Sabino também escreveu várias crônicas sobre o Marrocos. Rubem Braga foi mais radical – chegou a ser embaixador lá, por uns três anos. O poeta e também embaixador Alberto da Costa e Silva, conta que Rubem, ao saber que naquele país um homem podia ter quatro mulheres e que alguém havia comprado algumas escravas, ironicamente quis saber tal endereço porque queria comprar três para seu harém.

De Rubem lembro-me apenas de um texto sobre Marrocos, publicado na antiga *Manchete*, no qual recontava a história de D. Sebastião, que morreu por ali na batalha de Alcácer-Quibir. Passei pela região da tragédia na qual pereceu a fina flor da nobreza lusa sentindo no ar ainda a espessa história. Essa batalha, quando vista do ângulo marroquino, é outra coisa, é algo mais imponente: chama-se "a Batalha dos Três Reis", porque ali morreram três reis: além de D. Sebastião, também Moulay Abdelmalek El-Saadi e Moulay Mohamed. Aliás, por todas as partes há vestígios da presença portuguesa, em Tânger, Essaouira ou Arzila, onde, em 1471, quinhentos navios portugueses desembarcaram com trinta mil soldados. A história do Império Luso me deixa sempre boquiaberto: como é que um paisinho com um milhão e meio de habitantes dominou metade do mundo?

Seria interessante que alguém na universidade, estudando mais seriamente a crônica enquanto gênero literário, fizesse um estudo comparando como cronistas tratam de assuntos semelhantes. Isso levou-me a ler prazerosamente aquelas do Fernando que estão no livro *De cabeça para baixo*. Mas o que queria dizer neste resto de espaço é que, espantar-se na comparação entre Brasil e França, Brasil e Estados Unidos, é fácil. O cruel é constatar que o pão do Marrocos dá de dez nessa coisa que vendem por aqui cheia de potássio, fubá e serragem; que aquele país é todo plantadinho até as bordas do deserto. Nada dessas montanhas peladas. Tem trigal até na beira do mar. Tem canteiro nos terrenos pedregosos e, sobretudo na parte norte, é cultivadíssimo. As estradas são excelentes. E o vinho é bom. Ali judeus e árabes vivem em paz. Mulheres de djelaba andam ao lado de mocinhas de jeans. Considere-se, a propósito, que o país só se tornou independente em 1956 depois de uma impiedosa dominação espanhola e francesa. Portanto, é, de certa maneira, um país jovem, e o jovem rei Mohamed VI, tentando modernizá-lo politicamente, autorizou a abertura de arquivos do tempo de seu pai, o temível Hassan II, morto em 1999.

O fato é que a primeira vez que um muezim disparou a cantar sua reza na madrugada, achei que ele estava berrando dentro do meu quarto. E estava. Pois o minarete era defronte ao meu *riad* e tinha potentes alto-falantes. Com o tempo acostumei-me. E quando nos dois últimos dias não pude ouvi-lo, confesso que senti falta.

Culturas diferentes são um exercício de humilde alteridade.

Estaria eu, nesses relatos, exagerando e sendo vítima de uma miragem no deserto? Tudo é possível. Muitas vezes, ali, as pessoas, ao saberem-me residente no Rio, em Ipanema, soltavam iridescentes exclamações, como se eu devesse ser invejado por viver no paraíso.

E não são poucos os que se encantam com aquilo que acerbamente criticamos.

*6 de maio de 2001*

# Um sacro monte literário

Há lugares sagrados para as religiões, mas há também lugares míticos para as artes.

Nos lugares sagrados os crentes peregrinam refazendo as rotas dos santos e mártires. Os chamados "montes sacros", por exemplo, seja em Congonhas do Campo, seja em Varallo, lá no norte da Itália, são labirintos onde a alma cristã se reencontra.

Ravello é um "sacro monte" da literatura.

Incrustada na Costa Amalfitana, perto de Nápoles, misteriosamente atraiu e atrai um incalculável número de celebridades que vão lá expor sua peregrinante sensibilidade. Ravello veio acumulando memórias desde os romanos, no século IV foi ponto de negociantes árabes e africanos, depois possessão de normandos, e assim por diante, até ir se inscrevendo através do tempo, serpenteando a encosta com discretas torres e jardins, com vielas estreitíssimas em degraus que sobem e descem por entre oleandros e gerânios.

Agora estamos passamos por um portão que guarda um jardim e nos dizem:

– Aqui mora Gore Vidal.

O romancista americano esteve cá a primeira vez em 1948 na companhia de Tennessee Williams e acabou sucumbindo à magia do lugar.

É uma questão estranhamente subjetiva esta de alguém eleger lugares que são a sua querência metafísica. Elizabeth Bishop de repente incrustou lá em Ouro Preto, Georges Bernanos abrigou-se lá em Barbacena, Gauguin foi parar no Taiti. Isso ocorre. O que é mais extraordinário é que um lugar se transforme num fascínio coletivo de artistas. Quando isso é Roma e Florença, entende-se logo. Como não se prostrar ali esteticamente para sempre? Paris que já era uma cidade que desde o século XIX atraía até fazendeiros do Alto Jequitinhonha era emblemática antes de Hemingway baixar ali com os desvairados amigos da *lost generation*. Mas sobre um lugarzinho assim como Ravello, aparentemente tão igual a tantos da região, como explicar essa sedução plural e maciça sobre tantos artistas?

Antes, muito antes, Boccaccio passou por Ravello e tão impregnado ficou que ambientou aqui a quarta novela da segunda jornada de *Decamerão*. Por sua vez, Wagner, quando penetrou nos jardins da Villa Rufolo, intuiu e convenceu o seu cenógrafo que essas ruínas e flores eram o cenário expressivo para o jardim de Klingsor de *Parsifal*. Chegou a deixar no livro do Hotel Palumbo a declaração: "*Il magico giardino di Klingson è trovato*". Por isso, ali anualmente se encena Wagner.

Foi aqui que André Gide ambientou o seu *O imoralista*, livro em que narra as suas angústias de homossexual viajando daqui para ali dividido entre o casamento e outros desejos de realização erótica.

Estamos agora no entardecer na Villa Cimbrone com seus jardins que terminam abruptamente numa interminável falésia sobre o azul do mar. Vários bustos de mármore olham conosco o crepúsculo e ouvem os pássaros ao redor. Passando por uma ala da mansão antiga, uma placa nos informa que ali Greta Garbo e Leopoldo Stokowski, em 1938, entregaram-se a uma tórrida temporada de amor.

Se olharmos o livro de hóspedes do Hotel Palumbo saberemos que Paul Valéry ali esteve e deixou registradas algumas palavras. E que D. H. Lawrence comia nesse mesmo hotel, mas ia dormir no Hotel Rufolo. De repente, podemos entrar numa viela e olhar uma placa dizendo que foi ali naquela casa que D. H. Lawrence entregou-se à composição de *O amante de Lady Chatterley*.

Em 1879 Ibsen aqui veio, e nesse Hotel Toro, plantado junto a essa alameda de altas espirradeiras, Grieg esteve. E o gravador holandês Escher, em torno dos anos 30, fez uma série de trabalhos sobre os mais variados aspectos desta cidade. Sem dúvida aqueles labirintos de seus desenhos e gravuras têm algo a ver com esse cenário.

E não para aí. Querem mais nomes de pessoas seduzidas por este lugar? Então, anotem lá: Simone de Beauvoir, Virgina Woolf, Humphrey Bogart, Truman Capote, Orson Welles, Bernstein, Rostropovich, Turner, Foster e quantos outros anônimos não menos importantes por serem ou estarem anônimos.

Domenico Di Masi, autor de vários livros em torno do "ócio criativo", e hoje inteiramente apaixonado pelo Brasil, tem uma casa aqui, e há dezesseis anos realiza em Ravello um seminário internacional. Este ano, o tema foi "Competitividade e solidariedade". E para um debate com intelectuais italianos, trouxe do Brasil Ivo Pitanguy, Jaime Lerner, José Serra, Eduardo Giannetti da Fonseca, Marina Colasanti e este vosso escriba, que tentou falar sobre "Competitividade e solidariedade nas artes e nas ciências". Mas como falar de competitividade num lugar onde a começar pela natureza tudo é uma luminosa solidariedade?

O Brasil estará doravante concretamente presente em Ravello. Apresentado a Di Masi por Roberto D'Ávila, Oscar Niemeyer, encantado com a cidade, projetou com sua equipe um centro cultural para abrigar conferências, exposições e concertos.

É mais um nome mítico a se somar a tantos nessa mágica Ravello.

*21 de julho de 2001*

# Vivendo num cartão-postal

A mim, me tocou habitar o paraíso por um mês.

Claro que mesmo aqui ouço ruídos que do Inferno me mandam os jornais, por exemplo, notícias de Kosovo. E Kosovo está ali, do outro lado do Adriático, e estou à beira do Lago de Como, e daqui de perto, de Aviano, estão saindo os aviões que vão bombardear Belgrado e as tropas sérvias que estão dizimando mulçumanos e albaneses.

Mas, a mim, me coube habitar o paraíso por um mês. Nem me importa que essa eternidade dure apenas trinta dias; pois para mim será eterna enquanto dure. E quando essa momentânea eternidade acabar, a restaurarei para sempre na memória.

Estou em Bellagio. Uma vilazinha ao norte da Itália onde a Fundação Rockefeller achou por bem adquirir, em 1959, a Villa Serbelloni e aqui instalar artistas e pesquisadores, para que possam desenvolver projetos específicos.

A Villa é uma espécie de palácio do século XVIII. Está a cavaleiro do Lago de Como e do Lago de Lecco. Da janela de meu quarto os vejo a ambos. Além da superfície azul dos lagos, vejo as montanhas, ainda com os picos gelados, que vão dar, logo ali, na Suíça.

É algo muito grave estar onde estou. Porque aqui estiveram personagens históricos que desde a infância via em livros, mas pisar o mesmo terreno, ver a mesma paisagem onde estiveram cria em nós uma esquisita responsabilidade. Aqui esteve, por exemplo, no primeiro século do Império Romano, Plínio, o Moço, que dizia que esse promontório assemelhava-se àqueles sapatos que os atores usavam nas tragédias gregas, que lhes permitiam ver as coisas mais do alto. Durante a Idade Média, Bellagio envolveu-se nas querelas entre guelfos e gibelinos. Há documentos assinalando que por aqui passou, nesse chão pisou, essa paisagem viu, nada mais nada menos que Leonardo da Vinci. Então, entendam como minha responsabilidade está historicamente aumentando. Quando lhes escrevo estou num estúdio sobre a Capela da *Madonna de Montserrat*, que se origina da presença de um grupo de capuchinhos que para cá veio em 1609. Em contraste, aqui estou dizendo essas coisas num computador, que a Fundação providencia para seus bolsistas. À beira do século XXI olho a vista – o lago, os picos gelados, a mesma vista que Alessandro Serbelloni (que adquiriu a Villa no século XVIII) viu, a mesma vista que via Ella Walker – a milionária americana que se apaixonou por tudo isto em 1928 e deixou isto tudo para Rockefeller, após tornar-se a *Serena Alteza, Ella, Princesa da Torre e Tasso*.

Para chegar ao meu estúdio, por uns dez minutos atravesso um jardim barroco, com ciprestes cônicos, canteiros cuidadíssimos em diversos formatos. E como faz um ameno sol de primavera, as flores que começam a desabrochar me saúdam, e me saúdam as rochas e as grutas; até mesmo pequenos lagartos, que se agitam nas folhagens dos canteiros, dizem: "O que fazes por aqui, ó estranho brasileiro?"

De algum modo, esses estúdios para os convidados, os jantares no fim do dia, tudo isto restabelece o conceito de Arcádia dos séculos XVII e XVIII, quando artistas e cientistas vários se reuniam, inicialmente em Roma, sob a égide da rainha Cristina da Suécia, para elaborar obras e sentimentos.

O nobre Serbelloni disseminou pela encosta de sua propriedade árvores de todo tipo, criando, como em várias vilas italianas, um jardim botânico pessoal. Passeio por esse e outros jardins dessa região e me surpreendo tropicalmente de que não há papel, lata, nem cocô pelos cantos. Não vejo sequer os insetos. Assim, posso deitar-me nesse gramado, olhando as montanhas que vão dar na enigmática Suíça ou contemplar um ou outro barco transitando entre as margens.

Aqui o convidado não tem que se preocupar com nada. E isso é preocupante. Deve apenas desenvolver sua obra ou projeto, que a infraestrutura, americanamente, funciona à perfeição. Para quem teve que lutar contra todo tipo de adversidade para escrever e publicar, cair assim no paraíso é traumatizante. Às vezes, só se consegue trabalhar sob pressão, e não havendo a infernal pressão há que reorganizar a alma para a rotina divina.

A vida é bela, e me sinto como se tivesse ganho o Oscar, mesmo sendo brasileiro. Claro que sei que os desempregados e os sem-terra estão lá exigindo seus direitos. Claro que sei que ali ao lado de minha casa, no Rio, está aquela favela, onde logo na entrada não se distingue o lixo humano da miséria empilhada pela própria Comlurb. Claro que sei que a matança continua lá em Kosovo, e aqui no paraíso houve um seminário sobre este tema e alguém se perguntava: "Por que pessoas inteligentes fazem coisas tão estúpidas, como essa guerra?"

Estou na Itália, tenho vários motivos para dizer que *la vita è bella* e quero dizer àqueles que acharam o filme de Benigni uma fantasia impossível, que o jornal *La Republica* acaba de publicar uma reportagem com Liliana Bucci, uma judia sobrevivente de Auschwitz, que ali esteve quando tinha seis anos. E ela diz: "As fábulas sempre têm algo de realidade dos fatos, e eu sou a prova viva de que *A vida é bela* é uma história verdadeira e autêntica".

Mede-se um ser humano pela maneira como lida com o horrível e com o belo. Estamos sujeitos ao Inferno e ao Paraíso ao mesmo tempo. Digo isso pensando na mistura da realidade com a ficção, e no fato de estar concretamente onde Da Vinci, Plínio, o Moço, e outros, estiveram e me lembro que outro dia vi um filme com Schwarzenegger onde um garoto sai da cadeira do cinema, entra na tela para viver aventuras com aquele herói, recriando inteligentes situações de tempo & espaço, como Woody Allen havia feito em *A rosa púrpura do Cairo*. Pois foi na paz deste cenário em que estou que Mary Shelley, paradoxalmente, criou o seu Frankenstein. O belo, o bom, o verdadeiro deu-lhe saudades do feio, do perverso e do pesadelo.

Pois eu estou ao mesmo tempo no passado e no presente. Na realidade e no sonho. Estou seguro de que acabei de entrar num cartão-postal verdadeiro. Aqui tudo é um cartão-postal daqueles que a gente manda para os que ficaram no real e infernal cotidiano. A vida é bela. Pássaros e flores me trazem a primavera, o lago e as montanhas com a neve me saúdam, e desse promontório no paraíso finjo que a eternidade pode durar mais que um mês.

*7 de abril de 1999*

# À BEIRA DO LAGO E NO SACRO MONTE

Sentados neste restaurante debruçado sobre o Lago de Como, estamos num domingo de primavera. O proprietário, de nome Benvenuto, com um gorro colorido na cabeça e um colete xadrez, junto a uma mesa especial que lhe serve de palco, faz uma demonstração pirotécnica de como se prepara o café típico desta ilha. Vai fazendo largos gestos vertendo água e pó e derramando muito açúcar em grandes vasilhas, enquanto conta a história de Comacino – esta ilha de piratas, que vem dos gregos e romanos, passa por Federico Barbarossa e chega aos nossos dias com fotos de Gina Lolobrigida, Kim Novak e Schwarzenegger na parede do escritório.

Uma ilha na história.

Uma ilha da história.

Puxo conversa com um velho, gordo e feliz italiano, que se refestela com os intermináveis pratos e vinho, e que me diz ter nascido em Mântua, terra de Virgílio, e que agora vive em Verona.

Mântua. Verona.

Palavras mágicas.

Caleidoscópio de paixões.

O barco alugado que nos trouxe passa agora, mansamente, por esplêndidas vilas à beira do lago, com suas cores de açafrão e cônicos ciprestes.

– Ali, naquela encosta – aponta o marinheiro –, a casa do chanceler alemão Adenauer. Ali, atrás daquela casa rosa, o muro onde Mussolini foi fuzilado. Você ainda pode ver os furos das balas na parede.

– E as pessoas fazem romaria ao local?

– Fazem, levam flores. Mas no dia seguinte, limpa-se tudo.

Estive por ali outro dia. E me inteirei melhor da história.

Aliás, foi num abril como esse que tudo aconteceu. No dia 25 de abril de 1945, os aliados já ocupando grande parte da Itália, Mussolini veio fugindo em direção à fronteira com a Suíça e chegou à cidade de Como com sua mulher e filhos. Procurando escapar entre Cadenabbia,

Menaggio, Cernobbia, acabou sendo preso quando fingia dormir num caminhão da SS, vestido de soldado alemão, com casaco, suástica e óculos escuros.

Difícil Mussolini fingir que não era Mussolini. O fato é que o *partigiano* Aldísio o prendeu. Mas os guerrilheiros italianos decidiram que não iam entregar *Il Duce* às tropas aliadas para o esperado julgamento. Resolveram fuzilá-lo ali mesmo, alta noite, no muro daquela vila.

Do líder fascista foi confiscado o que se chamou "o tesouro de Dongo": 90 milhões de dólares mais três sacos com alianças de ouro, que, dizem, foi parar nos cofres do Partido Comunista Italiano. Havia também cartas para Hitler e um texto que não sei que fim levou e que gostaria de ler: "O que os italianos devem saber".

Esta, pensava ele, seria sua defesa, caso fosse a um tribunal. No entanto, os corpos de Mussolini e da amante, Clara Petacci, foram levados para Milão e ali dependurados de cabeça para baixo. Os populares chutavam seus cadáveres, que foram enterrados sob os números 166 e 167 num pequeno cemitério. Mais tarde foram trasladados para um convento capuchinho, e, em 1957, o Estado devolveu à sua viúva – a velha Rachelle –, os restos do ditador, que finalmente foi enterrado perto de Bologna.

Custam a morrer os ditadores.

Mesmo nessa última cerimônia houve uma pancadaria entre a esquerda e a direita, o que levou a viúva Rachelle a dizer:

– Acabem com isso! será que nem diante de sua cova param de guerrear?!

Uma coisa é ler isto em livros de história. Outra coisa é eu ter atravessado o lago e ali, na vilazinha de Lenno, ter conversado sobre essas e outras coisas com um velho soldado fascista de 88 anos.

Olhávamos o lago num final de tarde sentados num banco de madeira. Tudo tão sereno. E o velho soldado vai narrando que lutou em Varsóvia e que, quando a guerra terminou, guerreava em Berlim.

E diz:

– Parece que não aprendemos nada. Olha essa guerra lá em Kosovo.

Kosovo, forçoso é lembrar, é logo ali do outro lado do Adriático. Os jornais aqui abrem páginas e mais páginas sobre o conflito. E outro dia li uma frase ironicamente certeira de Winston Churchill sobre aquela região dos Bálcãs: "Os Bálcãs produzem mais história do que podem consumir".

Os italianos, por sua vez, estão se comportando humanitariamente muito bem nesta guerra. Por exemplo, um trem está passando pelo país recolhendo víveres e doações, e praticamente em cada cidade ajunta-se um vagão novo em benefício dos refugiados na Albânia.

Estava eu vindo de uma visita ali em Lenno, a um santuário chamado Ossuccio. É aquilo que se chama de *sacro monte*. Lembram-se de Congonhas do Campo, lá em Minas? Lembram-se daquelas capelas onde Aleijadinho dispôs as esculturas em madeira, que causam admiração a todo mundo?

Pois a Itália, sobretudo nessa região, está cheia de montes sagrados. E, confesso, receava conhecer Ossuccio, porque antes havia visto num livro as fotos das esculturas ilustrando a vida de Cristo e temi que Aleijadinho poderia ser flagrado como repetidor e plagiário.

Desembarcamos em Lenno, subimos as ruazinhas passando pelas casas rosadas, vermelhas e alaranjadas com crianças no quintal ou no jardim; e subindo, subindo sempre, aproximando-se da montanha de pedra, chegamos à primeira capela. Por uma janelinha, fechada com uma tela apenas, se pode ver a cena da Anunciação à Virgem. E sobe-se mais e veem-se mais capelas, mais cenas do drama cristão. As imagens são de terracota e não há a menor comparação possível com as obras em cedro ou pedra sabão do nosso Aleijadinho. Nosso artista dá de dez.

Sei que em Varese, a dezesseis milhas de Como, Santo Ambrósio, no tempo em que havia santos, criou um *sacro monte* com quinze capelas, e, em Varallo, Gaudenzio Ferrari deixou 47 capelas com dramatizações da vida de Cristo em terracota. Tentarei ir lá.

Sugestiva é a origem dessas montanhas sagradas. Acabado o período das Cruzadas medievais, quando os cristãos ocidentais se armavam para visitar, defender e conquistar o Santo Sepulcro, concluiu-se que era mais econômico e seguro construir em certas localidades um simulacro da via sacra. Assim foram surgindo aqui e ali essas representações. E graças a uma operação simbólica, Jerusalém ficou mais próxima.

Mas todo dia, como em Kosovo, ali há sempre gente a ser crucificada.

*14 de abril de 1999*

# Entre Lugano e Carapicuíba

Ter atravessado o oceano, estar agora aqui nesta cidadezinha à beira do Lago de Como, num esplendoroso domingo de primavera, para me perguntar perplexo:
– Onde fica Carapicuíba?
Está escrito ali naquela parede medieval ao lado do atracadouro: "Menaggio é cidade irmã gêmea de Carapicuíba". E ao lado, pintada, a bandeira do Brasil.
Olho em torno procurando as semelhanças e os parentescos. Será Carapicuíba assim pequena como essa Menaggio, que talvez não tenha mais de 10 mil habitantes? Aqui não há pobreza. Aqui tudo está limpíssimo. Aqui acaba de bater um sino medieval chamando para a missa. Aqui, neste domingo, acompanhadas de seus cães de luxo, as pessoas passeiam com seus casacos, lenços e óculos coloridos, olhando o plácido lago e as montanhas de Valtellina, cobertas de neve, lá em frente.
E em Carapicuíba, como será? O que estaria ocorrendo lá com a "irmã gêmea" de Menaggio? Como isso se deu? Foi um italiano que se apaixonou por uma brasileira? Como e quando os prefeitos dessas duas cidadezinhas se encontraram para esse parto? Ai, meu Deus, socorram-me, estou indo para Lugano, na Suíça, ver uma exposição de quadros de Modigliani e, traiçoeiramente, sequer sei onde fica Carapicuíba, doravante uma meiga interrogação no meio de meu caminho.
Lugano, vou lhes dizer, não é nenhuma brastemp. Primeiro, porque os prédios são desnecessariamente mais modernos e quase não guardam mais o charme das cidades europeias antigas. Está à beira do imenso lago, com lindo jardim cheio de tulipas, azaleias, rododendros e gigantescos pés de magnólia. Está na Suíça, mas ali todo mundo é italiano. Até os cães e gatos. Menos o péssimo sorvete que me serviram.
Mas não vim aqui para comer sorvetes, e sim ver a exposição de desenhos e retratos, inclusive a série de mulheres representando cariátides, coisa nova para mim. Esse Modigliani sempre me comoveu. Essas figuras que pintou, com o ar tão triste, ombros caídos, mãos desoladas contam algo de sua vida romântica: o álcool, as drogas e a jovem mulher

que se jogou da janela, lá em Paris. E essa mostra tem outra singularidade: estão expondo as três pedras esculpidas que três estudantes de Livorno prepararam em 1984, jogaram dentro do rio daquela cidade e fizeram a imprensa de todo o mundo pensar que eram obras de Modigliani. O detalhe, em tempos de falsidades pós-modernas, é que os três jovens, eles mesmos, fotografaram e registraram sua façanha, mostrando-a depois à imprensa, embaraçando os especialistas.

Uma coisa estranha ocorre comigo quando vejo exposições como essas. De tanto impregnar-me dos quadros ao redor, começo a achar que todas as pessoas em torno têm olhos, nariz e rosto como os que estão pintados. Vai se formando uma estranha metamorfose no ambiente, os quadros vão virando gente, as gentes, virando quadros. Em breve, ali, todos tinham aqueles olhos pequenos, aquela pequena boca, e juraria que as mulheres todas tinham as grossas e consistentes coxas das mulheres de Modigliani.

Essa alucinação aconteceu-me a primeira vez numa exposição do Museu Picasso, em Paris. Aos poucos, sobretudo as mulheres que desfilavam em frente aos quadros começaram a ter grandes narizes, um olho mais baixo que outro, eram todas polifacéticas e com uma gulosa sensualidade nos lábios e olhos.

Como seriam os homens e mulheres em Carapicuíba, me pergunto? Eu que até hoje não consegui saber qual o verdadeiro perfil do brasileiro, esse povo expressionista, cubista e surrealista.

Mas voltemos à Itália. A televisão passou no último sábado a versão integral de *O último tango em Paris*, de Bertolucci. Isso significa: exibir os oito segundos que foram cortados naquela cena da manteiga em que Marlon Brando sodomiza Maria Schneider. Oito segundos apenas, e todo o país, segundo a imprensa, em suspense. Fico sabendo também que este, apesar de censurado até então, foi o filme mais visto na Itália, cerca de 14 milhões de espectadores.

Não o pude ver nem sei se a versão que eu e o povo de Carapicuíba vimos era censurada ou não. Isso é coisa que só o Sérgio Augusto e o Ruy de Castro podem esclarecer. Não pude conferir, porque a essa hora estava assistindo a uma conferência de um psicanalista e romancista indiano sobre sua recente novela inspirada, vejam só, no *Kama Sutra*. O que, de resto, não me deixou muito longe do assunto.

Outro dia fui de barco à cidade de Como. Esta é a cidade da seda. E por essa região toda se podem achar belíssimas peças por preços convenientes. A indústria da seda instalou-se aqui no ano 530, depois que dois monges trouxeram ocultamente da China alguns ovos do bicho-da-seda. Na China, a reprodução do bicho-da-seda era uma questão de segurança nacional, por isso era proibido exportar tais bichinhos. Aqueles dois monges, para sorte do Ocidente, contrabandearam os ovinhos do bicho dentro de um bastão e os ofertaram ao imperador Justiniano em Constantinopla.

Mas ser humano não tem mesmo jeito. Informo-me sobre a história de Como. E acho um poema de Benedetto Giovio (1471-1544) descrevendo a sucessão de conflitos na sua história:

> *A colônia grega de Orobi primeiramente estabeleceu-se aqui.*
> *Os gauleses se apoderaram dela.*
> *Pompeu e César a colonizaram.*
> *Os Recius, uma nação alpina, a destruíram.*
> *Frederico I a restaurou.*
> *Uma guerra civil a deixou em ruínas.*
> *A discórdia de seus chefes de família*
> *a arrasou.*
> *Carlos V plantou nela a esperança de dias melhores.*

Estou lhes dizendo essas coisas, mas deveria mesmo era tentar descrever a Villa del Balbianello. Mas, é impossível. Ela está ali na ponta de um promontório no Lago de Como. Surgiu no século XVI e teve vários donos. Os altos plátanos podados parecem candelabros ou criaturas humanas erguendo os braços nus para os céus. Guirlandas de heras cobrem pilastras e paredes. Cônicos ciprestes despontam por entre as flores. A Villa tem vários blocos construídos e de cada ângulo é mais deslumbrante. Lá de cima, o lago azul e ao longe as montanhas nevadas. Isto já foi propriedade de um cardeal, de um general, de um explorador. Hoje está aberta ao extasiado público. Estátuas guardam suas varandas e escadarias. Elas olham o horizonte e, petrificadas de beleza, também indagam:

– Mas, afinal, onde fica Carapicuíba?

*21 de abril de 1999*

# Está difícil sair do século XVIII

Mais alguns dias e estarei deixando o século XVIII, ou XVII, não sei. Sei que vai ser traumático. Já sugeri aos que me trouxeram aqui que providenciem um outro programa intermediário entre o sonho e a realidade. Não se pode jogar alguém de volta, de repente, na inflação, no desemprego, na poluição e largá-lo em meio às balas perdidas e ao clamor dos sem-terra.

Ontem saí remando numa canoa pelo Lago de Lecco. Para quem viveu à beira do Paraibuna e nadava nos açudes de Salvaterra, é um significativo avanço.

Dia de sol ameno, alguma neve nas montanhas, os pássaros insistindo em confirmar a primavera, as flores, desde as menores, salientes como as meninas-moças quando se lhes despontam os seios. Lá do meio do lago podia ver, e vi, incrustada na rocha, a minúscula capela onde está meu estúdio, do qual devo me apartar em poucos dias. De longe parece habitação de monge. Parece intemporal. Por isso, eu nem mais sei onde fica o século XX.

Outro dia passou um barco sobre esse lago, e notei que era um barco de turistas, porque no silêncio total pareceu-me ouvir um alto-falante, explicando aos curiosos a paisagem da região. Eu estava na paisagem, na janela dessa ermitã e imaginava como me veriam. Agora, no meio do lago, nesta canoa, me vejo como me imagino, lá em cima, dialogando, como Rilke – aquele desesperado poeta solitário, dialogava com serafins e querubins.

Quando era jovem e estava no século XX, escrevi certa vez um poema em que manifestava minha inveja em relação a esse Rainer Maria Rilke, porque ele havia conseguido um castelo para compor suas *Elegias de Duíno*. Dizia, então eu, que a vida dos trópicos com seus tiroteios e misérias não me permitiam tal luxo.

Mas aprouve aos céus ouvir minhas mudas preces. Outro dia, por exemplo, para estabelecer-me melhor aqui no século XVIII, estava lendo um livro sobre os jardins dessa época, e, sobretudo, sobre a magnífica casa-palácio de Alexander Pope – poeta inglês, que chegou até a construir lá na Inglaterra uma gruta fantástica em meio às flores, gruta revestida de espelhos e outras fantasias. Mas o autor do livro dizia que as ninfas abandonaram os jardins desde a época de Alexandre Pope e ninguém mais lhes soube o endereço.

    Não é verdade. Com elas me comprazo diariamente, com elas compartilho minhas primícias. Elas surgem atrás daquela fonte, escondem-se naquelas cinco grutas e estão nuas atrás daquelas rosas.

    Hoje recebi, vindo do século XX, um fax dizendo que deveria me acautelar, porque há um vírus chamado Chernobyl, que destruirá os computadores, caso se ligue, no dia 26, o e-mail. Não corro esse risco. Não há e-mail no século XVIII. Aqui as mensagens que recebo são outras. Descobri uma pequena flor, perfumadíssima, chamada *akebia*. É uma trepadeira, cujas florzinhas violeta sobem rampantes as pedras desse muro intemporal. Não há como escapar-lhe ao perfume. Vinha lendo notícias que o século XX insiste em me mandar, sobre a guerra de Kosovo, mas as *akebias* já me sitiaram e eu lhes entreguei as armas.

    Acabei, por exemplo, de ter um encontro definitivo com as peônias e lhes surpreendi o mistério. Poderiam ser dálias ou rosas, mas são peônias. E eu lhes digo:

> *Essas peônias floresceram*
> *há uma semana*
> *e sabiam que se chovesse*
> *sua morte seria certa.*
>
> *Chove.*
> *E o chão está coberto de pétalas.*
>
> *Por que, poeta!*
> *deveria teu poema ser eterno?*

    É muito tênue a fronteira que separa os séculos, e outro dia aqui ao lado descobriram nove barcas que há dois mil anos encalharam com comidas, sonhos, armas e vestidos na região de Pisa. Embarquei imaginariamente nelas e, instalado no primeiro século de nossa era, sentei-me ao lado de Ovídio. Pus-me a escutar-lhe as queixas. Não me havia dado conta de que passava por problemas tão graves, e que a sua grande tragédia foi ter escrito não como eu, crônica sobre flores, mas sobre algo mais tênue e perigoso – o amor. Por ter composto *A arte de amar* o imperador César Augusto exilou-o nos confins da Romênia, pras bandas do Mar Negro, na localidade de Tomis, onde não se falava nem latim. De lá ele mandava cartas para Roma pedindo clemência, dizendo que havia queimado incenso ao César, que seu exílio era fruto de intrigas na corte.

De nada adiantou. Morreu César Augusto, veio Tibério César, e Ovídio faleceu como se fosse um empestado. Estava empestado de poesia. Vejam no que dá escrever sobre amor. E ele reconhecia: "a culpa é minha, eu deveria escrever sobre as guerras de Troia e de Tebas, mas resolvi escrever sobre o amor".

Quando não encontro poesia nos livros de poesia, procuro-a nos livros de ciência. Comprei um intitulado *Breve história da ciência*, do norueguês Eirik Newth, que fez com a história da ciência o que o Jostein Gaarder fez com a filosofia. Pois, à maneira de Manuel Bandeira, nesse ensaio surpreendi, incrustado, esse poema:

> *Aparentemente*
> *existe um número infinito de seres vivos*
> *que seguem a lei das probabilidades.*
>
> *O astrônomo pode calcular*
> *onde se encontrará o planeta Júpiter*
> *em três mil anos.*
>
> *Mas nenhum biólogo*
> *pode prever*
> *onde pousará a borboleta.*

E, no entanto, eu sei que estão caindo bombas aí no século de vocês. Contudo, não sei se aí no meu país se deram conta disso, pois o Brasil, segundo os mais otimistas, ainda está no século XVI, pensando se vai ou não ao XVII, embora alguns paulistas pensem que estão no século XX.

Quanto a mim, devo confessar:

> *Está difícil sair do século XVIII.*
> *Estou preso em suas grutas e jardins*
> *em suas colunas e espirais;*

*não há fuga e contraponto possível,*
*embora o computador.*
*Sei que lá fora me acenam*
*tecnologias surpreendentes*
*na direção de outras galáxias,*
*mas estou atado a esses ciprestes,*
*eu, alguns pássaros, flores e lagartos.*
*Além do mais, ao que consta,*
*o século XX está para acabar*
*enquanto o XVIII, para mim,*
*começou a começar.*

*28 de abril de 1999*

# Quéops, Quéfren e Miquerinos

Deve-se ir ver as pirâmides primeiro à noite, depois durante o dia. Durante o dia é tudo de uma ensolarada beleza. Desembarca-se ali já cercado de camelos e camelôs. É o verdadeiro camelódromo. Cada um escolhe o ângulo da pirâmide e o beduíno para sua foto. Quem for mais ousado pode escalar degraus monumento acima ou ir visitar o imenso barco de madeira que deveria conduzir a alma do faraó à eternidade.

É tudo lindo, exatamente como a gente queria que fosse. Contudo, à noite a mágica das pirâmides torna-se mais evidente.

Ao escurecer, toma-se um táxi e vai-se pela cidade do Cairo, barulhenta, iluminada, suja, vivíssima. Cairo é uma festa. O carro vai por entre buzinas – ah! meu Deus! como adoram buzinar aqui! – e, passando por viadutos, vendo os telhados e lajes das casas, onde os egípcios acumulam depósitos de tudo e se pode ver até cabras e crianças brincando, chega-se, de repente, a uma região cheia de vitrinas iluminadas, com objetos de prata, ouro, papiros coloridos e tapetes expostos. Estaciona-se o carro por ali, compra-se um bilhete como se fosse entrar num drive-in. Centenas de cadeiras estão alinhadas à nossa frente, e, adiante, o deserto. Escuro abismo dentro da noite, o deserto começa abruptamente.

Sentado na primeira fila, olho a escuridão. Vim para ver o espetáculo de som e luz que conta a faraônica história do Egito. Ali na frente devem estar as pirâmides e a esfinge, mas por enquanto não vejo nada, apenas suspeito formas escuras no próprio escuro. Súbito, um feixe de luz implanta sobre a areia a gigantesca Quéops, enquanto epicamente irrompe uma música e uma voz começa a narrar a grandeza da IV Dinastia. A história prossegue e novo jato de luz desperta no escuro a forma de Quéfren, e, a seguir, Miquerinos.

Pousadas assim sobre a areia, as três pirâmides parecem fantásticas imagens intemporais. "Todos temem o tempo, mas o tempo teme as pirâmides", diz um provérbio egípcio. Vozes diversas saem de alto-falantes disseminados entre as pedras do deserto. As pedras, aqui, falam. Falam do ontem como se fosse hoje. Narram a grandeza de cada faraó e de como 100 mil escravos empilharam 3 milhões de pedras.

Apagam-se as três pirâmides ao fundo e a luz faz brotar da areia a esfinge de Gizé contemplando, da eternidade, nossa perecível perplexidade. Ela resistiu aos canhões dos mamelucos e de Napoleão. E a esfinge-mãe de muitas outras disseminadas pelo país. Só em Karnak, dezenas delas, enfileiradas, homenageavam Ramsés II. No Museu do Cairo esta manhã vi várias rainhas figuradas como esfinge. Era a grande homenagem. A mulher poderosa representada na heteróclita imagem do leão-ave-peixe. Isso deixa entrever coisas que Freud não mencionou para explicar melhor o mito edipiano. A esfinge não estava apenas na porta de Tebas, a esfinge era a própria rainha. Édipo não decifrou sua mãe.

As vozes narrativas que fluem das pedras contam agora o episódio do faraó descendo do seu barco nas margens do Nilo, tomando a carruagem e, num torneio de flecha, desferindo a seta que vai bater o coração do alvo. Ouve-se o ruído da carruagem, o alarido da multidão e o zunir da flecha desliza pelos alto-falantes de um extremo ao outro, zoom, vupt.

Amanhã voltarei ao Museu do Cairo só para ver todos os tesouros que, no princípio do século, foram achados na tumba de Tutancâmon. Uma imensa caixa de madeira do tamanho de um quarto, revestida de ouro, contém uma outra caixa menor, também dourada, que contém outra menor, dourada igualmente. Dentro, um sarcófago imenso e dourado, que contém outro sarcófago dourado, que contém um terceiro sarcófago dourado, que contém, enfim, o corpo do faraó. E em torno disso, estátuas de ouro e joias, tronos e objetos os mais variados.

Os faraós passavam a vida inteira elaborando a própria morte. Ou melhor, fazendo os demais trabalharem sobre a sua morte. Queriam derrotar o tempo. Desde sempre a arte se compraz na morte. A arte se alimenta da morte. A arte nasceu para superar a morte. É a vingança do homem contra o tempo, a dissolução, o nada.

Quando este espetáculo acabar, não sei se poderei sair da cadeira, ver as lojas abertas lá fora me solicitando para presentes. Na cidade ficou um mundo de sons, cheiros e sabores, o famoso mercado El Khalili, tão ou mais bonito que o de Constantinopla ou o da Velha Jerusalém. Lá fora ficou também a Cidadela, a esplêndida mesquita e fortaleza de onde se avista toda a cidade. Lá fora também o Nilo serpenteia memórias de Cleópatra.

 Mas agora à minha frente o que há é a noite e o deserto reverberando história. Bom seria, apagada a luz, extinto o som, dormir aqui no deserto, ao pé destas pirâmides. Como um beduíno. Como uma múmia viva, olhando pelos poros da alma as estrelas que iluminam a assombrosa e rotineira história dos homens.

*17 de novembro de 1991*

# Pirâmides e mistérios

Amanheço no Cairo, abro as cortinas do hotel e me deparo com as três fabulosas pirâmides. Elas estão ali à minha espera há milhares de anos: Quéops, Quéfren e Miquerinos. (Há certos monumentos, certas paisagens que já fazem parte de nosso DNA cultural. E ao encontrá-los sente-se um solavanco na alma, uma sensação de reincorporação da vida e da história.)

Estive por aqui há uns quinze anos e travei o primeiro diálogo com a esfinge de Gizé. Fui eu quem lhe fez algumas perguntas que ela ainda não me respondeu. Napoleão esteve por aqui um pouco antes de mim. E antes dele os imperadores romanos. E antes desses, Alexandre, o Grande. E as pirâmides ali estão aflorando mistérios de vida e morte.

Durante três dias, antes de descer o rio Nilo, estarei face a face com elas. Queridas, decifrai-me, eu vos imploro! Irei ao Museu Egípcio, verei os preciosos despojos da tumba do jovem Tutancâmon, morto antes dos vinte anos, cujo grande feito foi ter uma morte gloriosamente celebrada. Irei à Cidadela, bela fortaleza erguida por Saladino sobre uma colina. Por ali brilham as cúpulas das mesquitas e as agulhas dos minaretes. Entrarei no mercado El Khalili, e, com minha cara de egípcio, inventarei que meu pai nasceu em Suez e vou pechinchar entre especiarias, joias e roupas, vou pechinchar quase por esporte, como se pechincha entre a vida e a morte. Mas à noite, voltarei para minhas pirâmides iluminadas. No escuro, despontam no deserto oferecendo no espetáculo de luz e som a assombrosa história dos faraós.

De repente, é madrugada. E com o vento vem a voz de um muezim ecoando sua reza que passa pelos os ouvidos de pedra das pirâmides e vai se dissolver nas areias do deserto.

Noutro dia, saindo pelos arredores chegamos a Mênfis e Sakara. Paisagem com tamareiras, casinhas de agricultores iguaizinhas à manjedoura de Cristo bordejam a estrada. Mais palavras descerrando mitos, ecoando ritos e seduzindo o ouvido e a alma. A gigantesca estátua de Ramsés II nos aguarda deitada.

Uma conhecida havia dito: "No Egito é tudo grande e pobre". Esta, sim, é uma visão pobre e pequena do Egito. Ver este país assim é jogar a viagem fora. Primeiro, porque brasileiro não tem direito de falar da pobreza alheia. Segundo, porque é necessário ver cada cultura com sua singularidade. Por isso receio recomendar viagens. Cada um viaja ao seu modo. E se a viagem também não for interior, nada acontece.

Hoje o Cairo tem 20 milhões de habitantes. Quatro vezes a população de vários países nórdicos. E o trânsito é singular, pois praticamente não há sinais luminosos e, apesar da quantidade de carros, não vi nenhuma batida, nenhum desastre. Os egípcios guiam também de ouvido, toques de buzina indicam preferências nas pistas e curvas.

Fora da parte moderna, os prédios no Cairo parecem em geral incompletos. Como nos subúrbios brasileiros, sobre uma laje, despontam ferros e há sempre um andar por fazer. Os tijolos marrons estão à mostra. Ideia de incompletude. Mas ouço duas explicações. Uma filosófica: que a vida é uma obra sem fim, e assim deve ser a casa do homem. Outra, econômica: uma casa não terminada paga menos impostos.

Num país onde a história de ontem está viva hoje, onde os faraós passavam toda sua vida construindo seus palácios mortuários, não estranha que exista no meio do Cairo um cemitério antiquíssimo onde vivem milhares de pessoas normalmente. Suas casas estão ali em meio às tumbas de ontem e hoje. Na frente de suas janelas e portas, por vielas intemporais passam os mortos a serem enterrados. Mortos e vivos em diária simbiose e mútua contemplação.

Ontem, como hoje, o deus Hórus, como um falcão que determina os destinos, governa a cabeça dos faraós e sua gente.

*8 de abril de 2007*

# Um obelisco inacabado

"Muitas são as coisas estranhas, porém nada há de mais estranho que o homem", já entoava o coro na *Antígona*, de Sófocles. E isso ressoa a todo instante dentro do meu espanto aqui no Egito. Agora, por exemplo, estou no Vale dos Reis, e a perplexidade se multiplica. Nessas imensas e calvas montanhas de pedra estão cavados dezenas de palácios funerários de faraós. A angústia da vida diante da morte perfura a pedra, o homem como um escaravelho vai descendo, escavando, construindo corredores e salas por dezenas, centenas de metros treva adentro. O faraó não quer morrer. O faraó quer derrotar o fim e decretar seu recomeço. Então, manda decorar todas as paredes com cenas coloridas de sua vida, dourando a memória de seu tempo, ritualizando o diálogo com os deuses.

Desço por uma dessas habitações, a de Ramsés III. Deslumbramento. Não se consegue explicar como construíram e decoraram esses labirintos sem os recursos de luz que temos hoje. Mas o que não se faz para derrotar a morte? Quanto tempo levaram os escravos-escaravelhos nessa empreitada? O faraó, senhor da vida alheia, começa a construir sua morte no momento em que nasce. E dela todos devem participar. Vivos e mortos.

As rainhas também. Estão lá no Vale das Rainhas. Mas uma delas, Hatchepsut, sobrelevou-se às demais e superou os homens mortos. Não lhe bastava desafiar a morte nas profundezas. Mandou erigir um magnífico templo com três terraços de colunas à luz do Sol. A morte, uma vez mais, foi derrotada.

Vou a Luxor e Karnak. A morte insiste em desfigurar, derruir, abater a vida. Andou tombando estátuas, rolando cabeças e corpos de pedras. Mas a sua vitória não foi total. E se não foi total, então, ela foi de novo contida, retardada. Derrotada por esses seres minúsculos, terríveis e sublimes sob a forma humana, que somos nós, os mais estranhos dos viventes.

Entre Luxor e Karnak duas alas com centenas de esfinges de pedra marcam o caminho onde procissões sagradas se realizavam. Com o tempo, a cidade atual foi se plantando entre as ruínas. Olho pela janela do carro e vejo alguns meninos jogando bola entre as sobrantes esfinges com cabeça de carneiro. Impassíveis, as esfinges assistem o interminável jogo humano.

No templo de Karnak circulo entre as 134 largas colunas revestidas de hieróglifos. Ponho a mão numa e em outra, deslizo a memória na palma de minhas mãos. Faço-me menino. Derroto o tempo, volto à infância quando colecionava as estampas do sabonete Eucalol. Já lhes disse, toda a minha cultura vem das estampas do sabonete Eucalol. A mitologia grega, as sete maravilhas, o primeiro espanto diante do mundo que ia além das estreitas margens do rio Paraibuna.

Agora passeio por outro rio, o Nilo. É largo, muito maior do que imaginava. Tão fecundo quanto me garantiram. O navio que vai passando por Tebas, Karnak, Luxor, Kom Ombo, Edfur, Assuam e outros lugarejos fundindo realidade e memória e derrotando a morte, reinventa a história. Bem faziam os faraós em ancorar dentro das pirâmides a barca do Sol para conduzi-los à eternidade. Um rio corre em nós além da vida.

A beleza resiste à morte. E resiste ao fanatismo. Nessa ilha de Philae constato, de novo, que os desenhos e esculturas em efígie pelas paredes estão danificados. A fúria islâmica não aceitava representação de divindades. Martelaram o quanto puderam o rosto da beleza. Mutilaram-na em toda parte. Mas a beleza, em sua ruína, nos dá lições de eternidade. O deus Seth, ao Sul, com sua coroa branca, e o deus Hórus, ao Norte, com sua coroa vermelha, presidem o tempo.

Mas entre tantas coisas, algo imóvel e latente permanece desafiante. Com a multidão, acordo cedíssimo e viajando de charrete vou visitar o obelisco inacabado nas imediações de Assuam. Como um gigante, como um Ramsés II cru, ele está lá talhado, deitado na véspera de si mesmo. Mas quis o azar ou um terremoto, que isso não ocorresse. Um tremor fatal abriu-lhe fendas, e o que seria esplendor nas praças e nos templos, ali jaz, inerte, ante o pasmo do olhar humano.

O que é imperfeito e inacabado também fascina.

# Fragmentos de uma viagem a Israel (I)

Enquanto Zubin Mehta, neste teatro em Tel Aviv, rege a *Sétima sinfonia* de Mahler, começo a repassar o que vimos nesta visita a Israel. Olho o imenso auditório, em vários patamares, devem estar aqui umas duas mil pessoas. São todos sobreviventes, penso viciosamente. Somos todos sobreviventes. Alguns, da arte.

Estamos apenas no meio de uma intensíssima programação que nos leva a ver diariamente dezenas de monumentos, museus, desertos, Parlamento, Corte Suprema, mercados, locais bíblicos – isto sem falar na Feira do Livro de Jerusalém, razão pela qual estamos aqui, uns doze escritores brasileiros a convite de várias entidades israelenses.

Abertura da Feira do Livro de Jerusalém, num hotel de luxo. Mais de mil pessoas ouvem o inteligente discurso de Shimon Peres e assistem à entrega do Prêmio Literário a Leszek Kolakowski. Alguém me sussurra: "Sabe quem está falando no auditório ao lado?" Fui ver. Era o bispo Edir. Auditório cheio. Ele tem duas igrejas e uma livraria na Cidade Sagrada.

O Papa que se cuide.

Entro na Corte Suprema, linda e luminosa arquitetura. Na sala de audiência, uma juíza comanda um julgamento. Um árabe está apresentando queixa contra o governo pedindo de volta suas terras.

Para quem não sabe, árabes nascidos em Israel são israelenses, votam e se candidatam ao Parlamento. Há vários deputados árabes.

A existência de Israel é prova de que até o Brasil pode dar certo. Primeiro, aquele país não tem constituição. Simplesmente, não tem. Seus fundadores a prometeram e até hoje nada. O país é regido por leis. E que leis! Ser advogado aqui deve ser complicado. O país é pautado ainda por leis do Império Otomano, mais outras do tempo dos ingleses, mais as que Israel criou, isto sem falar no Direito Romano e nos ortodoxos que têm lá suas leis próprias.

Sábado, nos hotéis em Israel, elevadores obedecem à religião. É proibido qualquer trabalho, logo, apertar botão é pecado. Daí que os elevadores, programados na véspera, param em todos os andares. Não adianta pressa.

Estou vendo pelo hall dos hotéis casais de religiosos em cada mesa. Ele todo de preto, chapéu e aquela barbicha, ela recatada, cabelos cobertos, os dois falando baixo. Hotel é local escolhido para namoro dos ortodoxos. Tem que ser em lugar público, aos olhos de todos. Entram, pedem refrigerantes, nem se tocam. E casam virgens. Os hotéis estão cheios desses casais, o hóspede mal tem lugar para sentar-se.

Israel seria fundado em 1948, mas já em 1925 Einstein, Freud e outros judeus ilustres se articularam para fundar a Universidade de Jerusalém. A universidade antecedeu o país.

Vamos visitar o escritor árabe Samy Michael, com quem depois saímos para comer o melhor faláfel e sanduíche do Oriente Médio. Na calçada, a literatura brasileira se refestela gastronomicamente. Passamos por uma casa destruída por um foguete.

Visitamos também um escritor druso em sua casa. Ampla sala cheia de tapetes, quadros, objetos bem meio-oriente. Ele, liberal, tem talk show na televisão. Conforme a cultura local, a esposa não aparece na sala de visitas. Ela nos sorri da distante cozinha. Só as lindas duas filhinhas vêm trazer comidinhas.

É druso, fala uma língua sem território, mas tem mais livros traduzidos que a maioria dos escritores brasileiros.

Em Israel já plantaram 250 milhões de árvores. Já plantei a minha numa viagem com escritores latino-americanos em 1987. Ela deve ter chegado à maturidade, por mim. Já na Amazônia...

O Museu do Holocausto é brabo.

Cerca de 240 chineses bolsistas aqui vieram para ver o holocausto alheio e estudar outro holocausto, pior ainda, que Mao lhes impôs matando uns 100 milhões de chineses.

No ônibus o guia lê um jornal do dia. Mais um turista sofreu a "síndrome de Jerusalém". Um sueco se jogou com o filho debaixo de um trem. Nos hospitais, por causa dessa síndrome, há uma seção só para atender os que têm crises messiânicas ou tentam o suicídio. Outro dia, uma mulher depois de visitar o Santo Sepulcro disse que agora já podia morrer. Morreu no dia seguinte.

Aqui estou, aqui estamos, esses escritores todos numa sessão da Feira do Livro de Jerusalém, convocados para ir, cada um, à mesa e "reescrever a Bíblia". Cada um deve copiar e deixar assim com sua letra um versículo.

A mim me tocou algo do livro de Isaías. Era um profeta meio irado. Preferia ter escrito um salmo de Davi.

Passo pelo Getsêmani e ouço uma voz milenar clamando: "Ah, Jerusalém! Jerusalém! Quantas vezes quis eu reunir os teus filhos, como a galinha ajunta os seus pintinhos debaixo das asas, e vós não o quisestes!"

*18 de março de 2007*

# Fragmentos de uma viagem a Israel (II)

A caminho do Mar Morto, do ônibus, o guia aponta na montanha de pedra em pleno deserto para uma pequena gruta. Ali um beduíno achou dentro de um jarro, em 1947, os históricos manuscritos elaborados há mais de mil anos antes de Cristo.

A escrita, ontem e hoje, guiando os povos.

Masada. Como fortalezas, as cidades resistem. Aqui, no ano 72, mil judeus se mataram para não cair nas mãos dos romanos. Cervantes narra algo parecido na peça *Numância*. Nesta cidade celto-ibérica, duzentos anos antes de Masada, todos também se mataram para não cair nas mãos de Scipião. Como Stalingrado, as cidades resistem. Há que resistir.

O diabo é que os inimigos não estão mais fora, mas dentro de nossos muros, de nossas casas.

Hoje subimos de teleférico para Masada. O sangue de ontem vira turismo hoje.

Junto ao lago Tiberíades passamos pelas ruínas da ampla casa de São Pedro. Vivia bem esse pescador. Hoje, no restaurante, nos servem o mesmo peixe que Pedro e seu irmão André pescavam, dizem.

Explicam-me: já que há um interdito de não comer porco no solo de Israel, basta construir um estrado nos chiqueiros. O animal não toca o solo, e o céu da boca agradece.

– Onde está o Muro construído por Sharon para interditar os palestinos?

– Não é muro – alguém explica –, é "cerca de proteção". – Depois de sua construção, os atentados diminuíram 80%. Leio uma entrevista de Amós Oz, escritor lúcido:

> Estou apto a me colocar quilômetros à frente dos políticos. Não porque eu seja melhor ou saiba mais, mas sim porque tenho a liberdade de me pôr no lugar dos palestinos e sentir a sua dor. Outro ponto importante é que tento detectar os fatos através da linguagem. Quando me defronto com palavras

distorcidas, em jornais e revistas, um alarme soa dentro de mim. Frases como "territórios liberados", "Operação Paz para a Galileia", e "direitos ancestrais" são, em minha opinião, expressões distorcidas.

Depois da visita aos jardins do Templo de Bahai, em Haifa, tão organizadinho que até incomoda, vamos a Safed – centro de Cabala. Escurece e um rabino dentro de suas vestes escuras nos fala de numerologia, dos quatro elementos: água, terra, fogo, ar, e segue dissertando sobre as quatro cidades santas em Israel (e Safed é uma delas). E, noite espessa e fria, nos leva colina acima, centenas de degraus, para visitar a sepultura de uma figura ilustre da Cabala. Como zumbis pervagamos noutro mundo.

Crianças em alarido, com lanternas acesas como pirilampos, descem cantando guiadas por um ortodoxo. Parece um piquenique, mas estão rezando. Os mortos escutam.

À beira do Mar da Galileia caminho nessa colina onde Ele proclamou as bem-aventuranças. É um anfiteatro natural, que a voz repercute. Uma multidão de turistas perambula com câmeras, chapéus, bermudas. Quem tem ouvidos, ouça, diz o pregador. Mas eles estão ligados no iPod.

Pousamos em vários kibutz. Foram-se os tempos heroicos. Alguns vivem hoje de turismo. São oásis no deserto, hotéis com tudo, até piscina.

Um fabuloso anfiteatro romano em Cesárea. Não resisto. Desço. Piso o ponto central e declamo "A implosão da mentira".

Descubro que esse poema tem mais de dois mil anos.

Aqui na fronteira com a Jordânia ainda há campos minados indicados por pequenos triângulos vermelhos nas cercas de arame. A história é um campo minado. Desarmar armadilhas é explosiva tarefa.

Grupos imensos de gordos e coloridos turistas de Gana percorrem as vielas da Jerusalém histórica. Arrastam malas que acabaram de comprar. O governo deles paga para que visitem a Terra Santa.

Curiosa convivência de fronteiras. O guia nos diz que, de um lado e outro, judeus e árabes se vigiam e dialogam através dos binóculos. No tédio da vigília, o jordaniano, pelo binóculo, flerta com a soldada israelense, pedindo que ela levante a blusa e mostre os seios. Ela sinaliza para ele baixar primeiro a calça. Ele, pressuroso, obedece.

E ela, atrás do binóculo, faz um sinal com o polegar pra baixo, como quem diz "é pequeno, não funciona".

Que lindos, luminosos, criativos, leves e prazerosos esses edifícios em arcadas que David Reznik (que trabalhou com Niemeyer) fez para a Universidade Mórmon. Lá embaixo estende-se, como um quadro, Jerusalém. A de ontem e a de hoje se contemplam.

Efraim conta: o milionário americano manda dizer antes de chegar a Israel que quer contratar seus serviços de guia. Mas tem que providenciar uma limusine preta e tirar todos os assentos. "Não tem problema", diz Efraim. O milionário acrescenta que o guia deve também vestir-se de preto com sapatos pretos de verniz. "Não tem problema", diz Efraim. O milionário, todo de preto, desembarca com dois cães pretos enormes, uma pasta preta misteriosa e manda tocar para o deserto. Chegam, saem do carro preto. A situação está preta. Chegando a uma montanha de pedra, o milionário abre a pasta preta, tira um saco de cinzas de sua mulher morta. Era o desejo dela.

Enquanto lançava as cinzas, no deserto, os cães, lembrando de sua dona, ganiam para a eternidade.

*25 de março de 2007*

# Meditando num campus americano

Daqui, das paredes envidraçadas do restaurante dos alunos da Columbia University, vejo o campus dessa histórica instituição. Estudantes cruzam o gramado e lá nas escadarias da Biblioteca Central muitos tomam esse sol de primavera enquanto comem seus sanduíches. Estou aqui para pesquisar sobre essa coisa estranha chamada "arte contemporânea".

Há cerca de quarenta anos estive aqui e era contemporâneo, sem contemporizar. Era um jovem professor que tinha deixado o Colégio Estadual de Belo Horizonte e a Faculdade de Filosofia, enfim, que tinha deixado uma Minas ultraconservadora na perigosa época da ditadura, para cair em plena cultura hippie americana. Estou olhando aqueles jovens cruzando o gramado, sentados na escadaria, esses outros ali nas mesas ao lado, muitos deles orientais, e penso no que foi aquela revolução cultural nos anos 60. Vontade de dizer, napoleonicamente, diante das pirâmides do tempo: daqui dessas vidraças quarenta anos vos contemplam.

Meu amigos, eu vi os Beatles! (Acho que vou botar isso no meu currículo.) Eles existiram mesmo. Vi os Beatles num concerto num estádio em Los Angeles em 1967. Eram tempos alucinantemente amorosos e guerreiros. Agora olho esses jovens. E lá em Israel e na Palestina, aquela barbárie humana. Não estou vendo nenhuma demonstração, nenhum arrepio cívico e ético, nesses jovens de hoje, sobre essa tragédia longínqua. Mas muitos revelam que estão com medo que os homens-bomba comecem a explodir aqui nas esquinas de Nova York.

Estive aqui há cerca de quarenta anos. No regaço daquela grande estátua de mulher sentada, intitulada *Alma mater* assentei-me para uma fotografia, que o Fábio Lucas, hoje exilado em São Paulo, tirou. Aqui tinha vindo para um encontro da cultura brasileira e da portuguesa com os especialistas americanos aqui em Columbia e Harvard. E ocorreu um confronto desagradável entre Jorge de Sena, escritor que esteve exilado pelo salazarismo no Brasil, e Afrânio Coutinho, da Academia Brasileira de Letras. Sena fazia uma palestra sobre as relações entre Brasil e Portugal quando Afrânio o aparteou dizendo que, ao contrário do que o conferencista dizia, as relações entre os dois países eram ótimas, e ele, Sena, tinha até sido muito bem acolhido no Brasil. Ao que Sena meteu a mão no bolso do paletó e leu um artigo antigo de Afrânio onde ele espinafrava Portugal e os portugueses. Foi um vexame. Afrânio esperou Sena numa das esquinas de Boston, para sair (academicamente) no braço.

Lembro-me de grandes figuras que estavam no memorável evento. Numa noite encontrei-me num quarto de hotel cercado de um grupo que se reunira para beber e falar tolices. Eram Sérgio Buarque de Hollanda, que já começava sua carreira de "pai do Chico", Maria Yedda Linhares, historiadora que dirigiu a Rádio Mec e foi cassada e exilada por Ermildo, o idiota, Celso Cunha, bom de copo e de filologia, e Antônio Salles – aquele que cantava em latim músicas como *Sassaricando* e *Jardineira*, o mesmo pândego Antônio que hoje é contrito religioso num mosteiro na fronteira do Brasil com coisa nenhuma.

Ficar num lugar olhando quarenta anos para trás e ficar imaginando quarenta anos para frente é uma atitude de alta periculosidade. Dá vertigens dos dois lados. Claro que estarei por aqui daqui a quarenta anos. Pretendo atravessar ligeirinho os cem anos. Quando aqui voltar alguma coisa terá se transformado, como agora transformadas vejo por aqui certas coisas, sobretudo a questão da segurança: você não pode entrar em nenhum prédio da universidade sem um cartão eletrônico que abra a porta. O medo habita entre nós. Na Palestina, Divinópolis ou Nova York.

Mas esses prédios serão os mesmos, mesma essa paisagem externa. Aqui estarão andando os filhos desses alunos que por aqui agora andam, assim como esses que vejo são os filhos daqueles que por mim cruzaram há quarenta anos.

Quarenta anos, garanto à turma que tem quinze ou vinte, passam muito rápido. Lutávamos, então, por um mundo de liberdade e amor. Não conseguimos muito. Nossos projetos, que pensávamos ser apenas os essenciais, eram muito ambiciosos.

Não tem jeito. Terei que esperar mais quarenta anos.
Esperarei.

*28 de abril de 2002*

# Entre lá e aqui

Olhado daqui, desta cidadezinha americana, quase na fronteira do Canadá, o mundo é bem diverso do que vemos e vivemos, por exemplo, no Brasil. Middlebury tem meia dúzia de ruas e uma universidade especializada em estudo de línguas. Neste verão ameno (que eles acham insuportável) olho o vasto campus gramado, as ruas com aquelas casas de madeira com aparência de século XVIII. Tudo tão tranquilo, tão limpo, tão rico, que quase não se ouvem os tiros que matam os soldados americanos que foram matar os iraquianos. Bandeiras dependuradas fartamente pelas fachadas exibem fervoroso patriotismo. E nas casas onde, na entrada, há uns laços de fita amarela, é sinal que dali saiu algum soldado para morrer lá longe não se sabe bem para quê.

Vim com Marina para um encontro com alunos de português que andaram estudando nossas obras. Eu já tinha um leitor no Acre e dois em Bento Gonçalves, e três em Patos de Minas, agora tenho mais alguns por aqui. E esses danadinhos aprenderam português em dois meses. Exatamente. Entraram sem saber nada e depois de uma imersão total, 24 horas por dia, estão falando, e alguns até escrevendo poemas, crônicas e contos em português.

Quando chegam, vindos de partes diferentes dos Estados Unidos, fazem um juramento de só falar português durante sete semanas. Mas aqui estão também alunos de francês, espanhol, italiano, russo e até mesmo árabe e chinês. Curiosamente muitos dos que estudam árabe vieram de Israel. Entende-se o porquê. Os que estudam chinês têm que aprender 27 ideogramas por dia, mas é tão brabo o aprendizado, que, no meio do curso, param uma semana para voltar a falar inglês, senão endoidam de vez. Estando proibidos de falar inglês, trazem em suas camisas um distintivo relativo à língua que estudam, para que os habitantes da cidade saibam que com esses alunos não podem se comunicar em inglês. Enfim, é um jogo do qual participa toda a comunidade. Entre os alunos, imaginem, encontro uma linda loirinha de dezoito anos, sobrinha-neta de Jango, que está aprendendo o português. Conta emocionada que outro dia deu um telefonema para seu pai e pela primeira vez falou português com ele.

Quem coordena o curso de português é Carmen Tesser, da University of Georgia, descendente de uma família de evangélicos brasileiros, que acaba de publicar um livro autobiográfico *Our Daily Lie* (Mentira nossa de cada dia) capaz de abalar os arraiais metodistas brasileiros. Já que temos as mesmas raízes evangélicas, falamos de conhecidos, cantamos hinos, citamos Bíblia, e só faltou tirar coleta.

É preciso ver ou viver num campus americano para saber o que é uma universidade. Bibliotecas fabulosas, ginásios de esporte estupendos, todas, absolutamente todas as facilidades para o estudo. A coisa só complica quando, por exemplo, pegam um garoto desses e mandam-no matar e morrer no Iraque.

É bom ficar por aqui alguns dias, deixando a alma respirar sem ser pressionado pelos sem-terra ou pelas tumultuadas reformas da Previdência. Por isso, a professora Mônica Rector nos leva a passear na Trilha de Robert Frost, o conhecido poeta que viveu nesta região. A gente sai pelo bosque adentro e aqui e ali, lê, afixados, poemas de Frost. É possível ainda colher poemas na natureza. Uma vez em Heidelberg, com Sérgio Rouanet, Celso Lafer e Marco Aurélio Garcia, fiz o trajeto da Trilha dos Filósofos – caminho que Karl Jaspers e outros percorriam. Como se vê, poesia e filosofia têm alguma utilidade.

Ao fim de quase uma semana de trabalhos é inevitável passar por Nova York. Então, há que ver *Longa jornada noite adentro*, de Eugene O'Neill, tendo no palco Vanessa Redgrave e Brian Dennehy. Lembro-me de ter visto esta peça aí no Francisco Nunes com Cacilda Becker, Walmor etc. Diria que a peça envelheceu mais do que eu. Aqueles conflitos familiares autobiográficos que O'Neill mostra parecem inocentes perto do que testemunhamos hoje.

Sim, há que ir ao Museu Guggenheim e ver *De Picasso a Pollock*, com uma seção especial sobre Malevich, e confirmar mais algumas teorias sobre os descaminhos da arte moderna e contemporânea. E como não sair sobrecarregado de livros das imensas Barnes and Noble? Nos aeroportos e aviões venho devorando alguns deles como esse *Como Nova York roubou a ideia de arte moderna* (Serge Guilbaut).

No aeroporto recomeçam as humilhações. Há que tirar sapatos e cintos e passar repetidamente por inspeções suspeitosas. Já ao aterrissarmos no La Guardia, vindos de Vermont, a polícia entrou no avião e recolheu um senhor. Lá fora, cena de filme, aqueles carros de polícia com faróis ameaçadoramente acesos. Não sei se o detido passou algum cheque falso ou se é um cientista iraquiano foragido. Assustados, olhamos todos.

O avião agora levantou voo, passou pela Estátua da Liberdade e lá embaixo aqueles edifícios perfurando o céu. Olho os passageiros em torno. Olho os edifícios lá embaixo.

E se, de repente, o piloto ensandecesse a sua e a nossa história e resolvesse arremeter violentamente este avião contra o Empire State Building?

*10 de março de 2003*

# De preto em Nova York

Devo ir logo avisando que cheguei ontem de Nova York e que me encontro numa situação ambígua e incômoda, pois no dia de meu retorno li nos jornais de lá que os brasileiros são os maiores compristas em Manhattan, deixando longe os japoneses, os alemães, os ingleses, os franceses e os italianos. Ou seja, enquanto um inglês gasta 355 dólares, o brasileiro esbanja 1.350 dólares.

Um alemão, que dizem habitar o país mais rico da Europa, gasta, em Nova York, uns mixurucos 620 dólares, ou seja, a metade de um brasileiro. O japonês chega perto da gente, vai até 1.021 dólares, o italiano, 842, e o francês, apenas 392.

Em termos de pessoas de cada país que visitam aquela ilha, os brasileiros estão em quarto lugar. Por ano vão lá 726 mil ingleses, 471 mil alemães, 419 mil japoneses, 333 mil brasileiros, 276 mil franceses e 204 mil italianos. Mas, embora estejamos em quarto lugar, estamos na cabeça em gastos: 450 milhões de dólares.

Já ia, como você e alguma autoridade lá na Receita Federal, dedurar os famosos "compristas". Mas durante o voo de regresso fiz uma enquete que incluía o comandante do avião, aeromoços e passageiros e todos diziam que não é culpa do turista brasileiro se em Nova York você encontra as coisas às vezes pela metade do preço e com melhor qualidade. É a qualidade e o preço de lá versus o famigerado "custo Brasil" aqui.

No dia em que lá cheguei Bill Clinton estava suando na televisão para safar-se das perguntas safadas que os promotores voyeuristas lhe faziam. Bem, o resultado já vimos: cerca de oitenta por cento dos americanos foram contra a exibição do vídeo-humilhação. E o mais sintomático: começaram a aparecer matérias justificando indiretamente a infidelidade sexual. No domingo o *The New York Times* mostrava estudo indicando que só dez por cento das aves e mamíferos são monógamos.

Já outra matéria, creio que no seriíssimo *Financial Times*, atenta à conexão entre sexualidade e economia, dizia que segundo últimos levantamentos uma relação sexual de americanos e americanas dura 28 minutos e um segundo (fiquei intrigado com esse um segundo, confesso), enquanto os franceses são mais rápidos e liquidam a fatura em dezesseis minutos. Mas o surpreendente não é que digam que os americanos fazem sexo duas vezes mais que os franceses, mas que 42% dos ingleses mantêm dois casos ao mesmo tempo.

A estatística não diz, mas gostaria de saber como os brasileiros estão nisso, porque as estatísticas internacionais sempre nos deixam ao lado de Ruanda e Honduras.

Tem gente que ama de paixão Nova York, tem gente que prefere Paris – e outros, Araraquara. Mas, se alguém quer se sentir um *newyorker*, a primeira providência é se vestir de preto. Se você está vestido de preto, camisa preta, blazer preto, sapato preto, gravata preta, cueca preta, você é um nova-iorquino, mesmo que tenha saído de Quixaramobim. E se a pessoa for preta de pele, melhor ainda. Isso tem sido assim há muitos anos. As cores da moda vêm e passam, mas estar de preto em Nova York é sempre um *must*.

Dessa vez acho que entendi melhor os nova-iorquinos que passam patinando velozes usando bermudas e camisetas sobre suas peles branquinhas, mesmo quando está frio. Acho que os entendi melhor vendo-os correr no Central Park ou nas avenidas fechadas ao trânsito no domingo: os nova-iorquinos são paulistas que se julgam cariocas. Tentam nos convencer, sobretudo aos domingos, que apesar dos colossais edifícios de aço e vidro, vivem num balneário.

É uma cidade inusitada. A gente pode entrar num táxi e ouvir uma gravação onde Pavarotti nos saúda e nos pede para botar o cinto de segurança e exigir o recibo. Se olhar para cima vai ver aquelas caixas d'água cilíndricas antiquíssimas, parecendo silos de Arkansas e compondo uma inusitada paisagem. Imagino que muitos artistas, fotógrafos e gravadores devem ter explorado esse detalhe curioso da cidade. Se andamos na Times Square à noite, no fim de semana, ali está não só o carnaval de todas as raças e roupas, mas é até enternecedor ver tanta gente, sentada em banquetas na calçada, entregues ingênua e ludicamente às massagens executadas por chineses.

Em Nova York, se é engraçado ir à Canal Street comprar bolsas *fake* de Donna Karan por vinte dólares e relógios de Armani e Calvin Klein por dez dólares, é também impossível não entrar numa livraria da Barnes and Noble, porque elas estão em toda parte. Fui lá ver umas coisas, mas o que me impressionou foi folhear um material que um dia ainda usarei quando for escrever sobre o sistema literário brasileiro, que não existe. No *Writer's Market*, um volume de mais de mil páginas, estão listados 8 mil editores que podem comprar nossos textos; 989 oportunidades de publicações; endereço de 1.534 revistas literárias; 1.170 endereços de editores; 250 compradores de scripts; 6.500 telefones e fax de profissionais e agentes literários.

E o pasmo torna-se maior quando folheio o volumoso *Poet's Market* de 1999. Não vivem dizendo que ninguém se interessa por poesia? Pois lá estão quatrocentos endereços para publicação; e 1.100 jornais e revistas dedicados a isto, informações sobre duzentos concursos; 1.200 telefones, trezentos e-mails. E a prova dos nove: esse livro já vendeu trezentos mil exemplares. Isto, porque, segundo dizem, ninguém lê nem gosta de poesia. Já imaginou se gostassem?

Vestido de preto com relógio prateado Calvin Klein, no entanto, coisas mais autênticas me esperam. Vou ver/revisitar Bonnard no MoMA, ver Van Eyck e Brueghel no Metropolitan, Hopper no Whitney, assistir a um concerto e ver *Blue Man*, *Chicago* e *Art*. E sobre o que a arte tem a ver com o mundo *fake* seja em Nova York ou no Brasil, falarei na próxima semana.

*29 de setembro de 1998*

# Escritor por nove meses

Quando é que um escritor é considerado escritor? A pergunta parece bizarra. Pois o médico é considerado médico quando se forma, recebe o diploma e abre uma clínica. O mesmo ocorre em profissões sem diploma: um marceneiro dá provas do que é quando constrói armários, mesas, cadeiras etc. Mas, e o escritor? Ah, seria de se esperar que alguém virasse escritor quando desse provas de escrever razoavelmente e publicasse um livro. No entanto, há infindáveis exemplos de pessoas que, mesmo escrevendo e publicando, não são reconhecidas como escritores, não apenas pelos críticos, mas por outros escritores.

Já vi até um caso extremo envolvendo Jorge Amado.

Um artigo sobre ele começava assim: "Eu não sou crítico, em compensação o autor de *Gabriela, cravo e canela* também não é escritor". E, isso dito, imaginem o resto...

Pois já fui escritor. Escritor durante nove meses. E afianço que foi uma experiência única. Toda vez que sai um livro meu e alguém prova que não sou escritor, me lembro como era bom ser escritor naquele ano da graça de 1968, quando fui convidado a ingressar no paraíso. Juntamente com quarenta escritores jovens de todo o mundo passei nove meses no Programa Internacional de Escritores em Iowa. Ali estávamos. Escritores da Tanzânia. Escritores do Panamá. Escritores de Israel. Escritores da China. Escritores de-nem-sei-mais-onde. Escritores. Cada um podendo escrever o que quisesse durante nove meses. Com casa e comida. Escritores. Por nove meses. Um parto? Não obrigatoriamente. Se algum escritor não quisesse escrever, também era permitido. Considerava-se que o período ali era fecundante. Nenhuma pressão. Escritor que é escritor não tem que ficar permanentemente demonstrando que é escritor. Ninguém ficava cobrando *A divina comédia* ou *A comédia humana* de ninguém. Escritor é escritor, e pronto.

E era assim que nos apresentávamos nos requintados coquetéis entre milionários do Meio-Oeste americano. Igualmente em debates no Museu de Arte Moderna de Chicago e em várias universidades. Em Nova York, editores e agentes literários nos brindavam esperanças e edições. Até junto às gatas do campus era assim que nos apresentávamos: "Sou um poeta sueco" ou "Sou um dramaturgo turco". A bem dizer, vivia-se numa atmosfera semelhante à dos árcades mineiros do século XVIII, integrados à natureza, dedicados às musas, embora as notícias do Vietnã, das revoltas dos negros ou do AI-5 no Brasil nos informassem que o mundo não era tão literário.

Acabado o programa (do qual participaram uns quinze brasileiros), fui à Europa, porque escritor que se preza tem que passar pela "festa móvel" de Paris. E fui mais longe. Já que era escritor, fui a Dublin ver como Joyce, Bernard Shaw e tantos outros viviam. E fui a Roma, Portugal, Espanha etc., no afã de ver meus pares. Mesmo desaparecidos, pois sendo escritor tinha que saber como vive um escritor. E me imaginando de volta ao Brasil, me via um escritor americano-europeu: casa na montanha, lindo cão ou gato para acariciar junto à lareira, cachimbo, e um agente literário para cuidar zelosamente de meus interesses. E ao passar de barba pelas ruas, alguém diria: "Lá vai um escritor".

Alegria mesmo era preencher aquela ficha nos aeroportos e hotéis. Onde estava "profissão", orgulhosamente eu apunha "escritor", e nas horas de mais desenvoltura tasquei lá "poeta".

Eis senão quando meu avião está para descer no Galeão. A aeromoça me dá a ficha para preencher. Começo a preenchê-la: "poeta". Escrevo e estremeço. Vão me prender. Vão debochar. Como é que saio daqui jornalista e professor e volto escritor? Não tive dúvidas. Pedi outra ficha à aeromoça, dizendo:

– Desculpe-me, mas cometi um erro.

E ela sorrindo:

– Errou o quê? A data ou o voo?

– Não, a profissão.

Ela se afastou me achando assaz estranho. E mais estranho fiquei eu numa crise de identidade que aqui continua até hoje.

# No meio do Atlântico

Estou aqui no meio do Atlântico, na Ilha da Madeira.
Há lugares para onde a gente sonha ir numa obrigação turística – Paris, Nova York, Disneyworld. Outros que a gente sonha romanticamente conhecer – a Provença, a Toscana, os fiordes dos países nórdicos ou o interior da Mongólia. E há outros, onde inesperadamente aterrissamos. Assim é que estou nesta ilha, pela segunda vez, num colóquio de lusofonia, para falar sobre Drummond, ele que, mineiramente, escreveu um livro de crônicas intitulado *Passeios na ilha*.
Nesse livro ele dizia que quando tivesse dinheiro compraria uma ilha "não muito longe do litoral, que o litoral faz falta, nem tão perto, também", que

> (...) pondo-me a coberto de ventos, sereias e pestes, nem me afaste demasiado dos homens nem me obrigue a praticá-los diuturnamente. Porque esta é a ciência e, direi, a arte de bem viver: uma fuga relativa e não muita estouvada confraternização.

A psicologia do ilhéu é única. Vive numa tensão entre a ilha e o continente. Daí o conflito – Eu versus o Mundo. Ser da ilha e estar no mundo. Por exemplo: só na Venezuela existem mais de quatrocentos mil madeirenses. Lá, muitos fizeram fortuna. E quando voltam para visitar parentes trazem casacos de peles que ostentam nos altos picos frios onde, às vezes, neva. São chamados de "miras", porque espanholadamente sempre exclamam "mira!"
Nas ruas centrais de Funchal cobertas de jacarandás floridos passeiam milhares de alemães e nórdicos, que aqui vieram atrás do sol e da tranquilidade. Como enormes hotéis flutuantes, navios ancoram no porto onde centenas de hotéis de luxo se ergueram. Estou hospedado num hotel-cassino construído por Niemeyer. Este simpósio queria homenageá-lo. Insisti com ele no convite, ele desconversou dizendo que essa obra não tinha lá tanta importância. Acho que se tivesse vencido

seu medo de avião teria tido estranha sensação ao ver, na entrada do hoje Carlton Park Hotel, uma estátua da princesa Sissi. Sim, aquela mesma do filme estrelado por Romy Schneider. Pois a princesa austríaca vinha passar temporadas por aqui (dizem que a meiga jovem tinha lá seus amantes). Aliás, o folclore turístico dessa ilha inclui Churchill, Lord Byron, Rilke e não sei quantos mais.

Isto aqui só começou a ser colonizado em 1418, no período de D. Henrique, o Navegador, quando os portugueses, primeiro e espertamente, largaram na ilha galinhas, porcos e outros animais, retornando daí a anos quando esta parte da alimentação já estava garantida. De fato, correndo a ilha está tudo cultivado. Ontem a cana de açúcar fazia a riqueza de muitos, hoje é a exportação de bananas e, sobretudo, flores.

Há uma ilha ali adiante – Porto Santos, que foi habitada por Colombo em 1478, o qual já devia estar vislumbrando a América. Aliás, os genoveses já haviam mapeado isto aqui em 1351. Hoje somos os lusófonos que, atendendo a um chamado de Maria Aurora Homem, fazemos um mapeamento imaginário falando de cidades e ilhas. Depois irei a Lisboa ciceroneado por José Carlos Vasconcelos, poeta, jornalista que tem a lusofonia no seu DNA. Portugal já não é uma ilha dentro da Europa. Invertendo as ironias brasileiras contra os lusos, eu diria que, hoje, Portugal é o Brasil que deu certo.

Verei o interessante filme *O delfim* (que dificilmente chegará aqui) baseado no romance de José Cardoso Pires e que conta a decadência de uma certa aristocracia lusa. E o resto é flanar por livrarias e ruas de charme antigo e fartar-se à larga tanto no clássico Tavares, quando no Solar dos Presuntos ou neste outro cujo nome já diz tudo: Farta Brutos.

E como nenhum homem é uma ilha, nem pode viver sempre na fantasia turístico-cultural, volto a este país continental. País ou ilha? Sintomaticamente chamaram-na primeiro de Ilha de Vera Cruz e/ou de Santa Cruz, e mapas antigos falavam de uma "Ilha Brasil" perdida por aí.

Acho que continua ainda bastante perdida.

# Passeando por Londres

Para fugir do carnaval, da dengue, do calorão, do *Big Brother Brasil*, da *Casa dos Artistas* e do blá-blá do presidente levamos as meninas para um banho de museus em Londres e Paris.

Na parte superior desse ônibus londrino, que faz a Big Bus Tour, começa o giro pela cidade, e o guia logo diz que estamos no bairro em que viveu T. S. Eliot. Como se vê, a literatura tem alguma utilidade. Daí a pouco passamos pela praça onde viveu Virginia Woolf e seu grupo de amigos escritores. Sim, a literatura ajuda o turismo. Vai ver que nós escritores deveríamos cobrar algum direito autoral por isso.

É perturbador deslizar por uma cidade que, várias vezes, quase foi varrida do mapa. Em 1664 uma praga, ao liquidar 75 mil pessoas, dizimou sua população. Depois no dia 2 de setembro de 1666 o padeiro real foi acender seu forno. Horas depois 13.200 casas haviam sido destruídas, além de edifícios públicos e 87 igrejas. Eis um exemplo apavorante de como, antes de Bin Laden, um indivíduo sozinho pode fazer história.

Agora estamos na Torre de Londres. Um guarda com aquela roupa antiquíssima nos leva pelos labirintos do horror e do poder, ali onde Henrique VIII ia decapitando esposas e desafetos. Piso nas pedras onde Ana Bolena e seis outras pessoas tiveram o privilégio de serem decapitadas. Privilégio, porque era uma honra ser decapitado ali ao ar livre e não nos porões. De repente, vejo uns corvos no gramado. Imagino que eles estão ali bicando a carne da história, desde que Guilherme, o Conquistador, em 1078, começou a erguer a fortaleza. O guia explica que há uma superstição que diz que não se deve ter seis corvos. E como os ingleses não são supersticiosos mantêm ali sempre sete corvos.

Onde havia horror, injustiça e sangue passeamos nossa ironia. De outra forma o guia e os turistas não suportariam tanta história. Já narrei noutra crônica que em 1968 fui com o Luiz Vilela conhecer Londres. À noite o encontrei no hotel, perplexo, extático.

– O que foi, Vilela? – pergunto.

E ele, um homem que vinha da tranquila Ituiutaba exclama:

– É história demais, não aguento, imagine que na Catedral de Westminster me dei conta de que estava, desatentamente, pisando na sepultura de Thomas Morus.

Assim vamos, familiar e turisticamente, passear pelo Tâmisa, entrar em Westminster, subir à cúpula de Saint Paul, ver a Pedra de Roseta no British Museum, circular pelo Victoria Museum, jantar em um restaurante da Malásia, assistir à peça *A ratoeira*, de Agatha Christie, que está ali há cinquenta anos, comer num típico restaurante londrino – o "Brown" – e desembocar na National Gallery.

Cada vez que entro num museu que já conheço descubro coisas novas. Agora foi esse deslumbrante pré-renascentista Carlo Crivelli com um perspectivismo impecável. Ai, meu Deus!, ali está *O casal Arnolfini*, de Van Eick, e *Os embaixadores*, de Holbein, sobre os quais tanto me debrucei para escrever *Barroco, do quadrado à elipse*. E ali Turner, dando um banho de cores no mundo antes dos impressionistas, que em outra sala nos esperam.

Vou-me extasiando com antigo êxtase renovado. De repente, uma filha volta de uma das salas como se tivesse tido uma revelação. Diz que tem ali um quadro deslumbrante, diferente de tudo o que há em torno. Ela não sabe que autor é aquele, mas está maravilhada.

Vamos ver. É Paolo Uccello com sua *Batalha de São Romão*. Seus olhos jovens detectaram instintivamente um gênio entre os demais.

Fico ali em devoção diante daqueles cavalos líricos e fantásticos, com cores singulares, vendo o que o pintor, a despeito das regras de seu tempo, conseguiu fazer.

Estou diante de Paolo Uccello. E exijo respeito.

Não me venham mais falar de Marcel Duchamp.

*24 de fevereiro de 2002*

# Artimanhas do sr. Saatchi

Aqui na Saatchi Gallery, em Londres, estou diante da obra máxima da artista inglesa Tracey Emin. É um cama de casal (cama mesmo) totalmente desarrumada. Estão ali os dois travesseiros, os lençóis meio sujos, com manchas de sêmen, uma meia de mulher jogada em cima dos amarfanhados panos. Do lado da cama um tapete azul sobre o qual estão objetos vários: maços de cigarro, recortes de jornal, caixinhas de remédio, garrafa, camisinha, copos, tubo de gel KY, bichinho de pelúcia, enfim, tudo aquilo que a rodeou durante os quinze dias em que ficou ali fazendo amor, bebendo e, deprimida, tentando se matar. Tudo isso constitui a obra *Minha cama* (1988), adquirida por Saatchi, por 225 mil dólares na ocasião.

– Será que esses objetos e a desarrumação da cama estão ali milimetricamente colocados como no momento genial e epifânico em que essa obra-prima da pós-modernidade foi concebida? Isso não tem importância, respondem, a ideia é que importa. Ou será que, mais que a "ideia" é a "aura" que a publicidade conseguiu desencadear em torno dos objetos e da autora?

Num outro lugar da Saatchi Gallery vejo outra obra da mesma artista: é uma foto grande colorida, onde ela está sentada com as pernas abertas, coxas à mostra, tentando puxar para dentro de sua vagina um punhado de moedas e notas. O título do trabalho: *Consegui tudo isto*. Sigo me informando sobre ela e numa livraria encontro um livro com sua biografia e fico sabendo que nasceu em 1963, filha de um turco cipriota com uma mãe inglesa, a qual gerenciava um hotel de oitenta quartos. Aos oito anos, Emin sofreu abuso sexual, aos treze foi violentada e passou a zanzar pelas ruas tendo uma vida sexual promíscua. Suas depressões agravavam-se pelo fato de ter perdido um tio querido num desastre de automóvel. Mas hoje é rica e mundialmente famosa, um paradigma da arte ocidental, graças à esperteza de Charles Saatchi e à mediocridade de muitos.

Sigo vendo outras obras de outros artistas igualmente considerados carros-chefes da arte contemporânea. Em Londres, ir à Saatchi

Gallery é também uma obrigação turística. E lembro o que eu e outros temos dito, que não se pode analisar a questão da arte hoje sem considerar o sanduíche arte/turismo. Da mesma maneira que arte/publicidade é outro produto sanduíche que, examinado, desvenda alguns mistérios da pós-modernidade. Sem precisar lembrar que Andy Warhol veio da publicidade, informe-se que Charles Saatchi foi considerado o maior publicitário inglês. Conseguiu até essa façanha: adquirir o histórico prédio da prefeitura de Londres, à margem do Tâmisa, e instalar aí a Saatchi Gallery – uma espécie de feira de extravagâncias onde coisas bizarras se misturam com obras de arte, como os quadros da portuguesa Paula Rego. Essa é a estratégia de marketing de Saatchi: misturar e desorientar para, desestabilizando o gosto e a opinião dos incautos, vender o seu produto. Por isso, ali você pode encontrar uma ovelha conservada em formol dentro de uma caixa de vidro; um boneco como se fosse uma múmia deitado no chão enquanto um gemido sai de algum lugar; as cerâmicas de pornografia boba de Grayson Perry; o gigantesco e inquietante retrato de uma *serial killer* feito com reprodução de mãozinhas de criança; uma sala onde imitações de totens africanos criticam a civilização do hambúrguer ou, até mesmo, o quadro *A Santa Virgem Maria*, no qual Chris Ofili retratou uma Virgem Maria negra usando bosta de elefante, disseminando em torno da figura algumas imagens que se parecem até borboletas, mas são pequenas bundas e vaginas aureolando a Virgem. Quem acompanha a arte de nossos dias sabe do escândalo que isso provocou em Nova York, em 1999, quando o cidadão Dennis Heiner, se julgando insultado por aquela obra, jogou tinta sobre a tela. Era tudo o que Saatchi e Ofili queriam e precisavam. O prefeito Giuliani entrou na polêmica, e, pronto, a obra ficou famosa, e Saatchi, mais rico. Portanto, além do turismo e da publicidade estude-se, agora, outro ingrediente fundamental para certo tipo de arte – o escândalo. Estou, por exemplo, me detendo diante do quadro de Ofili. Tirando o escândalo, a publicidade e a pornografia intencional, concluo, é muito ruim como pintura.

      Seria um trabalho teórico interessante percorrer todas as salas desse antigo palácio. Há coisas boas e há formidáveis equívocos. E estou convencido que essa é a estratégia básica desse publicitário, que foi um dos responsáveis pela eleição de Margaret Thatcher nos anos 80. Seu objetivo é causar polêmica. Se houver alguma arte envolvida, muito bem. Mas isso é secundário. Evidentemente, ele influencia o mercado de arte e ganha muito dinheiro, além de passar a ser referência para a arte ocidental, o que não é pouco para qualquer ego. Alguém pode insinuar que ele é hoje o que os papas e cardeais foram para a arte de outros tempos. Pois aprofunde-se a comparação e se verá não só a diferença, mas se entenderá melhor o imbróglio da pós-modernidade.

Alguém pode alegar: mas a mistura de coisas tolas, pretensiosas, inúteis, apenas espetaculares com alguma coisa boa é típica de nosso tempo. Essa é uma observação passiva e cômoda. De um intelectual, de um artista e de pessoas informadas e sensíveis exige-se mais, espera-se capacidade de raciocinar diante do caos.

Numa das salas, por exemplo, estão charges publicadas na imprensa ironizando a mostra da própria coleção Saatchi. São divertidíssimas. E têm uma função simbólica e cultural múltipla. Mostram a autoironia de Saatchi. Ali o espectador faz também sua catarse. Essas charges são melhores que muitas tentativas de ensaios críticos. Guardam o distanciamento que muitos críticos já não têm mais.

Mas há outras coisas intrigantes nesse parque pós-moderno de diversões. Há pouca gente por ali. E as pessoas saem tristes.

*7 de agosto de 2004*

# A vida é um caravançarai

Em Paris, tomamos a direção do Théâtre du Soleil nas bordas da cidade. O sol ainda não se punha, apesar de o espetáculo começar às sete e meia. Como avançamos da primavera para o verão o sol irá até as dez e meia. Mas em outras partes do mundo é noite. Noite angustiantemente insolúvel. Não se pode viver naqueles lugares. Não se pode nem mesmo sair daqueles lugares. Mas muitos tentam. Alguns conseguem. E este drama, o teatro pode iluminar.

Ariane Mnouchkine foi a alguns ciclos desse inferno ouvir os que escapam do Afeganistão, Irã, Rússia, Turquia, Iraque, Argélia, Nepal etc. Foi também aos campos de refugiados, como os da Austrália, mantidos pela Cruz Vermelha. Viu, ouviu, gravou, filmou, recolheu cacos de vida. E fez, com numerosa equipe, esse espetáculo – *Le dernier Caravansérail* (O último caravançarai) subtitulado "Odisseia".

Caravançarai é o nome dado ao local onde as caravanas que atravessam o deserto param para se alojar temporariamente. E aí se encontram pessoas de várias tribos. Encontram-se e contam-se histórias. É quando a vida se assenta em si mesma e reduz-se ao essencial. Contar histórias para sobreviver, para renascer. Foi isso que originou *Decamerão* de Boccacio: um grupo de jovens refugia-se num castelo durante a peste e ilude o tempo e a morte narrando-se cem histórias. Contando histórias, também Sherazade com sua voz ludibriou a morte sentenciada pelo seu esposo-algoz.

O espetáculo de Ariane e sua equipe (na qual há meia dúzia de brasileiros) dá-se nas instalações da *cartoucherie* – antiga fábrica de munições. Irônica e denunciadora metáfora, porque trata dessa guerra sem fronteiras, que a globalização acirrou produzindo vagas sucessivas de refugiados. Esses refugiados que Ariane e Hélène Cixous chamam de novos Ulisses perambulando numa odisseia em busca de um porto, mas indo dar, como na narrativa homérica, numa ilha onde perdem sua identidade e passam a se chamar Ninguém.

O espetáculo se inicia épica e tempestuosamente. Fantástica e miraculosamente desenrola-se sobre o vasto palco um imenso pano cinza, que agitado pelo vento e pelos atores se converte nas ondas de um revolto rio. Refugiados tentam cruzá-lo numa balsa agarrando-se em cordas, que não impedem que um ou outro desapareça nas águas. Como nos filmes de Fellini, onde os cenários são intencionalmente falsos, o teatro, pelo simulacro, consegue uma força que falta ao realismo absoluto de muitos filmes.

O motivo central é a travessia. É a isso que se vai assistir durante quase três horas numa arquibancada que abriga cerca de mil pessoas, com aqueles olhinhos e cabelos claros europeus, olhando, estupefatas, a escura tragédia nos subúrbios do milenar autoritarismo. A travessia do rio, das fronteiras. Travessia – rito de morte e renascimento. Deixar para trás família, nome, profissão, identidade, aromas e canções. E ali no meio da travessia – o *passeur*, o moderno Caronte, o atravessador em seu papel ambíguo de criminoso e policial, prostituindo, extorquindo, agredindo física e moralmente os que querem escapar.

O espetáculo se compõe de uma série de quadros narrando aspectos diversos da tragédia desses trânsfugas. Eles falam em sua língua de origem e um pequeno painel indica alguma tradução. Mas se não houvesse tradução, o impacto ocorreria, porque a narrativa fala plasticamente. No imenso palco, cada um desses quadros é introduzido dentro de uma espécie de casa-caixa sobre rodas, empurrado, na meia-sombra, por atores sobre carrinhos de rolimã. E essas caixas giram mostrando os diversos ângulos de visão possível da cena. Assim, como se tudo ocorresse acima do nível banal da realidade, cenários e atores deslizam acima do chão. Resolve-se o problema da entrada em cena – por que porta entrar? –, pois as figuras transitam quase que oniricamente. Sucedem-se cenas dentro de casas, no porto, em lugares públicos. Tudo se encaixando, nessa caixa mágica que é o teatro.

Entre um quadro e outro, personagens passam correndo em direções várias como se estivessem indo urgente e ocultamente a algum lugar. Essa movimentação funciona como vinheta preenchendo o tempo-espaço das fugas.

Os vastos galpões da antiga *cartoucherie* tiveram suas paredes pintadas com motivos dessas culturas de onde surgem os refugiados. Após a apresentação, serve-se comida típica de alguns países mapeados pela tragédia. Não dá para sair dali simplesmente e ir para casa. Há que digerir o que se viu.

Coincidentemente, minha mulher havia adquirido um livro que buscava há muito: *La vie est un caravansérail* (A vida é um caravançarai), de uma autora turca, também atriz – Emine Sevgi Özdamar, que hoje vive na Alemanha. É uma fabulosa narrativa vista pelos olhos poéticos e desconcertantes de uma menina. Se não corresse o risco de empobrecer a leitura diria que é o realismo fantástico à maneira oriental.

De repente essa palavra – caravançarai – encravou-se no imaginário da malfadada pós-modernidade globalizada. A vida, ou a caravana, passa, e os cães ladram. Pior, os refugiados são tantos que são eles mesmo uma caravana transbordando de barcos, rios, aeroportos e campos de refugiados.

Voltaire em 1764, no *Dicionário filosófico* dizia:

> Pretende-se, em vários países, que o cidadão não possa sair das fronteiras onde por acaso nasceu; o sentido dessa lei é claro: tal país é ruim e tão mal governado que se proíbem os indivíduos de fugir, com medo que todo mundo saia. Tentem algo melhor: façam com que as pessoas tenham desejo de permanecer em sua terra e que os estrangeiros queiram vir.

O tema é antigo, mas não menos humilhante e vergonhoso. E não é privilégio de certas regiões do mundo. Aqui mesmo na América...

*7 de julho de 2003*

# Nos castelos do Loire

Quis o Senhor Rei do Universo que a esse seu vassalo e contumaz pecador que sobrevive nos trópicos fosse dado o privilégio de visitar os castelos da região do Loire, na França. É que o Celeste Imperador dos Palácios e Favelas constatou que este crônico poeta & cronista estava por demais desolado diante da violência e da fome em sua pátria, e para retemperar-lhe a alma lembrou-lhe que tinha milhagens suficientes para durante uns quinze dias não ver flanelinhas e mendigos, escapar de tiroteios na Linha Vermelha e poder perambular por campos de trigo e por roseirais, penetrar alcovas de reis e rainhas, servir-se de pão, de vinho, de queijos e outras delícias imperiosas e reais.

Castelos e palácios, mais que construções, são espaços arquetípicos que trazemos na alma. E se alguém algum dia se acercar à minha poesia saberá da secreta inveja que sempre tive de Rilke, que obteve um castelo emprestado para poetar em companhia dos anjos. Pois, falando de poesia, o Senhor de Todas as Musas colocou no meu caminho a poeta francesa Nicole Laurent-Castrice que, como se estivesse dizendo "Alô!", "Como vai?", ofereceu-me o seu *petit château* no Loire.

Recusar, quem há de? Sobretudo essa minha infantil alma juiz-de-forana, que já olhava o velho Museu Mariano Procópio, cercado por um lago num elevado, projetando ali a promessa dos castelos por vir. Assim é que, de repente, ali estou em Aligny, ouvindo histórias desde o século XIV chegando a episódios da Segunda Guerra Mundial, quando o pai de Nicole, fugindo dos nazistas, adquiriu a propriedade para abrigar os doze filhos. E pensar que o Brasil nem existia e aquelas pedras e paredes, as caves e a torre já estavam ali à minha espera.

É chegar numa região assim e em nossa memória ginasial começam a ressuscitar adormecidos nomes. Aqui cada pedra guarda mil histórias, assim como mais de mil anos têm as casas reais D'Anjou, de Orleans, dos Capetos etc. E esses reis – Carlos, Francisco, Henrique – que a gente embaralha sempre sem saber quem veio primeiro ou depois, mesmo porque nos países vizinhos outros reis com os mesmos nomes também se traíam, guerreavam e faziam castelos para suas amantes.

Chega-se a Chinon e ali está o castelo em que Joana D'Arc reconheceu entre os nobres a figura disfarçada do delfim. Eis a cidade em que Rabelais passou a infância, e ali a casa onde morreu João Sem Terra, inimigo de Ricardo Coração de Leão. Nessa região viveram Ronsard e Balzac. No castelo de Langeais ganha corpo a história do casamento de Carlos VIII e Ana da Bretanha. Em Saumur, cidadela protestante, o rei de Navarra busca asilo e proteção na guerra religiosa. O lindo castelo de Chenonceau, sobre o rio, foi presente dado por Henrique II à sua favorita – Diana de Poitiers, que daí é expulsa por Catarina de Médici, a esposa, que a despachou para outro castelo em Chaumont. Carlos VIII, depois de conhecer a Itália, atrai Leonardo da Vinci prometendo-lhe condições de trabalho em Amboise. Visita-se a casa de Da Vinci, hoje com uma exposição de todos os fantásticos objetos e projetos que criou. Não é todos os dias que se pode caminhar no quarto onde Da Vinci dormia ou pisar o chão de sua sepultura. Em Angers a altiva fortaleza-castelo com suas dezessete torres e mais de cem metros de tapetes narrando o universo fantástico do Apocalipse de São João. Há que passar por Azay-le-Rideau, pelos mais belos jardins de castelos em Villandry, ir a Blois, Cheverny e extasiar-se diante do maior de todos – Chambord, onde Da Vinci projetou duas escadas elípticas, entrelaçadas e separadas. Acabou aí? Não. Há dezenas que não cito para não cansar quem me lê.

Os guias esforçam-se para dizer datas, revelar detalhes desimportantes, e eu prefiro me afastar e, das vigias e seteiras, olhar o Loire correndo na planície coberta de trigais e vinhas. Olhar para fora, olhar para dentro, ficar em silêncio com essas pedras, como se estivesse dialogando com o imponderável e eterno outrora.

Ficar ali. Simplesmente ficar, como se fosse também uma pedra, pedra viva e adormecida sem a má consciência que ficou nos trópicos.

*8 de junho de 2003*

# Jardim também é cultura

Há alguns dias andando extasiado pelos jardins do castelo de Villandry, no Loire, abro o jornal e vejo entrevista de página inteira do ministro da cultura da França, Jean-Jacques Aillagon, afirmando "O jardim é uma arte maior".

O contraste com qualquer ministro da cultura brasileiro é inevitável. Como falar de jardim por aqui se há tantos, tantos violentos e execráveis problemas a resolver? Discursar sobre jardins na base do "para não dizer que não falei de flores"? E se tivéssemos a tradição de uma cultura jardineira, será que poderíamos atravessar os canteiros ou nos assentarmos nos bancos sem temer uma tragédia? Suponho que no dia em que um país consegue ter uma política para as flores e os jardins, já deva ter extirpado certas pragas sociais.

O ministro, cujo gabinete, no Palais Royal, dá para um dos mais belos jardins de Paris, redesenhado por Le Notre e onde Diderot passeava, em sua entrevista lá ia falando de rododendros, hortênsias e clematitas. Um ministro capaz de (e com tempo para) falar de flores. Claro, ele é da ajardinada região de Lorraine, pontilhada de castelos e que acabo de atravessar para chegar a este fabuloso Jardim de Villandry, concluído em 1536 por Jean Le Breton, ministro das finanças de Francisco I. Mas essa obra monumental teve seus maus momentos até que o espanhol Joachim Carvalho a adquiriu em 1906 e a restaurou passando-a aos descendentes que a preservam. Aí florescem 250 mil plantas e legumes em 52 quilômetros de canteiros desenhados.

Do belvedere descortina-se o primeiro cenário: "o jardim de ornamento". Os jardins dessa época eram literários, filosóficos, simbólicos. O jardineiro pronuncia um discurso através da natureza. Por isto, ali estão quatro grandes canteiros simbolizando o "jardim do amor". Primeiro o "amor terno" desenhado com corações e máscaras que se usavam nos bailes. Ao lado o "amor apaixonado", com corações partidos, numa espécie de dançante labirinto. Depois o "amor volúvel", com leques simbolizando a dissimulação, cornos lembrando a traição, tudo em cores amarelas símbolo do amor enganoso. Ao final, o "amor trágico", com canteiros de flores vermelhas em forma de lâminas de punhais.

O segundo cenário é o "jardim de água", com um lago e uma correnteza. Depois o "o jardim dos simples", com trinta ervas aromáticas e medicinais. A seguir "a horta", onde flores, hortaliças e legumes estão emoldurados em canteiros. Acrescente-se numa parte elevada o "labirinto", que os renascentistas e, sobretudo, os barrocos, desenvolveram envolucrando aí elípticos significados: o perder-se, o achar-se em meio à natureza, os solitários descaminhos do eu.

No livro *Barroco do quadrado à elipse* abri um capítulo sobre jardins tentando ver as relações semióticas entre os jardins daquela época, a música, a culinária, o urbanismo, a literatura, o teatro, a guerra etc. É que jardim também é cultura. E a cultura brasileira bem pode ser lida através da tensão entre a selva e o jardim. É uma maneira de enriquecer a oposição dialética entre natureza e cultura, barbárie e civilização.

Como é a nossa relação com a floresta? Envergonhada, parricida, querendo por isto devastar de vez a Amazônia? Por que em certas regiões do país, mesmo pessoas sofisticadas não foram educadas a comer legumes, senão carnes? O que se pode entender desse país se fizermos a história dos jardins brasileiros, cujo primeiro exemplo falido está no fabuloso Maurício de Nassau? Os modernistas mencionaram o conflito selva/cidade, mas não souberam aprofundar tal análise.

Sintomaticamente, nossas culturas começam falando do Jardim do Éden. E os jardins suspensos de Nabucodonosor foram uma das sete maravilhas do mundo. A Pasárgada persa era uma sucessão de jardins. Nos jardins da Arcádia andavam os pensadores e poetas gregos. O imperador romano Adriano criou o deslumbrante jardim Tivoli. Quem não se extasia diante da Villa D'Este, em Roma? Os árabes deixaram em Granada a fabulosa Alhambra. A Idade Média criou o jardim religioso, secreto, recolhido – *hortus conclusus* e o *hortus deliciarum* – laico e prazeroso. Enfim, jardins renascentistas, barrocos, românticos ou então italianos, ingleses, alemães, franceses, todos, e cada um a seu jeito, são uma representação simbólica de uma cultura, de uma época. Assim como o traçado urbano de uma cidade dá o primeiro recado sobre sua população, o jardim fala de nossa relação com o duplo natureza/cultura.

Um país que não consegue ter as sempre reinauguradas fontes luminosas funcionando, como trata seus jardins? Ora, direis, estamos em pleno clima da "fome zero" e esse senhor vem nos falar de jardins. Em verdade, em verdade vos digo, se não aprendermos a cuidar dos jardins nunca aprenderemos a cuidar da horta. A frente e os fundos da casa se complementam.

Já que estou por uns dias no Loire, passo agora diante do castelo de Chaumont – aquele onde Catarina de Médici exilou Diana de Poitiers, a preferida de Henrique II. E insolitamente descubro nos meus papéis que, em 1992, aqui realizou-se o Festival Internacional de Jardins. Minha alma, então, começa a florescer mais perfumadamente. É possível um festival de flores, esvoaçantes cores e despetalados aromas.

Já que existe um "estilo de época" dos jardins, era inevitável que a modernidade aí também aflorasse. Ervas fluorescentes, nenúfares metálicos, enfim, uma série de intervenções conceituais nesse espaço natural. E recentemente surgiu uma nova tendência no mundo dos jardins. A tentativa de acabar com a diferença entre vegetais nobres e plebeus, entre pragas e flores. Trata-se do "jardim em movimento" de Gilles Clément, que no livro *Éloge des vagabondes* (Nil, 2002) elogia a mestiçagem vegetal. Ideologicamente corresponde a uma aceitação da espécie estranha/estrangeira em nosso jardim, tema muito europeu e francês.

No Brasil a mestiçagem já é um fato. Falta agora descobrir socialmente o jardim.

*14 de junho de 2003*

# O castelo e as rosas

Paris anoitecia quando chegamos ao Castelo de Lésigny e avançamos pelo vasto jardim, onde músicos, jograis e diversos atores com as roupas típicas da Idade Média e da Renascença nos recepcionavam com gestos corteses. Ao fundo, o castelo – um pequeno castelo, na verdade, mas que recebeu a visita de três reis franceses e inúmeras autoridades, antes de abrir suas portas para homenagear alguns brasileiros na Copa do Mundo.

Atravessamos seu interior e, do outro lado, abria-se um amplo gramado que terminava num bosque, onde estava programada a exibição do antigo ritual de caça ao *chevreuil* – um tipo de cabrito montês. Ritual que encantava, por exemplo, tanto Luís XIII quanto Luís XV, sendo que este até compôs fanfarras para a caça.

Nunca gostei de caça, sempre tive uma piedade infinita pelo animal acossado, mas ali estava como se estivesse num filme ou num teatro. Que de representação realmente se tratava, pois durante o coquetel servido em mesas postas sobre a relva, um mestre-de-cerimônias, ao microfone, nos tranquilizava explicando que, no final, os cães seriam alimentados sim, mas não com a caça viva.

Imaginem que na França existem dez mil caçadores cadastrados e 350 grupos que praticam a caça ao *chevreuil* como esporte.

Antes de começar a encenação há discursos, troca de amabilidade entre autoridades brasileiras e francesas. Antes e depois disso, um grupo de cantores vestidos com trajes típicos de época cantam músicas, tocam instrumentos medievais e renascentistas. Eu não resisto, vou falar com eles e, por pouco, eu, índio tropical, lembrando o Madrigal Renascentista, não estou com eles cantando "Josquin de Prez" e "De Lassus".

Soam cornetas e trompas antigas sopradas por homens uniformizados. Vai começar o espetáculo. Aproximamo-nos da cerca que limita a cena. Lá do fundo do bosque começam a emergir as figuras de cavaleiros e damas se pondo. Pondo-se muito tardiamente, pois é verão, quase dez horas da noite e o sol insiste com seus últimos raios.

A cor do cenário lembra os quadros com florestas renascentistas e românticas de onde surgem figuras mitológicas e imagens da realeza.

Acompanhando a amazona que conduz o espetáculo, uma matilha de 35 cães vem com suas caudas empinadas, bem-comportados, cientes de que estão desfilando sempre historicamente. Várias melodias soam, cada uma indicando movimentos diversos da caça. Cavaleiros, damas e pajens vão e voltam, simulam perseguição, e, ao fim, sob aplausos, os cães já impacientes ganham o seu repasto, uma carne que vem no feitio da presa verdadeira.

A noite prossegue, e ao final ainda um espetáculo de fogos de artifício nos aguarda. Lembrança amena dos radiosos tempos em que Luís XIV celebrava tantas festas que tinha uma secretaria especial, com orçamento maior que as demais, só para festejar a grandeza do rei e do reino.

Pois a França está numa interminável festa, que nem Hemingway podia prever quando escreveu *Paris é uma festa*. Festas variadas além da grande festa-negócio do futebol.

Na sexta-feira, estou chegando ao hotel, ali perto de Saint Germain e Saint Michel, e vejo grupos de gays se encaminhando celeremente para a concentração de onde sairá o grande desfile do Dia do Orgulho Gay. Alegres, vestidas com asas enormes de borboletas, essas pessoas vão rebolando pela avenida sob os olhares dos curiosos.

Daí a pouco começa o desfile. Carros e caminhões apinhados de travestis seguem em meio a uma multidão em que difícil se torna saber quem é homossexual ou simples turista participando encantado. Cada caminhão, na verdade, pertence a uma firma de cerveja, a um clube que reúne homossexuais. É meio pobre, meio triste de alguma maneira, não apenas porque falta aquele fulgor exuberante de nosso carnaval, mas porque há um ar parodístico em tudo. Já não é mais o protesto político, senão uma festa meio debochada.

Já haviam me dito que no dia seguinte nova festa sacudiria a cidade. Será o Dia da Música – aquela coisa que o Jack Lang criou, segundo a qual numa certa data do ano todos que quiserem devem ir para as ruas, os bares, os parques etc. e tocar os instrumentos que sabem.

Estou deitado agora à sombra das árvores do Museu Medieval de Cluny e de todas as partes soam músicas as mais diversas, sobretudo o rock. Mas, sentado num banco, um rapaz sopra num instrumento que parece oriental, e daí sai um estranho, primitivo e enternecedor ruído.

A partir de então até a alta noite, a cidade inteira será música. Olho para as rosas imensas que florescem neste verão parisiense. Elas também olham o espetáculo da vida, os sons, os desfiles e as caças, sejam elas diurnas ou ao anoitecer.

Lá pelas tantas volto ao hotel.

Mais um jogo da Copa está em curso. Homens correm atrás da bola, enquanto cães correm atrás da presa na floresta.

Muitos outros jogos também estão em curso.

O verão segue o seu curso. O sexo exige sua realização, os cabritos monteses são caçados alhures e as rosas observam tudo silenciosamente.

# De que ri a Mona Lisa?

Estou na Sala Da Vinci, no Louvre. Aqui penetrei encaminhado por uma seta que dizia "Sala Da Vinci". E como se fosse uma indicação para uma grande avenida no trânsito de uma cidade. Não que a seta seja apelativa ou extraordinária. Mas reconheço que nela está escrito implicitamente algo mais. É como se sob aquelas letras estivesse inscrito: "Preparem o seu coração para um encontro histórico com a Gioconda e seu indecifrável sorriso". E tanto é assim que as pessoas desembocam nesta sala e estacionam diante de um único quadro – o da Mona Lisa.

Do lado esquerdo da *Gioconda*, dezesseis quadros de renascentistas de primeiro time. Do lado direito, dez quadros de Rafael, Andrea del Sarto e outros. E na frente, mais dez Ticianos, além de Veroneses, Tintorettos e vários outros quadros do próprio Da Vinci.

Mas não adianta, ninguém os olha.

Estou fascinado com esse ritual. E escandalizado com o que a informação dirigida faz com a gente. Agora, por exemplo, acabou de acorrer aos pés da Mona Lisa um grupo de japoneses: caladinhos, comportadinhos, agrupadinhos diante do quadro. A guia fala-fala-fala e eles tiram-tiram-tiram fotos num plic-plic-plic de câmeras sem flash. Sim, que é proibido foto com flash, conforme está desenhado num cartaz para qualquer um entender.

E lá se foram os japoneses. A guia os arrastou para fora da sala e não os deixou ver nenhum outro quadro.

E assim pessoas vão chegando sem se dar conta de que sobre a porta de entrada há um gigantesco Veronese, *Bodas de Caná*. E singularíssimo, porque o veneziano misturou a festa de Caná com a "última ceia". Cristo está lá no meio da mesa, num cenário greco-romano. O pintor colocou a escravaria no plano superior da tela e ali há uma festança com a presença até de animais.

Entrou agora na sala outro grupo. São espanhóis e italianos.

– Veja só os olhos dela – diz um à sua esposa, exibindo o original senso crítico.

– De qualquer lado que se olha, ela nos olha – diz outro parecendo ainda mais esperto.

– Mas que sorriso! – acrescenta outro ainda. E se vão.

Ao lado esquerdo da *Mona Lisa* reencontro-me com dois quadros de Da Vinci. Mas como as pessoas não foram treinadas para se extasiar diante deles, são deixados inteiramente para mim. São *A virgem dos rochedos* e *São João Batista*. Este último me intriga particularmente. É que este São João assim andrógino tem uma graça especial. E mais: tem o rosto muito semelhante ao de Santa Ana, do quadro *Santa Ana, a Virgem e o Menino,* no qual Freud andou vendo coisas tão fantásticas, que, se não explicam o quadro, pelo menos mostram como o psicanalista era imaginoso.

Chegou um bando de garotos ingleses-escoceses-irlandeses, vermelhinhos, agitadinhos, de uniforme. Também foram postos diante da *Mona Lisa* como diante do retrato de um ancestral importante. Só diante dela. O guia falava entusiasmado como se estivesse ante o quadro de uma batalha. E ele ali, talvez achando graça da situação.

Enquanto isto ocorre, estou enamorado da *Belle ferronière*, do próprio Da Vinci, que embora possa ser a própria Mona Lisa de perfil, ninguém olha.

Chegou agora um grupo de jovens surdos-mudos holandeses. Postaram-se ali perplexos, o guia falou com as mãos e foram-se. Chegou um grupo de africanos. E repete-se o ritual. E ali na parede os vários Rafaéis, outros Da Vincis, do lado esquerdo os dezesseis renascentistas de primeira linha, do lado direito os dez quadros de Rafael, Andrea del Sarto e outros e na frente mais dez Ticianos, além dos Veroneses, Tintorettos etc., que ninguém vê.

O ser humano é fascinante. E banal. Vêm para ver. Não veem nem o que veem, nem o que deviam ver. Entende-se. Aquele cordão de isolamento em torno da *Mona Lisa* aumenta a sua sacralidade. E tem um vigia especial. E um alarme especial contra roubo. Quem por ali passou defronte dela acionando sua câmera, pode voltar para a Oceania, Osaka e Alasca com a noção de dever cumprido. Quando disserem que viram a Mona Lisa, serão mais respeitados pelos vizinhos.

Mal entra outro grupo de turistas para repetir o ritual, percebo que a Mona Lisa me olha por sobre o ombro de um deles e sorri realmente.

Agora sei de que ri a *Mona Lisa*.

*12 de abril de 1989*

# A Sorbonne não é mais a mesma

Pois estávamos ali no palco do Grande Anfiteatro da Sorbonne, cerca de vinte escritores brasileiros para falar a centenas de alunos e professores. Quem esperava uma solenidade acadêmica se decepcionou (ou se surpreendeu). Eu mesmo fiquei na dúvida. Será que perdemos uma oportunidade? Não. O meio é a mensagem. Por mais que alguns aqui preguem europeizadamente a *razão* e o *iluminismo*, há algo mais *irracional* e *obscuro* que emerge de nossos gestos e discursos. Ambiguamente. Malandramente. Carnavalizadoramente.

Desde a primeira mesa-redonda no Centro Pompidou isso ficou espontaneamente claro: Jorge Amado com seu charme baiano brincando com cada escritor que apresentava, Zélia Gattai dando um depoimento entremeado de músicas que lembrava e cantava, ou Antônio Torres contando a comovente maneira como começou a escrever. Era o redator de cartas de amor numa pequena cidade de analfabetos, que se correspondiam através de sua pena, que ensaiava na paixão alheia a própria escrita. E quando ele disse que aprendera o que era romance lendo o "comunista" Jorge Amado, alguém na plateia pergunta a Jorge: "E o senhor é comunista?" E ele: "Eu nunca fui leitor de Jorge Amado".

Pois na Sorbonne estavam ali aqueles vinte escritores num anfiteatro para quase duas mil pessoas. Claro que havia quem falasse mais formal e academicamente, como Merquior, Montello, Lygia e Callado. Mas, de repente, quando Gullar se levanta com aqueles braços e cabeleira de índio e começa a dizer que São Luís era uma cidade francesa e que os franceses tinham hábito de levar índios para a França, a plateia rebenta em risos. E mais ri quando conta que na adolescência, no Maranhão, só lia poetas maranhenses, porque na estante de poesia era o que havia. E que após a leitura de Gonçalves Dias percebeu que a poesia ia piorando, piorando, até que, mais tarde, seguindo a linha dos aviões no céu, descobriu outras literaturas.

Mesa-redonda de escritor brasileiro é diferente de mesa-redonda de escritor francês, alemão ou português. Instala-se logo um clima de ironia, descontração, pura malandragem. Por exemplo, no solene anfiteatro da Sorbonne, diante das estátuas de Descartes e Pascal, Rubem Fonseca pega o microfone, caminha para o centro do palco como Frank Sinatra e diz:

— Vivem me perguntando "como" e "por que" escrevo (temas, aliás, do Salão do Livro francês, 1987). Pois quero dizer o seguinte, aqui na Sorbonne: estou escrevendo um livro agora para ganhar dinheiro.

Era inevitável a risada geral, a vingança estudantil contra a seriedade universitária. Claro que era mentira do Rubem, mas ali isso soava como uma verdade conveniente.

Levanta-se Nélida Piñon com a delicadeza que a caracteriza e afirma:

— Pensei que fosse estar emocionada por estar aqui, mas é curioso, não estou sentindo a esperada emoção. – De novo, alívio da plateia, que até aplaude a nova dessacralização. – Aliás – continua Nélida –, sinto que esta homenagem nos era devida há muito.

De repente, Raduan Nassar se levanta, vai ao microfone e diz que não está a fim de responder pergunta alguma. João Ubaldo repete que não tem nada a dizer, mas não se enganem, pois atrás de seu riso permanente existe um baiano triste. Também ninguém acredita, e ri. E quando Antônio Olinto levanta o tema da *joie de vivre* no Brasil, e o público aplaude, Edla Van Steen faz ferina e feminina observação:

— Essa *joie de vivre* não existe na literatura escrita por mulheres no Brasil. O que há é a sutil tristeza do oprimido.

Dizem que a Sorbonne já não é mais a mesma desde a invasão tropical dos novos índios brasileiros. Tanto ali quanto em Nancy, Metz e Prémontrés tentei explicar algumas singularidades de nossa cultura. Por exemplo, nossa ambiguidade de índios-escritores e o papel singular que a poesia tem em nosso cotidiano, tanto quando é apresentada na televisão quanto utilizada como tema da Mangueira, como neste ano em que Drummond foi samba na avenida. Somos realmente um país estranho: com mais de trinta por cento de analfabetos e, no entanto, e talvez por isto, obras de escritores são dramatizadas no Carnaval numa espécie de grande ópera tropical.

Numa dessas mesas-redondas, fraternalmente, João Ubaldo discordou de mim, dizendo que essa encenação, mesmo do seu romance, não o iludia: éramos um país de pobres e de analfabetos. Que o fato de seu livro ser tema de uma escola de samba não significa que o povo o lia. Tentei explicar que a *feitura* que os analfabetos faziam da obra era tão válida quanto a leitura que os alfabetizados fazem, e que a favela e a escola de samba eram um universo bem complexo. Mas a melhor resposta veio logo ali, ao vivo: na primeira fila, um negão, falando em francês, naquela pequena cidade perto da fronteira alemã, disse:

– Sou filho do presidente Juvenal, da Mangueira. Lá os sambistas estudam a obra a ser tematizada.

País estranho o Brasil, vejam só, onde os escritores praticam uma desconversa malandra exibindo a fantasia de índio e onde o favelado-sambista pode estar fazendo doutorado em geologia em Lyon.

# Em busca do riso perdido

Era Cristo Arlequim ou Pierrô?

Estranha pergunta esta, sobretudo na Semana Santa. O que tem a Commedia dell'Arte a ver com a teologia e a Semana Santa com o carnaval?

Estava outro dia numa abadia medieval francesa, em Pont-à-Mousson. Abadia – hoje centro cultural, chefiado por Jacques e Teresa Thiériot. Jacques, tradutor de *Macunaíma*, nosso arlequim arquetípico; Teresa, encenando Nelson Rodrigues – nosso pierrô arquetípico (a peça é *Bonitinha, mas ordinária ou Otto Lara Resende,* que em francês leva o título *La phrase d'Otto).*

Percorrendo a abadia, já nessa situação ambígua – uma abadia (seriedade) convertida em centro cultural (festa), ouço o guia explicar o significado de duas máscaras cômicas sobre as portas: presença do riso mundano assinalando as salas profanas onde se recebiam visitas.

A ambiguidade incrementada: o riso na abadia, ontem e hoje. O sacro e o profano. Complementaridade.

Acontece que na véspera dessa visita, assisti, em Paris, ao filme *O nome da rosa,* cuja história se passa também numa abadia medieval. (Quando o filme chegar aqui, os leitores que tropeçaram nas citações latinas e não terminaram o grosso volume vão poder curtir melhor a trama.) Pois nessa história do arlequinal Umberto Eco o tema do riso e da comédia é reposto. Na abadia era proibido sorrir, e o livro mortal que se procura no labirinto da biblioteca é o suposto tratado de Aristóteles sobre a comédia.

No filme a ironia é acentuada já na escolha de Sean Connery (007) fazendo o papel do religioso que procura o texto perdido da comédia e procura descobrir por que todos os monges que se aproximam desse texto morrem. O filme é uma síntese didática daquilo que no livro são longas e literárias discussões teológicas. O filme mostra melhor um lado terrível: enquanto a Inquisição queima as pessoas, enquanto a Igreja se divide entre ordens que fizeram opção pelos ricos ou pelos pobres, dentro da fria e escura abadia desenrola-se uma trama policial em busca do livro perdido, do riso perdido, da verdade perdida.

No segundo capítulo de *O nome da rosa* discute-se o significado teológico do riso. Na abadia o riso era sinônimo da dúvida e do demônio. Discute-se se Cristo teria alguma vez rido. Alguém diz: "Eis por que Cristo não ria. O riso é incentivo à dúvida", enquanto outro responde: "Mas às vezes é justo duvidar". E Guilherme de Baskeville, o monge detetive, esse 007 medieval, que tem o sobrenome ironicamente tirado de *O cão dos Baskerville*, de Sherlock Holmes, argumenta: "Por que sois tão contrário em pensar que Jesus tenha jamais rido, pois acho que o riso é bom remédio, como os banhos para curar os humores e as outras afecções do corpo, em particular a melancolia".

Coincidentemente com a abadia de Pont-à-Mousson e a abadia de *O nome da rosa*, em Paris, consigo finalmente encontrar o livro do teólogo protestante Harvey Cox, *The Feast of Fools*: ensaio teológico sobre as noções de festa e fantasia. E, lá dentro, um capítulo: "O Cristo como Arlequim". É uma versão insólita para quem sempre viu Cristo, como no *Carnaval* de Manuel Bandeira, comparado a Pierrô, agredido pela multidão debochada. Curiosamente, Cox, muito antes de Eco, põe a questão do teólogo medieval Pierre Lechantre, indagando se Cristo teria rido alguma vez. A posição de Cox contraria uma certa tradição, semelhante à da abadia de *O nome da rosa*. Ele procura o aspecto solar do *clown* que propôs inverter a realidade, denunciando os erros da lógica e do sistema. E estudando a tradição cristã vê na *A divina comédia* a ambiguidade trágica ao lado do riso. O livro de Cox está preso aos anos 60, quando um sopro arlequinal agitou não só os jovens de todo o mundo, mas até mesmo a teologia.

Carnaval e quaresma: oposições, complementaridades. O carnaval já foi chamado de *risus pachalis*. Na Semana Santa a tragédia de Cristo e a festa da ressurreição. A morte é um intervalo entre dois risos: o Domingo de Ramos e da Ressurreição.

Os teólogos podem discutir se Cristo ria ou não. Mas quanto ao riso humano está cada vez mais difícil, por mais que o calendário o autorize. Ria quem puder. E que cada um fique com o Cristo como Arlequim ou Pierrô, conforme sua fé e inclinação.

# Cansei, quero um país pronto

Assim: a gente está conversando e, de repente, o outro diz uma daquelas frases que cristalizam, que sintetizam, que dizem toda a verdade. Temos mais é que pegar a frase alheia e agradecer, e dizer: me empresta, me dá, me vende essa frase, que isso é uma verdade de utilidade pública.

Foi assim: estava conversando com José Luís, meu mecânico (um espanhol que está aqui há muitos anos). E falava desse espanto e dessa humilhação que se tem toda vez que se vai ao exterior e a gente começa a ver as coisas no seu lugar, tudo funcionando, todo mundo vestido, as casas bonitinhas no campo, a vida programada, a limpeza, a ausência de miséria. Aí, ele me contou essa parábola curta e instrutiva. Estava com a mulher passeando numa cidade europeia, e como elogiassem exatamente isto que o brasileiro elogia no exterior: a ordem, a ausência de miséria, as casas bonitinhas, a inflação sob controle, os governos estáveis, de repente veio-lhe a frase: "Mulher, vamos mudar para uma cidade pronta?"

Exatamente. Uma cidade pronta. Um país pronto. Porque o Brasil é o avesso disso: há quinhentos anos está em construção e ainda não tem cara definida. Os andaimes estão à mostra, isto é um interminável canteiro de obras, onde se desmancha e se refaz, onde os alicerces viram ruína e o arquiteto diz uma coisa, o engenheiro faz outra e o operário constrói do jeito que pode.

É duro. É desesperador viver numa casa, numa cidade, num país perpetuamente em construção.

Por isso lhes digo: estava ali com a Ana Arruda e o Antônio Callado naquele trem calminho, limpinho, indo pelas planícies do Mosela, na França, olhando lá fora a terra cultivadinha, os morros penteadinhos, as vacas e seu leitinho, as casinhas do mesmo tamanho e a gente ali, brasileiramente, revelando espantosamente o mesmo espanto: a nostalgia da ordem e do funcionamento normal das coisas.

Então era normal que ao abrir um debate na Universidade de Nancy eu dissesse: o que caracteriza a cultura brasileira é a descontinuidade. Descontinuidade na paisagem, descontinuidade racial, descontinuidade social, descontinuidade contínua. A cultura de vocês é exatamente o oposto: contínua. No Brasil as cidades mudam de fisionomia de quinze em quinze anos, a Constituição vive em mudança. Só a minha geração viu três reformas ortográficas, três reformas monetárias, uma mudança da capital, isto sem contar inúmeras reformas (agrárias, urbanas etc.) que, propostas, não deram certo.

É mudança demais. Os restaurantes mudam de chef e de cardápio, lojas abrem e fecham, pessoas casam e descasam velozmente. É mudança demais. Tanto de leis de trânsito quanto de leis de imposto de renda, câmbio, aluguéis e greve.

Um pouco de lógica não faria mal a esse país. Como é que pode, um governo que está nos devendo restituição de imposto de renda se dar o luxo de parcelar essa devolução em irônicos pagamentos anuais no dia do nosso aniversário, por quatro anos, e exigir que lhe paguemos em poucos meses o que ele nos tomou porque mudou ardilosamente a própria legislação a seu favor?

Vamos esclarecer: uma coisa é um país em construção, outra em desorientação. Uma coisa é um país em reconstrução, outra em indecisão. Uma coisa é Roosevelt reconstruindo a economia americana nos anos 30, os alemães refazendo a Alemanha depois de 45 e, se quiserem, até Juscelino com aquele alucinado programa de metas. Aí existe um projeto nítido. Você pode até ser contra, mas sabe para onde as coisas estão indo. O que não dá para aguentar é essa dança de caranguejos para frente, para trás.

Continuando a esclarecer: claro que a organização europeia e americana pode conduzir ao tédio. Aquilo também é muito encantador à primeira vista. Por isso os estrangeiros, em contrapartida, caem de quatro com o Rio e Salvador. É que a loucura e o caos têm também seu charme. O problema é que o caos permanente cansa.

Neruda tem aquele verso: "*Sucede que me canso de ser hombre*". Adaptando. Acontece que a gente às vezes se cansa de ser brasileiro.

Também quero um país pronto. Uma cidade pronta. Estou cansado.

# Encontros reais do imaginário

A cidade está coberta de brancas flores de acácia, de jacarandás roxeados e de espessas tílias, que perfumam as numerosas praças. É uma cidade geométrica, desenhada no fim do século passado, e as ruas têm números em vez de nomes de heróis.

É La Plata. A quarenta minutos de Buenos Aires. Realiza-se aqui um encontro internacional de escritores sobre o tema "Las letras y el pensamiento 2000". Acho que já estive aqui, em 1959, com o Madrigal Renascentista. Era um lindo teatro neoclássico, hoje substituído por um enorme teatro moderno, no lugar daquele que se incendiou. De outros belos edifícios neoclássicos também abatidos, vejo maquetes no Museu de Arte Contemporânea Latino-Americana. Cada vez mais gosto da arquitetura e da arte de ontem. Já que no século XX iniciamos a revisão de certas coisas que vieram do século XIX, como o marxismo e a psicanálise, porque não se fazer logo uma revisão dessa coisa confusa e cheia de mal-entendidos, que também veio do século XIX, chamada arte moderna?

Nesta cidade implantaram uma coisa insólita: terminaram uma enorme catedral gótica iniciada em 1884, inspirada naquela inesquecível catedral de Colônia começada em 1248 e terminada seis séculos depois. Com o húngaro Péter Esterházy, autor do romance *Pequena pornografia húngara*, visito a catedral. Ele acha engraçado uma catedral gótica nessas planuras, onde as pedras não cheiram a eternidade europeia.

Este país já foi muito rico. Dizem que está mal. Sim, em comparação com a abastança do princípio do século. Mas em que pesem todas as notícias, aqui em La Plata não vi nenhum mendigo pelas ruas, caminhei sem medo à noite pelas praças perfumadas, não vi ninguém assustado com a violência. E tive o privilégio de reencontrar Hector Yanover, que come, respira e vive literatura as 75 horas do dia.

Sim, nesses dias há um *paro* – uma greve geral. O que não se perdoa nas pessoas e nos governos é que cometam erros sucessivos. Um ou outro, a gente tolera, mas perseverar, diz o ditado, é diabólico. Por isso, as acácias, os jacarandás e as tílias estão mais resplandecentes. Não há movimento nas ruas e as folhas e flores fulguram contra o azul do céu.

Param as máquinas, cruzam-se os braços, mas o pensamento não para. Como diz o romancista espanhol Andrés Ibáñez "a linguagem é uma ilha boiando entre dois mundos".

Então, como andam as letras e o pensamento no ano 2000?

É consolador, nos deixa menos solitários saber que, embora espalhados pelas províncias do atual império, escritores estão manifestando perplexidades semelhantes e apontando soluções similares para nossos problemas.

Bem disse alguém: "o escritor é o cirurgião que se opera a si mesmo". Ou, naquela frase de Gene Fowler, que Fernando Sabino gosta de citar e Arnaldo Bloch incorpora na recente, honesta e extremamente bem escrita biografia de Sabino para a coleção "Perfis do Rio": "Os escritores sabem que escrever é um ato muito simples: basta sentar-se diante da máquina de escrever e esperar o sangue porejar da testa".

Por aqui encontro Idea Vilariño, a maior poeta uruguaia viva, que diz sobre esse violento e delicado exercício de escrever: "*Ni con delicadeza/ ni con cuidado./ Acaso/ tiene delicadeza/ vivir/ romperse el alma?*"

Sempre que penso no Mercosul, no pouco que se conseguiu no espaço da cultura, desemboco num pensamento patético. Os militares de nossos países, aí pelos anos 60 e 70, com suas/nossas ditaduras, lograram, antes, um outro tipo de Mercosul. Forçaram nossos intelectuais, escritores, guerrilheiros e políticos a se refugiarem uns nos países dos outros. Deslancharam, sem querer, o Mercosul do imaginário. A rigor, a tragédia dessas ditaduras nos aproximou mais do que a democracia recente. Cruzamos nossas geografias terrestres e anímicas. Finalmente começamos a nos conhecer mutuamente.

Colho aí o livro de Manuela Fingueret, *Hija del silencio*, que une o patético dos campos de concentração ao que se passou na Argentina. O jovem poeta Carlos Ríos presenteia-me com *El fin de la historia*, romance onde Liliana Heker, baseado na vida da *montonera*, que sequestrada e torturada acabou se apaixonando pelo oficial torturador, residindo hoje com ele num país nórdico.

Pior (ou melhor?) imagem emblemática da fusão do amor e ódio e das duas faces de um país não se poderia encontrar.

E é por aí que eu diria que nós, os brasileiros, precisaríamos ler esse fluente e elegante romance *Bernabé! Bernabé!*, best-seller do uruguaio

Tomás de Mattos que modernizando a novela histórica narra como foi árduo para seu país sobreviver aos retalhamentos que Argentina e Brasil lhe impuseram no século passado.

A romancista chilena Diamela Eltit diz uma coisa engraçada sobre a investida do capital espanhol na América, hoje através da Telefonica: assim como na colonização o índio ia se confessar com o missionário espanhol, agora os telefones de cabine ou celulares são confessionários da pós-modernidade.

Quantas teses já existem sobre linguagem & corpo? Um ângulo novo encontrou Ivonne Bordelois indo à etimologia de certas palavras. Por exemplo, *testigo* (testemunha), vejam só, tem a ver com testículos. Quando os romanos iam a um tribunal e tinham que fazer juramento, faziam-no com as mãos exatamente sobre essas tão sagradas e profanas partes.

Você sabia?

Naquela primeira vez em que estive na Argentina, ainda nos chamavam aos brasileiros de *macaquitos*. Hoje é contagiante a admiração por *nosotros* que vivemos alardeando que temos as coisas "más grandes del mundo". Já no aeroporto um enorme retrato de Gilberto Gil, numa propaganda. Nas bancas, jornais agregam CDs de Vinícius como forma de aumentar suas edições. Todos os argentinos já foram a Florianópolis ou ao Rio, e na família de Jorge e Ana Lia Obeid, filho e filhas se consideram baianos para sempre. A coisa é tão séria, que, ao entrar no meu quarto de hotel e ligar aleatoriamente a tevê, mostram um site erótico na internet sobre *Mujeres argentinas*. E quem é a primeira que aparece, seminua? Nada mais nada menos que a nossa (ou deles?) Xuxa.

*20 de novembro de 2000*

# Com Evita na Recoleta

Estava sentado na Recoleta, solitariamente almoçando à sombra daquelas árvores, olhando aquele jardim e, do lado de lá, o cemitério. Um cemitério defronte a uma dúzia de sofisticados restaurantes. Um cemitério no meio da região mais frequentada por turistas em Buenos Aires. Aqui as pessoas comendo, bebendo, desfilando em suas roupas da moda. Ali, o antidesfile, o tempo comendo o que dos humanos sobra: ossos e memória. Então, lembrei-me que há dias alguém me disse que a sepultura de Evita Perón continua a ser intensamente visitada. Estava, portanto, a poucos metros de um dos espaços míticos da cultura latino-americana.

Deixei de lado os jornais que dizem que esse país está moribundo, ergui-me como se fosse a Machu Picchu, às pirâmides de Teotihuacán, ao Corcovado e rumei para o portão do cemitério, do outro lado do jardim. Fazia um calor estupendo. E perguntei logo a um guarda que me mostrou num mapa o número 56, indicando a sepultura. Atravessei uns cinquenta metros de uma alameda com jazigos erguidos como pequenas casas até dar numa estátua de Cristo, dobrei à esquerda, passei por umas obras (até os mortos requerem reformas) e cheguei onde estão os restos, diria, imortais, dessa mulher que abalou uma nação. Na fachada dessa pequena casa funérea pertencente à "Família Duarte", muitas flores pendentes nas grades e várias placas em sua homenagem. Uma delas traz inscrito:

*Evita: 1952-1982*
*"Volveré y seré millones"*
*(Confederación General del Trabajo)*

É um texto messiânico como a dizer que Evita ressurgirá reencarnada em milhões de operários.

Noutra placa este texto:

*No me llores perdida ni lejana*
*Yo soy parte esencial de tu existencia*
*Todo amor y dolor me fue previsto*
*Cumplí mi humilde imitación de Cristo*
*Quien anduvo en mi senda que la siga.*

Pensei que fosse letra daquele musical *Evita*, mas está assinado: "*Sus discípulas*".

Há várias pessoas se apertando para ver o mausoléu naquela ruela. Vieram de várias partes da Argentina e do exterior. Há sussurros de sotaques diversos. Uns tiram fotos outros comentam. Daí a pouco começo a me apartar dali. No caminho, turistas me abordam. Por ter ficado ali quinze minutos, virei guia de cemitério. Digo com a maior segurança que 56 é o número da tumba de Evita. Surge uma moça da Patagônia, perguntam-me até pela sepultura de Gardel.

Já ia me retirando, quando vejo uma seta indicando onde está a sepultura de Domingo Faustino Sarmiento. Como não seguir certas setas? Lá vou em busca da sepultura do autor de *Facundo* (1845) – tão importante na Argentina quanto o nosso *Os sertões* no Brasil. Procuro o túmulo desse que foi também um dos maiores presidentes argentinos. A seta me faz dobrar aqui, dobrar ali. Chego enfim ao mausoléu. Estou diante de um obelisco, encimado pela escultura de uma águia e com um pequeno vaso de dálias embaixo. Ninguém por perto. Nenhum admirador, nenhum turista.

Começo a retirar-me. Um gato me olha encolhido junto a uma tumba. Ao fundo, contra o azul do céu, alguns ciprestes meditam. Lá fora, os jornais continuam dizendo que este país está nos estertores. Na Recoleta, as pessoas continuam comendo e bebendo. E florescem luminosos jacarandás por toda Buenos Aires.

# Em torno da beleza

Naquele hotel na montanha coberta de neve em Quebec, discutia-se o que era afinal "a beleza". Eram uns vinte escritores de vários países. Lá fora um lago gelado, onde um ou outro pescador descobria uma brecha para pescar. Era uma cena bela. E às vezes de uma beleza surrealista, pois no meio do lago gelado estavam o barco parado sobre o gelo e, do lado de fora, o pescador sentado sobre um banquinho a pescar num furo aberto na crosta de gelo.

Na sala fechada, no entanto, discutia-se a beleza. Na sua comunicação, Roger Grenier cita uma frase de Paul Valéry: "O esteta, muito feio, numa sala incolor, fala da beleza". Uma autoironia. Em geral os que falam da beleza são feios. Deve ser, aliás, por isso que se referem a ela – a beleza, essa ausência cobiçada.

Mas será mesmo a sala onde se discute a beleza assim tão feia? Será esse jarro de plástico onde servem água também sempre feio? Ou depende da luminosidade que incide na sala e mesmo do que pode acontecer subjetivamente aqui dentro? E se aqui nesta sala ocorrer uma epifania qualquer? Não será ela transpassada pelo sublime?

Discute-se a beleza. No programa oficial há um desenho da Vênus de Milo. A maioria dos escritores reunidos são homens e parte-se do princípio de que a beleza é feminina.

Naïm Kattan conta um episódio: estava no leito do hospital meio moribundo quando entreabre os olhos e vê à sua frente a deslumbrante face de uma enfermeira. Naquele momento sentiu o que era a beleza. Beleza e vida se misturavam.

Era o apelo de volta à vida "na sua expressão primeira e essencial". Era o próprio momento do nascimento.

Mas alguém coloca a pergunta inevitável: e se ao despertar da letargia no hospital o moribundo defrontasse com o rosto de um enfermeiro, será que o acharia belo?

Seria a face da enfermeira uma reedição da imagem materna?

As questões se sucedem. Aos poucos os escritores homens vão se dando conta, quando falam das mulheres, de que existe um preconceito implícito na ideia de que a beleza é uma entidade feminina. É isso que sempre se cobrou em nossa sociedade: a mulher deve ser bela e o homem deve ser forte. Sendo bela ela está dispensada do resto.

Presente está uma escritora líbano-francesa cujo nome é emblemático: Venus Khoury-Gatta. Ela conta que uma vez foi ao programa de televisão de Bernard Pivot, que ironicamente lhe perguntou:
– No seu país as pessoas dão assim os nomes às pessoas?
A frase pretendia ser irônica. Pensei na resposta que Venus poderia ter dado a Pivot:
– Sim, no meu país você poderia ser chamado Apolo. Vênus introduz uma questão linguística e ideológica sobre o sexo das palavras. No seu país se diz *o* Lua e *a* Sol.

> O astro da noite é masculino. As marés e o crescimento das plantas são um trabalho masculino, enquanto que o Sol se contenta em se fazer admirar 24 horas sem demonstrar fadiga, exibicionista, como deve ser a mulher.

Há duas maneiras, pelo menos, de se discutir a questão da beleza. Uma é teórica, e a outra, através do depoimento pessoal. Na teoria pode-se estabelecer um debate geralmente muito aborrecido, porque se tratará sempre de demonstrar que um pode citar Platão, Hegel ou Kant mais do que outro ou pode espantar com o nome de um ou outro pensador francês da moda. Aí, sim, a sala da discussão vai ficando feia, e feias vão ficando as pessoas movidas pela atitude narcísica de mostrar quem tem a maior bibliografia.

Por isso, o que fica na memória e na experiência, após um seminário como esse, onde houve apresentações argutas e inteligentíssimas, é sempre a experiência pessoal, a parábola.
Susanna Tamaro, da Itália, conta que, quando era menina, a mãe vivia arrastando-a para exposições de arte. Todo dia pegava a menina pelo braço e lá ia enfiando Mondrian e Picasso pelos olhos. Mas a menina não queria nada disso, achava bonito mesmo eram as conchas que ia colhendo aqui e ali. A mãe querendo que ela admirasse os abstratos nas paredes e ela admirando as conchas no chão. Não teve jeito, até

hoje coleciona conchas. As conchas kitsch. É escritora, mas não gosta de Mondrian.

Franqueados os depoimentos, inicia-se uma hilariante catarse. Jean-Marc Roberts lembra que em sua família as mulheres todas achavam que tinham que operar o nariz, e todo ano, no seu aniversário, sua mãe, pensando presenteá-lo, lhe prometia um nariz novo.

Questões pululam daqui e dali.

– Por que é que a beleza é ameaçadora e ameaçada? Por que algumas pessoas têm necessidade de destruí-la e outros de a proteger? Por que o fauno persegue a ninfa e a Mona Lisa tem que ser protegida com vidro à prova de bala?

A beleza pode ser triste? O sofrimento pode ser belo? Por que a beleza é também diabólica?

Uma coisa é certa: cada cultura e cada época engendram seu(s) conceito(s) de beleza. A beleza é sempre relativa. E, no entanto, a beleza é absolutamente necessária.

Na minha cidade, no verão, por puro deslumbramento, às vezes, as pessoas aplaudem o pôr do sol.

*10 de setembro de 1992*

# O troféu de cada um

Roma. O paraíso tem uma sorveteria italiana na porta – ouço uma voz ao meu lado. Mas, além de italiana, observo, tem que ser da Madalena. Se bem que o Gioliti também serve. Mas prefiro a Madalena. Eu e milhões de inveterados sorvetólogos. Olho em torno, a cidade inteira comendo/chupando sorvete e ninguém gordo. Por isso, digo: no paraíso o cozinheiro também deve ser italiano.

Mas os garçons italianos são um capítulo à parte. Outro dia, no Passeto, um deles acariciava os cabelos de uma turista enquanto cantava "*Vorrei baciari i tuoi capelli neri*" (queria beijar os teus cabelos negros), e no Al 34, além de todos os garçons passarem o tempo todo cantando, um deles, ao tirar o prato da mesa de duas americanas, notou que uma delas havia deixado uma batata no prato. Sorrindo, espetou a batata no garfo, pediu à cliente que abrisse a boquinha e serviu-a sedutoramente.

Nos Estados Unidos isso daria processo por assédio sexual. Ou gastronômico. Comer e/ou "comer"?

O garçom do Mário, igualzinho ao nosso Gianfrancesco Guarnieri, fala comigo de futebol e diz: "Falcão é o mais elegante jogador que já vi. É da estirpe de Baggio e Platini. Um cavalheiro na vida pública e privada." Isso posto, ordena um espaguete "à Ronaldinho".

Claro que assisti ao Brasil e Escócia. A admiração dos italianos por nosso time é comovente, consideram-nos a sua segunda seleção nacional. Embora digam que este é um país de fanáticos por futebol, não vi foguetório no dia em que jogaram com o Chile. E ninguém parou de trabalhar.

Mas como nem só de sorvete e futebol vive um escritor em férias, fui fazer umas pesquisas na Biblioteca Nacional e na Biblioteca dos Jesuítas. Esta última é ali ao lado de São Pedro. Era dia de audiência pública do Papa: enorme missa ao ar livre. Multidões. A esse Papa lhe agradam espetáculos de massa. Ontem, quando visitei São Pedro, de novo passei por aqueles guardas suíços com aquelas roupas coloridas e lanças. Nunca mais os verei do mesmo jeito depois daquele estranho crime & suicídio em que morreram o chefe da guarda, sua mulher e um belo soldado.

É intrigante e instigante a história do Vaticano. Visito, por exemplo, a Galeria Doria Pamphilio, não o palácio, onde está a embaixada brasileira, que pertenceu à mesma família Doria Pamphilio, mas o fabuloso museu. Era mais um edifício da família de Inocêncio X. Ali, ouvi, enquanto percorria seus salões, a narrativa feita por um jovem descendente da família sobre as relações entre religião-arte-poder.

Ali, entre espelhos e afrescos que lembram Versalhes, vejo o trono e o salão onde Inocêncio dava audiências, porque aquela era sua casa. Naquele tempo coisas de família e coisas de Igreja se misturavam. Por isso, fascina-me a figura de Olímpia, cunhada de Inocêncio X, que tinha tal intimidade com ele que era chamada de Papisa. Olho uma estátua de mármore dessa mulher incrível. Imaginem que um dia disse ao Papa que era melhor que os impostos que a Igreja cobrava dos bordéis e prostitutas ficassem com ela. E assim tal dinheiro ficou em família. Não estou inventando nada, creiam. Quem diz isso é o descendente dessa, naquela fita que nos dão ao entrarmos no palácio.

Outro dia, vocês se lembram, roubaram três telas de Cézanne e Van Gogh da Galleria Nazionale e uns vândalos furaram telas do Pallazzo Venezia. Estive neste palácio para ver a exposição *Ciência e milagres na arte dos 600*, onde se conta a história da arte e da medicina no período barroco. As telas já estavam restauradas. E sobre aqueles roubos, leio que é impossível proteger as obras de arte neste país, pois enquanto os Estados Unidos têm 160 museus, aqui são 3.500 e os edifícios e lugares tombados chegam a 300 mil.

Claro que aqui cada um vê o que quer. Uma linda loira americana passa pela Piazza de Espagna, acompanhada de três executivos italianos. Deve ser filha do dono de uma multinacional. Os italianos lhe mostram um McDonald's. Ela caminha impávida para o interior do restaurante como se fosse ver uma ruína etrusca. Escolhe um lugar para ser fotografada, junto ao símbolo do McDonald's. O flash brilha, ela sorri e levará para casa o melhor troféu-lembrança que podia encontrar em Roma.

# Sentado na Plaza Mayor

É simples. Você pode vir subindo a Avenida Alcalá, ou pode vir pela Gran Via. Ou, então, por qualquer outro acesso, porque há portas com nomes sugestivos, como Puerta del Sol e Arco de Cuchilleros. O importante é que desemboque na Plaza Mayor. E pode ser a qualquer hora, pois aqui o que conta são os quadrantes da alma.

Os espanhóis insistiam nisto: as cidades tinham que ter uma "praça maior", local onde todos se encontrassem. Chegaram até a implantar esse tipo de praça em várias cidades da América Latina, mas nem assim, nós, os latino-americanos, nos encontramos ainda.

Diria piamente que Deus, na sua infinita misericórdia, tem-me proporcionado algumas das mais tocantes praças deste tão urbanizado e atônito planeta. Daquelas pracinhas anônimas do interior, com árvores e bancos de cimento à Praça Vermelha, em Moscou, com aquela igreja com torres em forma de rosca, passando necessariamente pela Praça de São Marcos, em Veneza, pela Praça do Povo, em Pequim, ou a Djemaa el Fna, em Marrakech, minha vida tem se povoado de praças e espantos.

Então já que estamos simplesmente sentados ali, num dos muitos restaurantes que saem das arcadas da Plaza Mayor, peça uma coisa ritualisticamente simples como os calamares à la romana e um vinho branco. Não é preciso complicar. Às vezes, a felicidade de uma pessoa, por maior que seja seu apetite ou sua riqueza, não requer mais do que isto: aquelas lulas fritas e um honesto vinho branco.

Os garçons sabem que você chegou ali para estacionar sua alma. Pode ir calmamente olhando a cena em torno. Passam coxas brancas de mulheres nórdicas, cabeleiras loiras de americanas, e acho que estão passando homens também. Passam japoneses com suas câmeras e chapeuzinho contra o sol, e volta e meia um malabarista, um mágico ou algo semelhante tenta chamar sua atenção. A cena aparentemente é bem banal, pois numa mesa uma turista escreve cartões para os que ficaram lá longe e uma estudante anota sua vida no que parece ser um diário. Vejo uma mulher numa das janelas dos apartamentos da praça.

Tem gente que vive para sempre aqui, aqui onde outros apenas pousam num luminoso momento de suas vidas.

De certa maneira, sua atenção está e não está ali. Não sabe se está tentando conectar todos os momentos de beatitude de sua vida, para enfeixá-los naquele instante, ou se já ingressou nessa dimensão que só os místicos e alguns viajantes experimentam, quando se desgarram das impurezas do tempo.

Trouxe esses jornais europeus, que não têm tanto crime e miséria, e lê notícias como um colibri, bicando docemente, aqui e ali. Então acontece o necessário e previsível – estão tocando o "Concierto de Aranjuez", daquele genial cego Rodrigo. Alguém pode dizer que isso é kitsch. Não é. Nesta praça nada é kitsch, ela resgata tudo. E esse concerto extrapolou o tempo e o espaço. O doce Rodrigo atingiu com essa música o que todo artista verdadeiro quer: ser simples, autêntico, sofisticado e universal.

Pode ser que toquem o "Adágio de Albinoni" ou "Brinquedo Proibido". Certas músicas viraram moedas internacionais, muito antes do dólar ou do euro. Assim, tanto o turista sueco quanto uma estudante de comunicação de Governador Valadares se reencontram sonoramente.

Ficar assim nessa praça é como quando a gente fica diante do mar – em ondas de intemporalidade. Então, feito esse ritual, você pode se levantar, atravessar as ruas da cidade, voltar ao seu lugar de origem. Já reabasteceu sua alma. Pode enfrentar de novo o mundo e suas asperezas. Claro, conquanto que volta e meia possa de novo assentar-se numa praça assim e, beatificamente, comer os calamares fritos e beber singelamente um vinho branco.

*24 de junho de 2001*

# Viena, Berggasse, 19

Fiquei ali parado diante do prédio onde diziam que Freud havia morado. Estava escrito na porta: "*In diesem Hause lebte und wirkte Prof. Sigmund Freud*". Era um domingo ensolarado e aquela rua de Viena estava deserta. Será mesmo aqui o Museu Freud? Não há movimento algum. Por que fechariam logo no domingo?

Fiquei por ali olhando, esperando, pensando. Chega uma senhora, que descobri ser uma psicanalista judia, que insiste batendo à porta. E tanto bate que acaba descobrindo que se pode entrar e, mais, que lá, no segundo andar, há muitos turistas visitando o antigo apartamento onde Freud trabalhou de setembro de 1891 a junho de 1938.

Pensei: há exatamente cem anos Freud entrava aqui. Naquele tempo, Viena era um dos centros artísticos e culturais da Europa. Além de Freud e seu círculo, por aqui perambulavam Gustav Klimt, o pintor retalhista; Kokoschka, o tocante expressionista; e mais Schnitzler, Hofmannsthal e um dos inventores da música moderna, Schönberg.

Visitar casas-museus de grandes personalidades é sempre um ato de admiração mítica, quase religiosa. É esse o ambiente que aqui encontro. Tenho a impressão de que todos esses homens e mulheres que estão distribuídos pelos cômodos deste apartamento, olhando objeto por objeto com uma atenção carinhosa, são como freiras e padres visitando o sepulcro sagrado em Jerusalém.

Há um respeito religioso em todo o ambiente. Claro, num canto há umas jovens rindo, falando alto, desrespeitosamente, tinham que ser brasileiras. Mas fora isso, o clima é de oratório.

Logo na sala há um sofá com três almofadas, uma mesinha quadrada em frente, três cadeiras baixas, de veludo. Mas não é o sofá famoso onde Freud fazia deitar seus clientes para eles deixarem fluir o inconsciente. Tal sofá, hoje, está noutro museu, na casa em que ele se exilou em Londres, ao fugir de Hitler.

Mas aqui está uma grande coleção de objetos que Freud acumulou. Gostava de estatuetas, retratos, gravuras, e isso foi disposto para que se pudesse rever o que seria o imaginário cultural do fundador da psicanálise.

Numa vitrina os livros de Krafft-Ebing e Goethe em meio a estatuetas de barro, pequenos vasos primitivos e fotos de personalidades. Sempre se disse que o único prêmio que Freud ganhou foi literário, o Prêmio Goethe. Por isso há quem pense que a psicanálise seja um ramo da literatura. Ali o diploma de *Doctor of Laws* dado pela Clark University em 1909. Um curioso certificado lhe foi dado também pela cidade de Viena, em 1924. Enfim, a cidade, oficialmente, o reconhecia. É uma espécie de diploma, mas de espantoso mau gosto. Aparece o desenho de uma esfinge e de Édipo. Este é uma espécie de eunuco, com um perfil egípcio, e a esfinge, uma figura enorme e descabelada, sentada, olhando com ódio três cadáveres ao lado. Curioso seria relacionar o mito da esfinge em Freud com a série de esculturas de esfinges que estão nos jardins do Belvedere, o palácio-museu de Viena de onde se descortina a cidade.

Nesse apartamento, no entanto, destaca-se a escultura de Aníbal, o herói antirromano por quem Freud tinha uma admiração sintomática. Há muito que analistas de Freud, como Frank Sulloway, assinalam a admiração dele por grandes personagens guerreiros e fundadores. "Aníbal foi meu herói favorito nos meus últimos anos no instituto", teria dito ele. Na mesma linha lá está a imagem de Oliver Cromwell, aquele que Christopher Hill, num livro, chamou de "o eleito de Deus". Freud era ou se considerava um eleito da história. O nome do segundo filho de Freud é uma homenagem ao líder que fez a revolução inglesa.

Também ali o retrato de Charcot, com quem aprendeu o hipnotismo na primeira fase de desenvolvimento da psicanálise. Aparecem outros companheiros de sua vida: Stefan Zweig, que acabou se suicidando em Petrópolis, Adler, Fliess, Jung, Ernest Jones e a bela Lou Andreas-Salomé, admirada por Freud e paixão de tantos outros.

Até a nécessaire de viagens ali está com quatro frascos e a escova de roupa. Ah, o fetichismo dos museus! Grande viagem, a psicanálise. Também outros objetos pessoais: sua caneta e os óculos nos olham recompondo, no nosso, o olhar dele.

Por que tantas estatuetas de terracota sobre os "guardiões da morte"?

Chego à janela e olho a rua, essa Berggasse encravada no número 19. Vejo imaginariamente Freud indo e vindo entre carruagens, com aquele terno escuro, o chapéu, charuto e óculos. Vejo-o abrindo a porta, subindo pela escada e depois olhando pela vidraça decorada com motivos florais, que dá para uma pequena área, quase jardim. Aqui ele passou quase cinquenta anos, até que teve que fugir dos nazistas, para Londres.

Sobre uma foto relativa à proclamação da república de seu país, em 1918, há uma frase sintomática da sensação que Freud tinha naquele tempo. E uma frase que tanto tempo depois tem a sua atualidade: "Esta é uma época muito crítica. Está bem que desapareça a velha, mas a nova ainda não chegou."

*13 de outubro de 1991*

# Freud e a esfinge

Quando estive em Viena recentemente, por coincidência, visitei a casa onde Freud morou, na Berggasse, 19, no mesmo dia em que fui ao Belvedere, antigo palácio de onde se avista a cidade. Chamou-me a atenção uma série de esculturas de esfinges no amplo jardim que circunda o atual museu. Pensei se Freud não teria se deixado impregnar por aquelas imagens míticas em sua própria cidade.

Já na sua casa vi dezenas de livros sobre o Egito. Entre eles três volumes de Howard Carter sobre *The Tomb of Tutank-hamen*, os dois volumes de *Osiris and the Egyptian Resurrection*, de Wallis Budge etc. Também ali várias estatuetas e miniaturas de divindades egípcias.

Outro dia, por coincidência, estava no Cairo e, visitando seu formidável museu, deparei com várias esfinges. Várias delas tinham nomes de rainhas. Isso chamou-me a atenção por razões que o leitor entenderá mais adiante.

Estava eu já me lembrando do estudo de Freud sobre Leonardo da Vinci, onde ele se refere a alguns mitos da cultura egípcia, quando me cai nas mãos uma revista egípcia chamada *Prism* com um pequeno artigo sobre a figura mitológica Mut.

Fechou-se, assim, uma série de associações, que passarei a explicar.

No ensaio "Leonardo da Vinci e uma lembrança da infância" (1910), Freud tenta desvendar o enigma do autor da *Gioconda*, essa esfinge da pintura renascentista. O psicanalista fica intrigado de não encontrar casos amorosos na vida do artista ao mesmo tempo em que apresenta vários argumentos sobre a fixação deste na imagem materna. Detém-se no quadro *A Virgem e o Menino com Santa Ana*, onde existiria a representação não apenas das duas santas, mas das duas mães que Leonardo teve.

Vislumbra, no entanto, entre as figuras representadas a suposta presença de um abutre ameaçador, que teria sido desenhado ali inconscientemente. Refere-se ao fato de que uma das primeiras lembranças infantis de Da Vinci teria sido a de um abutre que se debruçava sobre o seu berço dando-lhe a cauda para mamar. A seguir adianta que, em egípcio, a palavra para abutre é Mut. A partir daí, de devaneio em devaneio, explora a imagem do abutre Mut, que na mitologia egípcia era uma ave em cuja espécie só existiriam fêmeas. Segundo a lenda, para fecundar-se ela abria-se ao vento e assim era inseminada magicamente. Engendrando sua teoria para explicar a relação edipiana de Leonardo com sua mãe, chama a atenção para o fato de que a palavra *Mut* lembra *Mutter* (mãe em alemão). Esquece-se de que Leonardo era italiano, sendo, portanto, tal associação pura projeção dele, Freud.

Este ensaio de Freud é bastante fantasioso, embora inteligente e documentado. E me incita a uma fantasia também documentada.

A meu ver, Freud passou perto quando apropriou-se da imagem de Mut. Estava certo ao levantar a questão edipiana em Da Vinci. Mas talvez pudesse seguir outro caminho.

Se seu enfoque era a questão de Édipo, se estava tentando decifrar a esfinge de Da Vinci, talvez encontrasse, na mitologia egípcia, outros elementos para isto. Pois Mut, sendo a Amante dos Deuses, a Senhora dos Céus, o Olho de Rá, tem parentesco com a esfinge. E aqui é que estaria o achado. A esfinge é um ser compósito, mistura de mulher, leoa e ave. E Mut aparece representada às vezes com a cabeça de leoa. Ora, a leoa é uma figura do poder real, por isto muitas rainhas no Egito eram representadas como esfinges-leoas. Além disso, Mut também é representada como uma gata. A palavra egípcia para gata é *mit*, portanto, próxima de *mut*.

Num seminário acadêmico se poderia dissertar sobre a proximidade entre a imagem da mulher-esfinge, misteriosa e perversa, e da gata, como aparece na poesia de Baudelaire. Aqui, no entanto, abro mão dessa sugestiva aproximação, para tentar outra igualmente pertinente. Mut é também uma divindade sagrada de Tebas. Curiosamente, na Tebas egípcia Mut tem um significado simbólico que lembra a esfinge na Tebas grega. As cidades têm o mesmo nome e as funções míticas são semelhantes. A esfinge era a guardiã da cidade, enquanto Mut, além de rainha, é comparada pelos estudiosos com a grega Hera, também guardiã.

Portanto, o abutre devorador que ameaçava Leonardo, conforme sua fantasia infantil, tinha a mesma função mítica da esfinge. A mesma esfinge que instigava Freud e continua a instigar outros. A esfinge que estava na porta da cidade sagrada e submetia o viajor a uma prova: decifrar o enigma. Em não o decifrando, era devorado.

Curiosamente, em outras versões do mito, como a apresentada por Pausânias, a esfinge não era um ser fantástico, senão a irmã de Édipo. Esfinge era o nome de uma das filhas de Laio, que tinha vários filhos espúrios. Embora Esfinge não fosse filha natural, Laio a preferia, e foi a ela que revelou o significado do oráculo. Ora, tendo morrido o rei, a fim de testar se os que diziam ser descendentes dele realmente o eram, Esfinge os submetia ao teste do enigma. Como guardiã da verdade e da herança, acreditava que o filho verdadeiro saberia a chave do enigma, pois do ponto de vista mitológico (e, às vezes, prático) o saber e o poder caminham juntos.

Fica a sugestão.

*17 de novembro de 1991*

# Em Berlim, além do futebol

Se você tivesse que dizer algumas coisas a um alemão sobre a cultura contemporânea no Brasil, por onde começaria?

Pois é. Hoje à noite, aqui em Berlim, tenho essa complicada missão na Casa das Culturas do Mundo. Por onde começar? Parto do princípio de que tudo é cultura e nada existe fora da cultura. E ao invés de citar autores e artistas conhecidos enveredo por tentar entender a tensão que existe em nossos dias entre o "centro" e a "periferia".

A Europa está sendo invadida pelos "novos bárbaros" que vêm da África e do Leste. Não há mais fronteiras. Os Estados Unidos querem erguer muros contra os latinos, mas o espanhol é ali a segunda língua e, para desespero de muitos, já se canta o hino nacional americano em espanhol.

No entanto, houve um tempo em que tudo estava ordenado: cada coisa tinha o seu lugar. Os heróis sustentavam os valores da comunidade e conversavam com os deuses. Naquele tempo, centro era centro, periferia era periferia. Belo era belo, feio era feio. Sabia-se também a diferença entre arte e não-arte. Havia também a diferença entre esquerda e direita, revolucionário e reacionário.

Houve um tempo também em que juiz era juiz e ladrão era ladrão. Hoje, vejam o juiz Nicolau (preso). Sim, houve um tempo em que "bandido era bandido e mocinho era mocinho" e se acreditava que os Estados Unidos lutavam pela democracia. Pelo menos, assim parecia. Hoje, por aqui, tem senador traficante, quadrilhas no parlamento e outro dia aquele advogado do líder dos presidiários revoltosos disse uma verdade cruel: que, em Brasília, se aprende corrupção rapidamente.

Portanto, as coisas se complicaram. Surgiram matizes novos. Os personagens trocaram de lugar. Os temíveis guerrilheiros dos anos 60 estão no poder democraticamente. O presidente da república hoje era um retirante e um operário ontem. O que era arte marginal ontem, e até o que se proclamava como "não-arte", hoje ocupa os museus. Há uma cultura vindo da periferia e ocupando espaços no centro. Ouçam e vejam a Tati Quebra-Barraco e a Dayse da Injeção. Considerem as roupas que os milionários paulistas compram na Daslu e vejam a correspondente confecção que as prostitutas cariocas criaram – Daspu.

É chique (e caro) usar roupa rasgada e costurada. É "fashion" usar tatuagem, brincos, cabeleiras tipo primitivos e assassinos. O conceito de família modificou-se. Homossexuais casam legalmente, adotam filhos. Não há mais diferença entre vida particular e pública. Desnudar-se em público é o máximo. Enfim, a norma é ser excêntrico. A exceção virou regra, a regra virou exceção. Grupos de música adotam nomes diabólicos, vampirescos e posam como indivíduos maus. Restaurantes, boates, clubes têm nomes grotescos que sugerem o submundo, o "underground". Ontem, os pobres e pretos, revelando vontade de ascensão social, criavam clubes chamados "Elite". Hoje a "elite" se rejubila frequentando "Porão", "Senzala", incorporando a periferia simbólica. "Moças de família" sobem o morro para se acasalar com traficantes e rapazes de classe média já assaltam.

Essa inversão em si já é material rico para mil teses de semiologia. E há algo mais intrigante nesse jogo. O que antes era tido como feio, sujo, marginal, desafinado, pobre, mau e excêntrico deixou de ser "satanizado". E não apenas isso, passou a ser canonicamente "angelizado", o que era kitsch e grotesco virou sublime. E não se trata aqui de ser contra ou a favor, mas de perceber as transformações em movimento.

Jean Baudrillard diz que vivemos em clima de pós-orgia. A modernidade que era utópica deu na pós-modernidade que é atópica e niilista. Eu diria que passamos da carnavalização para a hipercarnavalização. O Carnaval era a exceção, o rito regenerador da primavera. A hipercarnavalização é uma metástase, está, paradoxalmente, mais para quaresma e anomia.

Como sair disso? Como superar os impasses? A arte e a não-arte, além dos jornais, estão fornecendo material e pistas. Carece investigar o que houve com nossos conceitos antigos que não se ajustam mais ao mundo de hoje. Depois, temos que analisar ousadamente, e com instrumentos novos, a realidade em que vivemos. O mundo mudou, centro e periferia (e tudo o que implicam) têm que ser urgentemente redefinidos e compreendidos de outros ângulos.

Não dá para entender a cultura contemporânea com os gastos conceitos do século XX.

*11 de junho de 2006*

# Barroco romano

Há muitas Romas dentro de Roma, e agora me concentrei em uma delas – a Roma barroca. E aqui o Barroco surgiu com Miguel Ângelo, Bernini, Borromini e outros, embora os espanhóis estejam convencidos de que o Barroco não existiria sem eles e Santo Ignácio de Loyola; e nós, brasileiros, não podemos pensá-lo sem o Aleijadinho, e há até quem chegue a afirmar que a alma brasileira é visceralmente barroca.

Assim, saio do hotel em busca do esplendor e da miséria – as duas faces complementares do Barroco. A miséria – *Memento Mori* – está mais próxima, ali na igreja e no cemitério dos capuchinhos, na Via Veneto. São várias capelinhas, revestidas de ossos humanos. Crânios empilhados constroem umbrais, portas e nichos. Nas paredes, as tíbias, os fêmures, aqueles ossinhos todos que fazem as articulações, desenham círculos e quadrados patéticos.

O pavor ou o desafio da morte pode gerar arte. E as igrejas barrocas se esmeraram nisso. Irei, por isso, à Santa Maria dell'Orazione e Morte, onde os esqueletos estão inscritos já na fachada.

Mas volto-me ao esplendor. Chego logo à praça onde o Tritone de Bernini jorra água há quatro séculos. Estranho isto, as fontes romanas funcionam há séculos e, no Brasil, os chafarizes não duram a gestão de um prefeito, logo secam.

O esplendor está nos palácios. O turista incauto sai dizendo que Roma é apenas uma cidade velha, com ruínas, restaurantes e lojas. Olham os prédios amarelados, avermelhados e não suspeitam dos requintados apartamentos e desses palácios que ocupam todo um quarteirão.

Dediquei-me aos palácios que surgiram quando papas e cardeais vinham das famílias pobres. Penso em Anchieta tuberculoso entre nossos índios e Inocêncio X, chamado Maffeo Barberini, construindo esse Palazzo Barberini onde acabo de entrar. Aqui encontrei (talvez) o melhor contraste entre o barroco desvairado e o barroco ainda ligado no espírito renascentista.

Duas escadas. Dois nomes. Borromini. O Palazzo Barberini tem duas escadarias nas suas laterais. À direita, construída em ângulo reto, a escada de Bernini. À esquerda, construída em forma de elipse, a vertiginosa escada de Borromini.

Bernini. Borromini. Esses dois me perseguirão nesses dias. No Museu Borghese amplíssima exposição por mais um centenário de Bernini. Filas e filas para vê-la.

Mas ao lado de meu hotel duas notáveis e inquietantes igrejas de Borromini – San Carlo alle quattro Fontane e Sant'Andrea delle Fratte. Estou fascinado com Borromini, embora o centenário seja de Bernini.

É que Borromini é trágico. É ruptura. Foi até onde a angústia vai: matou-se fazendo-se atravessar pela própria espada. E rompeu com o Renascimento. Suas obras foram ridicularizadas até recentemente. Bernini, seu oposto, era um homem da corte, sabia lidar melhor com esses dois temas da época: o ser e o parecer. E escarnecia de Borromini. Naquelas esculturas da fonte da Piazza Navona, fez uma com o rosto e as mãos crispados significando com isto que temia que a igreja de Sant'Agnese, defronte, lhe caísse em cima.

Essa igreja de Borromini não caiu. Fui lá no domingo e surpreendi uma missa nobre com cardeal e tudo. Foi elevada à igreja cardinalícia. E é linda por dentro. Pequena e forte.

Outro dia comprei um livro sobre a maneira como Borromini aplicava a cabala, o hermetismo e a numerologia à arquitetura. A isso eu chamaria *matemágica*.

*Matemágica* é uma boa palavra para explicar alguns aspectos do Barroco, como as anamorfoses. São desenhos e pinturas que parecem manchas e borrões. Mas quando se descobre como olhá-los, da esquerda para a direita ou refletidos num cilindro, descobrimos que é uma obra matematicamente projetada.

Ando estudando a anamorfose e estou, por isto, entendendo melhor o Brasil. Vi algumas anamorfoses de Jean-François Niceron (1613-1646) no Palazzo Barberini.

Já vi uma dúzia de palácios, umas vinte igrejas. Nunca um ex-protestante assistiu a tantas missas. Acabo de entrar na igreja Il Gesù. Santo Ignácio resplandece no altar, mais que o próprio Cristo. Ah! Os jesuítas!

Há muito que ver. E eu apenas estou começando.

# Futebol e outras músicas

Pergunto. Me explicam. Não me convencem. Continuo sem entender. Como é que pode? Um país que perde quase toda sua população masculina na guerra, que teve a maior parte de seu território arrasado, arrasada sua indústria, que foi esquartejado, dividido, como é que, em poucos anos, pagou bilhões de indenização aos aliados e judeus, reconstruiu cidades, indústrias, pontes, represas, e começou a investir no estrangeiro e a ser, de novo, potência econômica e cultural?

Conheci Berlim quando havia aqui o Muro. Agora percorro a cidade e não vejo marcas da guerra. Do próprio Muro sobraram uns pedacinhos, que viraram peça de museu, tristes relíquias. Mas as cicatrizes perduram na alma dos alemães. No complexo de cervejarias onde assisti ao primeiro jogo da Copa – Alemanha e Costa Rica –, quando tocaram o hino nacional alemão, não vi ninguém cantando. Algumas gerações serão necessárias até que esqueçam o que fizeram ou o que passaram seu país e avós.

Alemanha e Brasil se parecem, porém, de forma invertida.

Aqui também se indaga: "Que país é este?" E com razão. Por isso, quando publiquei aquele poema-livro, o alemão Reinhild Prinz o traduziu – *Was ist das für ein Land?*, mas na parte onde eu dizia "há quinhentos anos caçamos índios e hereges", ele fez uma paródia, substituindo quinhentos por dois mil anos: "*Seit 2.000 Jahren jagen wir fremd und Gastarbeiter?*" (há dois mil anos caçamos estrangeiros e trabalhadores de fora).

Mas há outra semelhança entre Brasil e Alemanha: nosso futebol é melhor que nossa história. O Brasil perde as guerras contra a violência e contra a miséria, mas, como a Alemanha, que perdeu várias guerras, ganhou também várias copas. Também nossa música é melhor que nossa política. Vejo Gilberto Gil (que teve a feliz ideia dessa Copa da Cultura) no show diante da Casa das Culturas do Mundo. É um fim de tarde luminoso. Milhares de pessoas pelo parque cantam e dançam nossas músicas. Uma energia positiva contamina a todos. E, diante de nossa música e de nosso futebol, o estrangeiro pode bem pensar como

Maiakovski: "Em algum lugar do mundo, talvez no Brasil, existe um homem feliz?!"

Berlim é uma cidade-parque. Talvez não haja cidade com tantas árvores, lagos e bosques. E nessa primavera com trinta graus, verdíssima. À paisagem meio campestre, junta-se um silêncio precioso e estranho para ouvidos de brasileiros tão acostumados com buzinas, gritos, cacarejos e latidos de várias formas. E é também a cidade das bicicletas. Brasileiro que não presta atenção acaba atropelado nas ciclovias movimentadíssimas. As camisas verde-amarelas brasileiras colorem barulhentamente toda a cidade. Tem cinema, teatro, literatura, dança, música, comida – enfim, tudo o que envolve cultura brasileira. Na abertura da exposição sobre a Tropicália, Nelson Leirner declara para o público: "Sou preguiçoso. Muito preguiçoso, por isso larguei a pintura para fazer instalações, pintura dá muito trabalho." Em compensação, assisto a um belo concerto de música brasileira, executado pela Orquestra Sinfônica de Berlim, com destaque para Villa-Lobos e Edmundo Villani-Côrtes – este, cada vez mais conhecido na Alemanha.

Visito várias exposições na cidade, como a fabulosa *Barroco no Vaticano*. A cada dia Berlim inaugura um novo museu. Numa tarde, saio para ir ao Charlottenburg, palácio da realeza prussiana. E estou vagando pelas elipses barrocas dos jardins barrocos, à margem do lago, quando ouço, de repente, uma ária de Mozart.

Milagres ocorrem às vezes. Sem que eu soubesse, estava começando um concerto ao ar livre, com árias de Mozart, com os cantores vestidos em roupas do século XVIII.

Encosto-me numa árvore, deito-me na grama e entrego a alma aos acordes de Mozart.

Às vezes, merecemos o paraíso.

*18 de junho de 2006*

# A catedral de Colônia

Tomo um trem em Frankfurt para chegar a Colônia, cidade fundada à beira do Reno que guarda ruínas do Império Romano. Aqui o chofer de táxi, educadamente pergunta se me incomoda que ele ouça música não-europeia. Ele é iraniano. E diante do meu óbvio consentimento, diz que àquela hora tem um programa de música árabe transmitida por uma rádio do Cairo. E enquanto a cantora desenha com sua voz a canção, ele, ao volante, acompanha o ritmo com a cabeça, feliz, sorrindo.

Em resposta à minha pergunta, diz que aquela era uma canção que sua mãe cantava. Vejo a infância florescer no seu rosto. Mas perguntado se tinha saudades de sua terra, não apenas diz que lhe é proibido retornar, como decidiu que tem que viver o presente, que ficar preso ao passado é algo daninho. E acrescenta que quem lhe ensinou isso foi uma mulher que mudou sua vida. Ele vive só o presente.

Há sempre uma mulher mudando nossa vida. No entanto, ao contrário desse chofer iraniano, meu passado só cresce com o tempo. Cada vez mais o cultivo como a um jardim interior. E vim a Colônia para rever essa contundente, deslumbrante e poderosíssima catedral, sobre a qual, há 25 anos, quando aqui morei e lecionei, escrevi um longo poema. Eram tempos escuros aqueles, em plena ditadura, e aqui encontrei vários exilados brasileiros com neblina e frio na alma. E o impacto dessa catedral, cuja construção começou em 1248 e levou seis séculos para ficar pronta, esse impacto permanece. Eu, como um índio latino-americano ou um menino do interior brasileiro, a olhava, pasmo. Era história demais para meus olhos tão despaisados. De repente, imaginariamente, vi desfilar aqui toda a história do Ocidente num fantástico carnaval que misturava Kant, Lampião, Hitler, Santos Dumont, Fidel, Nietzsche e carros alegóricos com torturados, turistas, baianas e tenentes do diabo.

Desembarco agora junto a ela e fico em êxtase contemplando-a, percorrendo-a como quem percorre a minha e a alheia história com os olhos de ontem e hoje. Por aqui passaram Carlos Magno e Petrarca. E numa urna dourada no altar dizem estar relíquias dos Três Reis Magos.

Tenho mania de conhecer e escalar monumentos para ver se lá de cima descortino alguma coisa. Foi assim nas pirâmides do México, no Empire State Building de Nova York, na muralha chinesa e nos primeiros morros de minha infância.

Há que descortinar. E para se enxergar melhor adiante há que rever o passado. Isso tanto na biografia individual quanto na cultura geral. Por isso sigo dizendo que temos que rever os quiproquós do século XX para sair da anomia ética e estética em que nos metemos e, enfim, podermos entrar de vez no século XXI.

Percorro de novo a nave da catedral como se estivesse na Idade Média e não no planeta Bush. Está pontilhada de turistas igualmente atônitos. Aqui, secularmente, olhamos a eternidade. Eles não sabem, mas esta catedral é minha. Apoderei-me dela para sempre desde que pela primeira vez a vi, de repente, caminhando pela Hohe Strasse, e aos meus olhos surgiu aquela cachoeira de pedras escuras despencando das alturas.

Dizia a tradição que a construção dessa catedral não podia terminar nunca, porque, se isso ocorresse, o mundo acabaria. De fato ela não terminou nem termina nunca. Na Segunda Guerra Mundial, destruíram uma parte dela. Mas os alemães reiniciaram sua reconstrução. Olho um cartão-postal da época: ela era praticamente o único edifício entre os destroços.

Olho agora suas torres e vejo que a retocam e a reformam. Como a vida, é uma catedral inconclusa. E me parece ainda mais alta e bela do que nunca.

*26 de outubro de 2003*

# Coreia, além das fronteiras

Nos despertam às cinco da manhã para um rápido *breakfast*. Às seis partiremos para a Coreia do Norte. Estamos em Seul há três dias no Festival Internacional de Poesia pela Paz. Um dos objetivos é exatamente este: aproximar as duas Coreias – a do Norte e a do Sul, tragicamente divididas pela Guerra Fria do pós-guerra e pela guerra fratricida de 1950-1953, quando só nesta morreram 1 milhão de sul coreanos, 1 milhão e 100 mil norte-coreanos, 500 mil chineses e 26 mil soldados americanos.

Nos avisaram que não se pode levar nenhum material escrito – livros ou revistas – para a Coreia do Norte. Chego a esconder as versões em inglês e espanhol do meu poema "Os homens amam a guerra", para não causar nenhum problema diplomático. Também câmeras com lentes astuciosas que possam, quem sabe?, fotografar instalações militares não são permitidas. (Quando estivermos voltando desse país comunista, daí a dois dias, nos advertirão que nem folhas de árvore, nem pedrinhas podem ser levadas do solo norte-coreano. Alguns dos 120 poetas devolverão essas relíquias naturais antes de reembarcar de volta a Seul nos três ônibus que nos conduzem.)

Depois de umas quatro horas de viagem estou me aproximando do Paralelo 38, que separa as duas Coreias. Estou penetrando na Zona Desmilitarizada. De repente, volto à minha adolescência quando, horrorizado com aquela guerra, escrevi um poema tipo Castro Alves, que começava assim:

> Era a metade do século!
> Era a metade do ano!
> Coreia, duas metades!
> Sendo uma do americano
> E do russo a outra parte.

E dito isto, o poema ia piorando mais ainda. Mas estar ali entre aquelas colinas é recordar o terrível noticiário da época, palavras como Pyongyang – a capital da Coreia do Norte que recebeu mil bombas por quilômetro quadrado; é lembrar o terrível general MacCarthur, que queria jogar cinquenta bombas atômicas na China para conter as tropas chinesas em combate contra os norte-americanos. Enfim, estar aqui é algo fantástico. É sair da patética história para cair na trágica geografia.

No limite tenso entre os dois países há que passar por fiscalizações de um lado e outro. Já estive na fronteira conflagrada de Israel e Líbano. Já estive naquele ponto tenso entre as antigas Alemanhas Oriental e Ocidental. Mas há poucas coisas piores que a cara gélida de um soldado da Coreia do Norte, impassível, olhando nosso passaporte. Cara amarela de um mongol tardio, sem mostrar qualquer sentimento. Se nosso guia lhe fala, não responde. Você não existe diante dele. O poeta americano Robert Pinsky, Marina, eu, o poeta espanhol Antonio Colinas e a poeta austríaca Sabine Scholl somos retidos: implicaram com nossas fotos no documento. Cobram uma multa de dez dólares de cada um. No caso de Colinas, dizem que é porque seu retrato tinha livros no fundo. Os demais, suponho, é porque tínhamos um certo sorriso nos lábios.

Na Coreia do Norte deve ser proibido sorrir.

Mona Lisa seria igualmente retida na fronteira.

Aquele soldado dentro do uniforme marrom nunca deu um sorriso em sua vida.

Passada, no entanto, a Zona Desmilitarizada (contraditório nome), vamos para um novo e moderno hotel, porém construído pela Coreia do Sul no território do Norte. Fica na borda da famosa montanha Kumgangsan, que visitaremos. Há espaços no Norte, circunscritos, em que os do Sul podem circular. Passamos por um deslumbrante pagode que está sendo reconstruído, também por operários do Sul, no lugar onde uma antiga aldeia tinha sido totalmente arrasada pela guerra. Estes são tempos de reconstrução. As duas Coreias estão celebrando sessenta anos do fim do domínio japonês (1910-1945). Para surpresa mundial, autoridades da Coreia do Norte estão neste dia lá em Seul depositando flores na tumba dos soldados do Sul mortos na guerra. As coisas podem mudar. E a esperança, renascer.

É para isso que os poetas de todo o mundo aqui vieram. É possível unir palavra e ação. A poesia, embora fale de guerra, pode ser veículo da paz. Como a arte, a poesia não tem fronteiras.

*21 de agosto de 2005*

# O oriente que nos desorienta

O avião que vem sobrevoando tantos lugares com nomes mágicos agora está sobre a Mongólia, passa por Pequim e chega, finalmente, à Coreia, onde poetas de todo o mundo vêm para um festival, que tem por objetivo reunir o Norte e o Sul do país. Sabia que os coreanos haviam se modernizado, eram a décima segunda economia, mas não precisavam exagerar tanto. Claro que aquela guerra terrível (1950-1953) colaborou para varrer a arquitetura clássica do país, deixando esses edifícios, pontes e estradas que podiam estar em Hong Kong ou Miami. Seul é a sexta cidade mais populosa do mundo.

– Em que você pensa quando ouve a palavra Coreia?

– No carro Hyundai, nos aparelhos Sansumg, na luta tae kwon do, no ginseng, nas Olimpíadas de 1988, na Copa de Futebol de 2002.

Os mais eruditos podem pensar na soprano Sumi Jô (descoberta por Van Karayan), no maestro Chumg Myunghun, e eu me lembrei agora daquela genial violinista que tinha doze anos – Sarah Shang, sobre a qual escrevi em 1992 quando ela veio ao Rio, e que é também coreana. Mas se vocês forem ao cinema ver esse belo e intrigante filme *Casa vazia*, descobrirão que o diretor Kim Ki-Duk é também aquele do belíssimo *Primavera, verão, outono, inverno...primavera*. E aprendem que a indústria cinematográfica deles cobre 46% do mercado local e produz mais de duzentos filmes por ano. E aí a gente começa a perceber que aquele paisinho, cercado por leões vorazes, como China, Rússia, Japão e Estados Unidos, é um caso raro de sobrevivência na selva.

O salto que a Coreia deu é mesmo mirabolante. Antes de lá ir, conheci uma coreana que me contou algo patético e trágico, e que mostra a diferença entre o passado recente e o agora. A exemplo de toda menina, quando ela nasceu, ganhou um adaga. Não era exatamente para se defender, era para se matar caso fosse estuprada. Exatamente. A mulher é que tinha que se punir. Hoje tudo mudou, e a educação é a responsável por isso. Na Coreia praticamente não há analfabetos. Não vi ali nenhuma miséria, essa coisa pavorosa que se vê em nossas cidades.

Na dinastia Joseon, que começou em 1392, o imperador Sejong inventou um alfabeto mais simples que o chinês. Eram apenas 28 letras. E diz-se que numa manhã uma pessoa pode aprendê-lo. Ele cercou-se de sábios e fundou academias de arte e cultura, coisa que só no século XVII o Ocidente começaria a fazer.

Isso faz toda a diferença.

Não há como não fazer comparações com o Brasil, um país grande e bobo.

Vocês não vão se escandalizar, vão ao contrário me compreender e desculpar, eu mesmo vou alegar, caso me acusem de alguma coisa, que com a diferença de fuso horário, estou ainda confuso, confuso diante também do que leio nos nossos jornais. E diante da atual situação que aqui reencontrei acho que se deve pensar na aplicação de uma lei do talião que havia na imperial Coreia. Ou seja: não se podia roubar. Se alguém roubasse, era obrigado a devolver o que roubou e era preso. Quem ferisse outro em briga ou em tentativa de crime ficava algum tempo preso, mas era também obrigado a indenizar a vítima. E, finalmente, a lei suprema que inibia os assassinados: se uma pessoa matar outra, não tem discussão, deve também ser morta.

É, portanto, muito simples. Não precisa de tanta papelada, tanta cadeia, tanto blá-blá-blá. Matou, morreu. Feriu, paga. Roubou, devolve.

Alguém vai dizer, mas isto é combater a barbárie com a barbárie. Talvez.

Fora esta, só há outra alternativa: a educação, como fizeram na Coreia. Mas quem é que acredita nisto por aqui, a não ser eu e você? A solução é barbárie ou educação. Daí que me vem à mente uma frase que li em algum lugar e que sintetiza tudo mais que poderia dizer: "Se você acha que a educação é cara, experimente a ignorância".

*28 de agosto de 2005*

# Chegando da Irlanda

Estive na Irlanda outro dia. Ao sair já explodiam bombas, incendiavam-se carros, e católicos e protestantes ensandecidos desfilavam numa tribal irracionalidade pelas ruas cheias de destroços. E, no entanto, eu não tinha sido convocado para uma guerra, senão para o Festival de Poesia Gerald Hopkins, perto de Dublin. Mas guerra e paz andam sempre engalfinhadas, assim como poesia e história se completam profeticamente.

No *gala dinner* do festival, cada poeta devia falar um poema como amostra da sua obra. Acontece que na véspera eu havia escrito um poema provocado pela visita que fiz ao local onde em 1690 travou-se a histórica Batalha de Boyne, que tem consequências dramáticas até hoje, como relatam os jornais, pois foi um conflito entre um rei católico e outro protestante, do qual este saiu vencedor. O poema surgiu do contraste entre aquela paisagem bucólica, com o gado pastando pacificamente à beira-rio, e a sangueira ocorrida ali no passado.

Li o poema. Um poema curtinho, intitulado "Batalha de Boyne, 1996", que metido no meio dessa crônica em linhas seguidas fica mais bobinho do que é. Dizia: "Bois tranquilos pastam/ onde James II e William III/ travaram a Batalha de Boyne/ Ruídos de espadas e escudos/ escorrem pelo rio da morte./ A grama é um verde eco de vida./ Há mel nas flores/ e anúncios pós-modernos pela estrada./ Contudo, a batalha continua:/ James II e William III/ guerreiam esta tarde nos subúrbios de Belfast."

Coincidentemente, "naquela tarde" (expressão metafórica) explodia de novo o ódio entre católicos e protestantes na capital da Irlanda do Norte. Terminada a leitura, os irlandeses, perplexos e tocados, aplaudiram o poeta brasileiro que, despudoradamente, mexia numa ferida nacional. Mas essa tem sido uma mania minha, sair por toda parte perguntando: "Que país é este?"

Vou lhes dizer: a Irlanda é um país singular. Vive entre a Idade Média e a modernidade. O divórcio só agora acabou de ser introduzido lá, e até recentemente a camisinha tinha de ser contrabandeada. A repressão religiosa está ruindo com a entrada do país na Comunidade Europeia, presidida aliás agora pela presidente da Irlanda, Mary Robinson. O dinheiro está entrando a rodo no país, que se tornou um grande prestador de serviços na área de informática.

Curiosamente, são pouco mais de 3 milhões de habitantes na ilha. E todos eles são escritores. E os que ainda não ganharam o Prêmio Nobel o ganharão proximamente. Já o avião Air Lingus, que nos leva, tem como decoração, no revestimento nas poltronas, reprodução manuscrita de textos de Joyce. É muita sofisticação. Onde é que vocês pensam que nasceu o grande satírico Bernard Shaw? Onde nasceu esse tremendo poeta Yeats? E Oliver Goldsmith, que a gente estudava já no ginásio, quando havia ginásio e educação no Brasil? Onde foi que nasceu Samuel Beckett, que revolucionou o teatro do absurdo e que foi secretário de James Joyce? E o nosso Jonathan Swift do *Gulliver*, que povoou a infância de todos nós? E Oscar Wilde, que desesperou o puritanismo inglês? E dá-lhe Elizabeth Bowen, Richard Sheridan, Sean O'Casey, Patrick Kavangah e o último Nobel, Seamus Heaney.

Desmond Egan, o poeta organizador do festival, tem o humor desabrido dos irlandeses. Ao me apresentar, como a sugerir o país estranho de onde eu vinha, leu na "Agenda" que editei pela nossa Biblioteca Nacional o tópico sobre Gilberto Amado: "19/6/1916: Assassinado a tiros o poeta Aníbal Teófilo pelo escritor Gilberto Amado. Os dois se desentenderam durante o debate final da cerimônia de inauguração da Sociedade Brasileira de Homens de Letras, entidade criada pelo poeta Olavo Bilac".

Todos riram. Eu também. E os escritores irlandeses passaram a me temer mais.

Fui visitar, como fiz há trinta anos, a Torre de Joyce, um antigo farol à beira-mar onde vivia o escritor. Diz-me o chofer que esses faróis vêm do tempo em que, para enfrentar os inimigos, os irlandeses os construíram pela costa e, quando os vikings (que ele pronuncia *voikings*) surgiam no horizonte, mandava-se mensagem de um farol a outro e todo o país se armava.

Lá diante, no entanto, em vez de "voikings" vejo porta-aviões *JFK* da Marinha americana. Quarenta mil irlandeses estão de binóculos olhando aquela muralha de aço. O barco de guerra veio festejar o Quatro de Julho americano aqui, já que os Kennedy daqui vieram. Dizem-me que nos Estados Unidos existem 40 milhões de irlandeses ou descendentes desses. Concluo, então, que os Estados Unidos são ficção, pois, tirando esse monte de irlandeses os demais são negros e latino-americanos, sobrando só quatro ou cinco ianques.

Que rosas grandes e de que cores tem esse país!

Como pintam e repintam suas portas de cores interessantes!

Aqui, na caça à raposa, o que menos importa é a raposa, e sim o porre antes e a comida durante.

O embaixador Carlos Bueno é portador do convite para que Marina e eu almocemos com os professores do célebre Trinity College, que funciona há séculos e onde estudaram todas as celebridades do país. Os professores nos recebem de beca e com rezas em latim, antes e depois da refeição. Dali, vamos visitar a fabulosa biblioteca, entre as mais belas que tenho visto. Conversamos sobre livros, homens, guerras e história.

O mundo é assim. A Batalha de Boyne de 1690 continua em 1996. Conflitos pessoais e sociais nefastos ocorrem. Em meio a isso, as bibliotecas permanecem. Os ministros passam. E a poesia continua, seja em Belfast ou no Brasil.

*16 de julho de 1996*

# Chile: "hermoso país"

Ando muito leviano. Outro dia me declarei à Colômbia e depois de andar de caso com a Argentina acabo de me apaixonar pelo Chile. É um caso de latino-americanismo explícito.

Vejam o Chile. Agora é que era época de a gente pedir asilo lá. Como dizem os de língua espanhola, o país está *hermoso, muy lindo*. E mais bonito fica quando não há inflação, quando vivem em pleno emprego e a violência não é essa a que nos acostumamos.

Estou sentado com Arturo Navarro na pérgola da Praça do Mulato Gil. Esse é um lugar de bares, galerias e livrarias. Aqui, toda noite se reúnem os artistas. Comendo riquíssimos mariscos e bebendo um vinho Canepa, meu amigo me transmite a segurança e o orgulho que os chilenos hoje sentem. É um país que se está dando alguns luxos audaciosos e polêmicos. Por exemplo: resolveram que na fabulosa Feira de Sevilha, que será aberta daqui a pouco na Espanha, o melhor símbolo do país seria um gigantesco iceberg que capturaram e farão transportar às cálidas terras espanholas. Ali o manterão em exposição através de alta tecnologia em temperatura apropriada.

Vamos depois ao El Biógrafo, bar de um comunista histórico, que curiosamente se chama Douglas MacArthur, e que por ser simpaticíssimo é definido pelos amigos como o "único PC compatível". Dou-lhe como lembrança fraterna uma nota soviética de 25 rublos com o retrato de Lênin, que trouxe da Rússia, naquela semana de agosto de 1991 em que o comunismo morreu.

– Esta é a última nota comunista – lhe digo.

Vamos todos depois para a casa de Antonio Skármeta assistir na televisão ao lançamento do programa *El show de los libros*. É uma espécie de *Programa legal*, mas feito sobre literatura. Nesses dias Skármeta estará em Paris com dez outros escritores chilenos participando do programa *Belles étrangères*, que anualmente leva para a França uma dúzia de escritores de um determinado país para um amplo diálogo literário. E vou me dando conta de como é forte também a literatura chilena hoje. No programa aparece esse incrível poeta Nicanor Parra, sério candidato ao Nobel. Alguém deveria traduzi-lo no Brasil.

Nesta noite, indefectivelmente, os chilenos começam a lembrar-se dos brasileiros que ali conheceram nos anos 60: Darcy Ribeiro, Paulo Alberto (da Távola Redonda), Teotônio Júnior, Fernando Gabeira, José Maria Rabelo etc. Eles vão dizendo os nomes e eu os vou recuperando em minha própria biografia. Ao final, digo:

– Se o Chile sobreviveu a esses meus amigos, sobreviverá a qualquer coisa.

Mariscos. É impossível pensar o Chile sem seus saborosos frutos do mar. Dia seguinte estou com o romancista Enrique Lafourcade no Mercado, ou mais precisamente no restaurante Augusto (chamado "O bom", em oposição ao Augusto Pinochet – "O mau"). Aproxima-se um trio de cantores e lhes peço o bolero *Prejudicame*, uma música sadomasoquista que faz sucesso por aqui. E nisso vamos comendo um carnudo crustáceo chamado picorico e mais mariscos.

– Pensei que Neruda tivesse comido todos os mariscos do Chile – digo a Lafourcade.

– Depois da morte do poeta agora há mariscos para todos.

No Chile todo escritor tem que escrever a biografia de Neruda. Quem não o fizer não pode confessar que viveu. A melhor e mais recente é de Jorge Edwards, *Adiós, poeta*, onde Edwards conta sua história e a história de sua geração através do poetão apresentado como um dos cardeais do comunismo internacional. Quem quiser informações sobre Vargas Llosa, García Márquez, Carlos Fuentes e Cortázar, todos jovens com pouco mais de vinte anos nas românticas ruas de Paris dos anos 60, leia o livro.

Enrique Lafourcade, além de especialista em Gardel, tem uma livraria na Praça do Mulato Gil, uma seção de culinária nos periódicos e uma oficina literária para onde acorrem lindas ninfas e faunos. Ali estive com o poeta uruguaio Rafael Gomensoro participando de leitura de poemas e debates sobre literatura. "Grandes emoções", como diria Roberto Carlos.

A embaixada do Brasil em Santiago do Chile, como sói acontecer em outras capitais, é um esplêndido edifício, eu diria mesmo um palácio conservado com impecável bom gosto pelo embaixador Guilherme Leite Ribeiro. Mantido quase por milagre, porque nesses tempos de vacas magras da economia brasileira os embaixadores, como dizia o ex-chanceler Rezek, estão tendo de usar telefones com fichas, na esquina, pois não há dinheiro sequer para gasolina. Por isso, sugeri ao embaixador Guilherme para, a exemplo do que faz o Museu de Arte Moderna de Nova York, começar a alugar os magníficos salões da embaixada para jantares e recepções. Isso, aplicado largamente em todas as embaixadas do Brasil, tornaria o Itamaraty financeiramente autônomo.

Isto ajudaria a recuperação econômica do país e reafirmaria uma vez mais a contribuição do Itamaraty à história atual brasileira.

# No Chile de Neruda

Estou sentado no El Mesón Nerudiano, aqui em Santiago do Chile, e sob o prato está uma folha de papel, tipo serviço americano, que traz um poema de Neruda. Por coincidência, o poema "Caudillo de congrio", sobre essa delícia chilena, que já comi várias vezes nessa viagem. Como se sabe, Neruda fez vários poemas dedicados às comidas e aos temperos que adorava. Parece que sobraram peixes e mariscos que o poeta, em sua gula poética, não exauriu de todo na costa chilena. Estou conversando com David Valjalo, hoje com oitenta anos, poeta que conheci na Califórnia, em 1966, quando convidou-me para apresentar-me com atores e poetas em um espetáculo de poesia latino-americana em Hollywood. Ora, vejam só! Estou também com o poeta José Maria Memet e sua esposa, a atriz colombiana Ana Paula. José Maria, que realiza encontros poéticos que reúnem 500 mil e até 1 milhão de pessoas, convidou-me para, durante dez dias, percorrer cidades chilenas declamando poemas. Isso faz parte das comemorações do centenário de Pablo Neruda, que nasceu em 12 de julho de 1904. Há uma hora estava fazendo leitura de meus poemas no Instituto Goethe. Mas o mais insólito é que, antes, às cinco da tarde, fui dizer poemas no metrô, instalado na cabine do condutor. Tenho dito poemas em lugares assaz estranhos, mas essa foi uma leitura realmente "underground".

Perguntei ao condutor se as janelas dos vagões estavam bem fechadas, porque temia que algum passageiro tentasse escapar desastradamente de meus versos. Para meu consolo ele acabou pedindo-me a cópia do poema "Os desaparecidos", que trata de uma tragédia durante a última ditadura, que os chilenos conhecem amargamente. Não só isso, de repente, ao sair da cabine para a estação, após ecoar poesia pelos vagões diante de passageiros perplexos, uma moça surge correndo atrás de mim e me dá um bilhete. "*Quise escuchar. Sí, pero las voces interrumpieron. Quiero oír tus cuentos, odas a la infancia. Me trajiste en este instante al mundo atento, imaginé tu rostro y no puedo ir sin verlo.*" Que consolo para o poeta cujo primeiro livrinho adolescente se chamava – *O desemprego do poeta*! Noutra estação, vejo um passageiro batendo no vidro e insistindo para falar conosco e já passando um bilhete. Era um brasileiro há quinze anos ali, e que queria falar-falar-falar da vida e do Brasil.

Mas como lhes dizia no princípio, estou à mesa deste El Mesón Nerudiano e aproxima-se uma simpática figura – Eduardo Peralta, que "*en el año nerudiano canta a Brassens todos los lunes*". Ele nos convida a passar para a parte de baixo daquela casa, onde dezenas de pessoas o ouvem cantar. São canções inteligentes e críticas, com grande variação rítmica e melódica, enquanto ele vai, com uma vitalidade contagiante, comentando o que canta. De repente, anunciam meu nome e convocam-me ao palco. Não tem jeito. Não sou nenhum Maiakovski falando para multidões, não sou nenhum Neruda falando para trabalhadores em mina de salitre, mas também não sou mudo.

Comecei esse giro poético, lá embaixo, quase na Antártida, em Valdivia, cinco graus, vento e chuva. E mais: um terremoto que me chacoalhou os ossos da alma às sete da manhã. Coisa de rotina, dizem, porque além do mais aquela região é cercada por quatro vulcões ainda em ebulição.

Tudo no Chile exala o vulcânico Neruda. Em Temuco levam-me a almoçar no hotel Continental, o mais antigo do país. E ali conduzem-me a ver o quarto em que Neruda pernoitou uma ou outra vez. Subi as velhas escadas, fui testemunhar e, claro, fotografar a porta de entrada com a devida placa. Me diverte e é uma homenagem. Escritores às vezes fazem isso. Enrique Lafourcade, romancista e polêmico jornalista, que conheci também nos anos 60 na Califórnia (Não estranhem, nos anos 60 todo mundo ia à Califórnia. Vi os Beatles lá. Vi Pelé. Vi Jobim. Vi Carlos Lacerda. Vi Gregory Peck. Vi Ginsberg e Belafonte. Dizem que até Cristo foi visto perambulando entre a Haight-Ashbury Street, em São Francisco). Pois voltando ao querido Lafourcade, ele me mostraria em sua casa, em Santiago, duas rosas de metal e plástico, que surrupiou do túmulo de Rimbaud. Estranho? Nem tanto. Pois o Décio Pignatari não arrancou um pedaço de ferro da sepultura de Mallarmé?

Numa dessas cidades, creio que em Concepción, verei dupla exposição: obras de Roberto Matta, conhecidíssimo pintor chileno que em Paris conviveu com Chagall, Breton, Tanguy e outros (é melhor nessas obras em água forte e água tinta que como pintor). E também uma surpreendente exposição de tapetes bordados feitos com a técnica de *arpillera*, por Violeta Parra – a ensandecida apaixonada que se matou cedo. Seu irmão, Nicanor Parra, hoje com uns noventa anos, segue vivo com sua poesia meio debochada. Vivo dizendo aos chilenos que Nicanor é o mais brasileiro dos poetas chilenos.

Depois de Santiago, vou a Valparaíso para participar de uma "oficina literária" com jovens poetas, sob a orientação de Sergio Muñoz, e para falar mais poemas no auditório da Sebastiana, uma das muitas casas-museus de Neruda. Acolhe-me na entrada Eliza Figueroa, mostrando seu desvelo para com tudo o que ali está. A casa está lá em cima na encosta, olhando o mar. De fora não é bonita. Mas o poeta foi pedindo ao arquiteto para fazê-la crescer para cima, por isto tem cinco andares engraçadíssimos, com cômodos surrealistas, peças que ia recolhendo mundo afora – uma pia antiga, um cavalo de madeira, um quadro barroco, fotos de navio, retrato de Whitman, tetos pintados com figuras, enfim, um verdadeiro bazar ou loja de decoração. Aqui, com Matilde, o poeta recebia amigos do mundo inteiro. Numa das fotos está lá o nosso Thiago de Mello.

Parece um labirinto. Parece um observatório. Passeio entre os objetos do poeta, absorvo um pouco mais de sua vida e seus amores. Vivem dizendo por aí que a poesia não serve para nada. E, no entanto, o Chile não seria o mesmo sem Neruda.

# Meu nome é Chico Buarque mas podem me chamar de Nélida Piñon

Quando vim a Cuba tinha pelo menos uma certeza: não iria escrever um livro a mais sobre esta ilha. Já os há bastante e, sobretudo, os dois mais recentes – o de Joelmir Beting e o do Frei Betto – nos abastecerão por longo tempo.

Vir a Cuba é ainda um périplo de aventuras imprevistas. Primeiro nos diziam que íamos por Lima e Panamá. Na última hora nos mandaram para Buenos Aires. E como a Aerolíneas Argentinas estava em greve, com Chico Buarque e Roberto D'Ávila cheguei a Buenos Aires com quase um dia de atraso. Ali nos esperaria um avião da empresa Cubana. Indo para a capital portenha, no entanto, a toda hora algum passageiro vinha perguntar ao Chico se ia dar algum show em São Paulo, Porto Alegre ou Buenos Aires. E quando ele dizia que não, que estava indo a Cuba, ninguém entendia que estranho caminho é esse. A menos é claro que se lembre de Cristóvão Colombo, que foi desembarcar no Caribe indo ao Oriente pelo Ocidente, assim como íamos ao Norte via Sul. Ah, ideologias! A quantas latitudes, gasolinas e aviões nos obrigas!

De qualquer maneira, em cada aeroporto íamos expedindo rádios para Buenos Aires para segurarem o avião especial da Cubana, caso contrário teríamos que nos contentar apenas com um fim de semana em "Corrientes 348", "Caminito" etc.

Enfim, lá estávamos em Buenos Aires e o avião da Cubana nos esperando na pista. Descemos meio constrangidos de termos retido mais de duas dezenas de brasileiros e outros tantos argentinos no aeroporto de Ezeiza. Frei Betto e Hélio Pellegrino haviam ido na véspera. Mas lá estavam Carlos Guilherme Mota, Heleieth Saffioti, Frederico de Morais, Adélia Prado, Luiz Carlos Bresser, o craque do Atlético, Reinaldo, Caio Graco, Chico Caruso, Humberto Werneck, muitos outros... e, sobretudo, Antonio Candido. Como diria o ex-guerrilheiro Itobi Corrêa: no aeroporto havia uns trinta brasileiros e um intelectual – Antonio Candido. O que era um alívio. Finalmente podíamos partir para o II Encuentro de los Intelectuales por la Soberanía de los Pueblos de Nuestra América. Estava eu num avião russo pela primeira vez, o que não deixa de ser uma sensação estranha, ainda que rodeado de brasileiros, ou, talvez, por isto mesmo.

Enfim, para quem foi para o Galeão às sete da manhã, chegar a Havana às seis da manhã do dia seguinte é quase uma façanha guerrilheira. E lá vai o avião céu acima. Adélia Prado procura os Andes e as neves onde, quando um avião cai, os uruguaios devoram seus companheiros. Caio Graco serve bourbon aos amigos. Luiz Bresser explica o governo Montoro. Geraldo Sarno me conta que Havana é uma cidade como o Rio dos anos 40, tudo tranquilo, as casas antigas espanholas e sem as desfigurações do boom imobiliário. Itobi vai lembrando casos de guerrilheiros, no Brasil, como aquele assalto em que chegaram à pequena cidade e depois de roubarem seis carros para a operação, tudo minuciosamente preparado, quebraram a cara, porque era feriado municipal e o banco estava fechado para clientes e guerrilheiros. E assim depois de uma longuíssima parada em Lima, depois da disputa, na purrinha, das charges que Chico Caruso vai fazendo da viagem, chega-se finalmente a Havana.

É madrugada, mas a cidade está já movimentada. E estamos no hall do Havana Riviera, onde outrora os milionários americanos se divertiam. É um prédio com o kitsch dos anos 50, esculturas imensas de golfinhos e outros exageros. Somos centenas de curiosos cansados, mas curiosos e abertos para entender essa cultura socialista. Tomamos um café tropical ao lado da piscina de água salgada, num cenário que lembra Esther Williams, aguardando que uma mulata cubana vá lendo o nome das pessoas e dando o número do apartamento. Teremos que dividir a habitação com um *compañero*. Isso é sempre constrangedor. Nunca se sabe quem é o outro, seus hábitos e ruídos. Por isso, quando a jovem ia lendo a lista e chamou "Nélida Piñon", uma voz masculina irrompeu firme: "*Soy yo*". "*¿Ah, sí, es usted?*", espanta-se a cubana. "*Sí, soy yo, es decir, Nélida es mi esposa, es verdad que estamos separados, pero...*" Era, na verdade, Chico Buarque que, sabedor que Nélida havia chegado no dia anterior com a delegação espanhola, arrebatava assim um apartamento só para ele, e desaparecia elevador acima.

À noite eu iria ver Fidel Castro pela primeira vez.

*8 de dezembro de 1985*

# Cuba já não será a mesma

Fidel acaba de adentrar o palco vindo dos bastidores e caminha ladeado por várias autoridades para se assentar à mesa juntamente com Ernesto Cardenal (ministro da Educação da Nicarágua), Juan Bosch (ex-presidente da República Dominicana), Mario Benedetti (escritor uruguaio), García Márquez (prêmio Nobel), vários outros convidados, e, entre eles, dois brasileiros: Chico Buarque e Frei Betto, que se assentam nas duas extremidades. Nesses dias em que se realizara o encontro de intelectuais, ficara patente que Frei Betto e Chico Buarque são dois brasileiros muito especiais aqui. De alguma maneira são quase que ministros sem pasta neste país. Têm intimidade com as autoridades e o povo os reconhece na rua. Como aqui se diz que o Brasil vai reatar relações com Cuba no dia 5 de janeiro, seria bom que Olavo Setúbal aqui desembarcasse com Betto, Chico e mesmo Hélio Pellegrino. Sim, porque Hélio não só privou de várias conversas com Fidel na "dacha" que o hospedou e ao Betto, mas participou de um jantar reservado, no qual Roberto D'Ávila, num gesto de pertinência jornalística, conseguiu finalmente a aquiescência de Fidel para a primeira grande entrevista à televisão brasileira.

Na noite de abertura Fidel não falou.

Diziam que ia deixar para falar no encerramento. Mas toda a plateia, mais de mil pessoas de todo o mundo, ali estava magnetizada pela figura do herói. Mito é assim, mesmo calado comunica. As duas falas da noite foram de García Márquez e Frei Betto. García Márquez fez uma irônica dissertação sobre a utilidade ou não de encontros de intelectuais, desafiando os presentes para que aquele encontro resultasse em algo positivo. Disse que há tantos congressos de literatura, que no castelo de Mouiden, na Hollanda, foi feito um congresso mundial de organizadores de congresso de poesia. E ajuntou, exercitando sua verve fantástica:

– Não é inverossímil: um intelectual complacente poderia nascer dentro de um congresso e crescer e amadurecer em outros congressos sucessivos, sem pausas, a não ser as necessárias para transladar-se de um a outro, até morrer bem velhinho num congresso final.

Já a fala de Frei Betto foi mais emocionada. E apesar de estar competindo com García Márquez, foi ele a estrela da noite. É que ocorreu aí o lançamento da edição cubana de *Fidel e a religião*. E o livro vendeu nos primeiros dias cerca de 50 mil exemplares em Cuba. Espera-se que as reedições atinjam já 350 mil. O jornal oficial *Granma* publicaria no dia seguinte um anúncio prevendo reedições e quando cada uma delas chegaria às províncias.

Em Havana vi na porta da Librería Fernando Ortiz uma fila de mais de mil pessoas para comprar o exemplar. Era hora do almoço e apesar de haver ali um cartaz: "esgotou-se", as pessoas ficavam firmes esperando as novas remessas. Ao ver aquela fila na porta da livraria, confesso, me arrepiei todo. Vindo de um país onde as pessoas atravessam a calçada para não terem que entrar na livraria, ou aí não podem entrar porque mal têm dinheiro para entrar num açougue, repito, aquela cena me deixou perplexo.

Por isso me aproximei de várias pessoas na fila e puxando conversa ouvi de um cubano sorridente:

– Este livro vai ser muito importante porque os comunistas vão poder entender melhor os cristãos, e os cristãos vão entender melhor os comunistas.

Cuba já não será a mesma depois da edição deste livro. Algo vai acontecer aqui. E na abertura do encontro, aqui no amplo e belo auditório Karl Marx, estamos assistindo a uma cena rara: um frei dominicano de nossa geração falando de religião publicamente com Fidel, que o escuta atenciosamente. Betto parece estar num púlpito. E enquanto historia seus contatos com o líder cubano e conta as origens do livro, encaminha seu sermão. "Quem trai o pobre, trai Cristo" – vai citando o próprio Fidel Castro.

O insólito da cena, vendo esse aproximar-se da Igreja e da revolução cubana, levou muitos a acharem que no domingo seguinte Fidel iria à missa. Não sei se foi. Mas é certo que as igrejas em Cuba passarão por uma transformação. Por outro lado, o Partido Comunista Cubano também vai ter que entender a nova situação criada com a anuência de Fidel. Todos os que ali estavam tinham a suspeita e a pretensão de estar vivendo um momento histórico.

*11 de dezembro de 1985*

# Três historinhas finais sobre Cuba

Prometo que esta é a última crônica sobre Cuba. E mesmo assim porque amigos e leitores continuam perguntando: gostou ou não gostou? O socialismo lá deu certo? Ora, é impossível em menos de dez dias você captar inteiramente uma nova cultura, e o que aqui exponho são impressões introdutórias. O fato é que diante de outra sociedade temos que mudar de voltagem, passar de 110 para 220, caso contrário, o curto-circuito será total.

Ali, obviamente, há coisas positivas e negativas. Sobre as negativas temos sido suficientemente informados: falta a pluralidade partidária, falta o revezamento no poder, tentou-se exportar a revolução, intelectuais dissidentes foram presos e se exilaram etc. Também sobre certas virtudes formou-se um consenso. Todo mundo que vem de Cuba repete que eles resolveram os problemas sociais básicos: um operário ganha cerca de 2 milhões de cruzeiros, paga só dez por cento disto como aluguel, os alimentos são baratíssimos, há hospital para todos e hoje já existe um programa gratuito onde cada médico é responsável por um número determinado de famílias. No fim do mês o operário tem dinheiro sobrando, por isto numa agência de turismo os vi fazendo vários planos de viagem pelo país, que talvez muita gente de classe média no Brasil não pudesse pagar.

Sérgio Cabral já disse: Cuba é Madureira no poder. Mas é ainda mais complicado que isso. Por exemplo: muitos quarteirões de Havana, com aquelas lindíssimas casas espanholas antigas, parecem saídos de uma guerra. As casas estão derruídas. A gente pergunta por que não são restauradas. Respondem que o material segue todo para o interior para construção de estradas e casas. Mesmo assim é legítimo pensar que Fidel com seu espírito calvinista poderia lançar uma campanha para os próprios inquilinos cuidarem melhor dessa preciosa arquitetura. Já seria hora.

Aliás, a UNESCO tombou a parte velha de Havana: o que já foi restaurado é lindo.

Conto-lhes três historinhas ilustrativas. Numa conversa de Chico Caruso com chargistas cubanos, perguntou-lhes porque Fidel não aparecia retratado. Deram três razões: primeiro, porque não é necessário, segundo, seria um desrespeito e, terceiro, porque não é ele que resolve todos os problemas. Como se vê, Cuba não é um país onde o *Planeta Diário* pudesse ser publicado. Mas um cubano contra-argumenta: não é fácil viver sob a pressão e a ameaça dos Estados Unidos 24 horas por dia. Se não houver coesão do povo o inimigo se infiltra e tumultua. E daí se conclui um paradoxo verdadeiro: os Estados Unidos realmente acabam por reforçar o regime autoritário tanto em Cuba quanto na Nicarágua. Em Cuba existe uma mobilização permanente. Os comitês de defesa existem em cada quarteirão e podem mobilizar rapidamente 2 milhões de soldados.

Segunda historinha: saio do hotel e mal ando cem metros uns adolescentes me propõem comprar dólar no câmbio negro pagando seis vezes mais. Esta cena iria se repetir o dia inteiro com outros companheiros de viagem. O turista que entrar nessa e for preso em flagrante será expulso e considerado um *ratón*. Daí que um dos nossos perguntou a um desses garotos: "Companheiro, você não é revolucionário? Por que faz câmbio negro?" E o adolescente: "Sou revolucionário sim, mas quero comprar um jeans e um videocassete. (É que certos produtos importados só existem em lojas de turistas e são vendidos em dólares.)

Terceira historinha: ao visitar um manicômio, Hélio Pellegrino olha os quadros pintados pelos internos e se lembra do Museu do Inconsciente da dra. Nise Silveira, mas observa que, ao invés do deslavado surrealismo, o inconsciente do louco cubano parece se expressar por uma espécie de "realismo socialista".

Por isso é que vai ser muito importante um congresso que Cuba vai hospedar proximamente sobre marxismo e psicanálise. Quando Freud desembarcar na ilha encontrará ali já o Cristo reapresentado no livro *Fidel e a religião*, do Frei Betto. Se houver uma maneira de Cristo, Marx e Freud conviverem, certamente Cuba terá avançado. Terá avançado tanto quanto nós outros no dia em que conseguirmos, como eles, dar ao nosso povo as coisas mínimas de que precisa: alimentação, escolas, casas e um serviço médico bom e gratuito.

*18 de dezembro de 1985*

# A dura vida do turista

Há situações nas quais você entra como alguém que cai numa corredeira: as águas descem velozes batendo nas pedras e você ali no seu barquinho, jogando pra cá, jogando pra lá, com a sensação de que vai se espatifar, naufragar, sumir sem qualquer socorro possível.

Uma amiga me diz que é isso que sente toda vez que tem que se internar num hospital: não tem mais controle da situação. Já outro amigo me diz que isso é o que sente quando entra com um pedido qualquer numa repartição pública: ninguém sabe o que vai acontecer, que exigências e propinas vão querer e quanto tempo vai ficar naquele purgatório.

Mas acho que essa cena da corredeira serve muito para exemplificar o atordoamento do turista num país estrangeiro. Nada há mais desamparado que um turista à mercê de códigos e situações que o traem.

Por exemplo: estou naquele lindo hotel art nouveau na praça de Zocolo, na cidade do México. Hotel finíssimo. Claro que à noite já me havia acontecido uma coisa estranha: havia acabado de chegar, posto minhas roupas nos cabides, e já dormia, quando às três da manhã batem em minha porta, pergunto o quê-quem é?, e me dizem lá de fora que aquele quarto estava reservado para outro e que eu teria que sair.

Eu, pasmo. Completamente pasmo. Convidado oficial do governo para assistir a um encontro de intelectuais e de oito presidentes latino americanos... Nem vem! Disse logo para a voz lá fora: "Resolvam o problema de outra maneira, porque estou dormindo".

Resolveram. Devem ter posto alguém mais na rua, que não eu.

E estou na portaria, ainda belíssima, ainda art nouveau, tipo Tiffany's, e ao meu lado, no balcão, vejo estranho diálogo entre a recepcionista e um americano: lamentava muito, mas não havia reserva para o americano e sua família. Como?, brada ele perturbado já tirando dos bolsos os recibos, ficando vermelho, mostrando ter pago tudo antecipadamente.

Constrangedora situação. Para mim, latino-americano, e para a recepcionista que, aliás, parecia acostumada a dar aquelas desculpas. Era já umas dez da noite, o americano cansadíssimo e a moça dizendo ao turista "eu lamento muito" etc.

Fui jantar. Acho um desses restaurantes de toalha branca em que se pode confiar. A mulher loura é gentilíssima e o garçom me traz um vinho, que começo a degustar, quando no passeio vejo desfilar em câmara lenta o americano e sua família precedidos de um serviçal uniformizado com um carrinho cheio de suas malas. Pensei: o próprio hotel se encarregou de arranjar-lhe outro hotel.

Estou começando a comer e, mais uma vez, a família americana entra pelos meus olhos e pelo restaurante. Eles não sabem que por duas vezes testemunhei seu drama. Assentam-se numa mesa ao lado. E aos poucos, movido pelo vinho e pela gentileza da dona do restaurante, o turista expõe-lhe o drama do hotel. A loura proprietária, horrorizada e solidária, diz que vai telefonar no dia seguinte ao secretário de Turismo que é seu amigo etc. O americano fica felicíssimo. Enfim a informalidade e o sangue latino lhe farão justiça. E tanto bebe e se entusiasma, que acaba se dirigindo a mim, contando tudo de novo, e eu lhe dizendo que já sabia de tudo e lhe trazia a minha solidariedade.

Mesa a mesa conversamos horrores. E eu sairia mais feliz se não descobrisse que o garçom me trouxera ladina e latinamente um vinho espanhol caríssimo no lugar do mexicano, que me custou vinte dólares.

Daí a dois dias reencontro-me com o americano e sua família reinstalados no meu hotel. Sentado no bar, me vê e acena, de novo como um náufrago: "Você não sabe o que acabou de nos acontecer?!" Olhei-o como se olha um turista-mártir na arena romana-mexicana. Havia sido assaltado num ônibus. Ele e sua mulher. Levaram-lhe todos os documentos da bolsa, travelers e as passagens da viagem que deveria continuar no dia seguinte. Estava arrasado. Era professor de antropologia, havia passado um dia belíssimo no fabuloso Museu de Antropologia da cidade e agora estava feito um espanhol escalpelado pelos índios.

Conversei, consolei-o o quanto pude. Sua mulher me pergunta: "No Brasil é assim?!" E eu corei de vergonha cívica. Despedi-me indo para o aeroporto. Lá três senhoras, sabendo-me brasileiro, perguntam-me sobre assaltos e roubos no Rio. Digo: é como aqui. Aí, ficam mais tranquilas. É que conhecem os códigos. E passam a me contar histórias de assalto até no Japão. Mas o que mais me comoveu foi o caso de um amigo delas, na Itália: os ladrões deixaram-no nu na rua e ainda levaram-lhe a dentadura...

*4 de janeiro de 1989*

# Tango argentino

No palco, três músicos de roupa preta tocam na guitarra, no bandoneon e no piano vários tangos argentinos. Que música lancinante esta, o tango. Corta feito navalha. Não sei se é este som metálico e ao mesmo tempo lúgubre, mas o tango tem alguma coisa de patético.

Como milhares de brasileiros, vim a Buenos Aires na Semana Santa para salvar a economia argentina despejando dinheiro entre Florida e Santa Fé. Até há pouco tempo eram os argentinos que vinham salvar o turismo no Brasil. Isso é uma gangorra histórica e econômica.

Surge no palco o primeiro casal de bailarinos. Bailam enérgica e eroticamente. A cada intervalo, um novo casal surgirá nesse misto de dança e luta que é o tango. Pernas e braços voam para cá e para lá, os saltos *taconean*, coxas e perfis se exibem. Ao fundo um retrato de Gardel. Ao lado outro retrato de Gardel. De chapéu de aba quebrada, ele ri. Com seu ar de Perón, Gardel sorri ao som do tango.

Um amigo argentino que encontrei durante o dia conversava comigo, sem o saber, em ritmo de tango. Falava-me da situação do país com esse desânimo de fim de noite de boemias. Queixava-se da decadência argentina. É como se na sua voz, ouvisse a de Gardel: "*Doliente y abatido, mi vieja herida sangra... Bebamos otro trago que yo quiero olvidar.*"

O tango, definitivamente, não é uma música alegre. Pode ser debochada como o *Cambalache*, que diz: "*Que el mundo fue y será siempre una porquería ya lo sé. Siglo veinte, cambalache, problemático y febril... El que no llora no mama y el que no afana es un gil.*" Pensei, logo que vi o primeiro casal dançar: o tango tem alguma coisa da lambada, que está na moda no mundo inteiro. Tem, mas não tem. A lambada é uma dança safadamente alegre. O tango é uma dança perversamente triste.

Os jornais continuam dizendo de reformas que Menem está fazendo. Depois de várias trombadas, agora está privatizando, corrigindo tarifas, cortando gastos. A situação não é nada boa. Há um marasmo no ar: "*en seis meses me comiste el mercadito, la casiya de la feria, la ganchera, el mostrador... ¡Chorra! me robaste hasta el amor...*"

Num giro turístico pela cidade, mostrando-a às filhas, ouço o guia fazer estranhos comentários: "Aqui é a embaixada do Brasil. Vejam, têm este prédio magnífico aqui, mas resolveram, são ricos, construir um mais moderno do lado de lá." A seguir, passando pela Casa Rosada, sede do governo, explica de onde vem a cor rosada do prédio: um presidente argentino tendo visitado a Casa Branca de Washington optou pela cor rosada para a casa oficial em Buenos Aires. Mas o irônico é como obteve essa cor: com a mistura de cocô de vaca, sangue de animal e cal. Ah, nossos países! *"Por ser bueno me pusiste en la miseria, me dejaste en la palmera, me afanaste hasta el color."*

Tomo um táxi e cometo um ato de sadismo sociológico explícito. Quando o velhinho que nos conduz começa a exprobrar o governo de seu país, digo-lhe com masoquismo latino-americano: "É preciso ter paciência, irmão, esperar, que Menem tem boas intenções". O velhinho quase teve um enfarte, e começou a esbravejar: "Há mais de vinte anos que nos dizem para ter calma e esperar! Primeiro os militares, agora esses incapazes! Não posso esperar mais nada!" E, dito isso, foi imprecando pelas avenidas em desabalada corrida.

*"¿Te acordás, hermano? ¡Qué tiempos aquellos! Eran otros hombres, más hombres los nuestros. ¿Dónde están los muchachos de entonces? Barra antigua de ayer, ¿dónde está?"* A música continua no palco. Já se revezaram vários cantores e bailarinos. Agora entra um belo conjunto jovem – Sur –, meio hippie, modernizando o tango com cabeleiras, violinos e celos, além dos instrumentos comuns. O retrato de Gardel, com ou sem chapéu, continua a sorrir. *"Me persigue implacable su boca que reía, acecha mis insomnios este recuerdo cruel."*

Trazem à nossa mesa a ceia da noite. A carne, a farta carne sangrando seus tangos. Essa carne se parece com a alma estremunhada desse povo, assada em dramas. Como a carne do churrasco chia no braseiro, a alma argentina chia na fumaça dos cabarés. No palco o cantor vai rolando nossa alma. *"Cuesta abajo: si arrastré por este mundo la vergüenza de haber sido y el dolor de ya no ser."*

Contudo, na primeira parte do século o país era tão rico, dizem, que os argentinos se consideravam ingleses. Realmente, a Guerra das Malvinas demonstrou isso de cabeça para baixo. *"¡Gran perra! ¡Las vueltas que tiene la vida! Ayer yo era rico, su amor disfruté... y hoy mango de a un peso si quiero comer."* Não se veem tantos mendigos como aqui, mas hoje o seu PIB é a metade daquele do estado de São Paulo. "¡*Decí, por Dios, qué me has dao que estoy tan cambiao... no sé más quién soy!...*"

Ah, nossos povos e países! Quando vamos achar melhor destino! Conheço bem essa tristeza, *hermano*.

# A história me persegue

Estou chegando a Roma, indo no rumo da Sicília, e hospedo-me num hotel na Via Rasella. A história tem mesmo mania de passar por onde passo. Foi assim em 1991 quando estava em Moscou e o comunismo desmoronou na minha frente ali na Praça Vermelha. Agora chego à Itália e, enquanto os jornais e a televisão fazem uma revisão do fim da era fascista de Mussolini, dou-me conta de que estou na rua onde os *partisans* italianos mataram 31 soldados inimigos e, como vingança, os nazistas ordenaram a morte de dez italianos para cada alemão morto. Acabaram fuzilando 335 homens e crianças e jogando-os na fossa Ardeatina.

No entanto, o presente, às vezes, me dá notícias mais amenas: vejo a foto do primeiro ministro espanhol, Zapatero, rodeado de suas nove novas ministras. Uma delas, ministra da defesa, grávida, imponentemente, passa em revista a tropa. O mundo pode mudar. Mulheres são mais da paz que os homens.

Quero arte, beleza. No Museu Nazionale uma bela exposição de um pintor barroco pouco conhecido – Sebastiano del Piombo (1485-1544). Contemporâneo de Rafael e Michelangelo, influenciaria Tiziano. Enquanto as tropas de Carlos V saqueavam Roma, em 1527, ele permanecia com Clemente VII no Castel Sant'Angelo.

As guerras e a política insistem em atravessar meu caminho, mas vou assistir Pirandello (*Pensaci, Giacomino!*), o Nobel siciliano que retratou a ambígua moral burguesa de seu tempo. Entro nessa e naquela livraria e vejo um livro perturbador que analisa a formação fascista de Cioran, Eliade e Ionesco. Em compensação, vejo uma insólita foto de Marilyn Monroe no livro *Le donne que leggono sono pericolose* (As mulheres que leem são perigosas). Vejam só, a deusa sensual está sentada lendo o *Ulisses* de James Joyce. E acrescentava que lia em voz alta para entender melhor.

História e cotidiano se misturam sem pedir licença. Há uma semana está rolando aqui o Festival de Filosofia, no qual grandes nomes fazem a revisão do Maio de 68 na Itália. Cohen-Bendit, Fernando

Savater, Bertolucci, Erica Jong, Luis Sepúlveda e uma dezena de outros falam diariamente sobre as ambiguidades daquela época caótica e utópica.

Ora, a arte e a ciência tentam ordenar o caos. Mas nessa encruzilhada fico sabendo que acaba de morrer Edward Lorenz, o criador da "teoria do caos", que dizia que o caos tem sua lógica e que "a batida de asas de uma borboleta no Brasil pode provocar um furacão no Texas". O contrário é que tem acontecido, pois toda vez que o texano Bush abre as asas morre gente no Iraque e no Afeganistão. Notícias dizem que os 300 mil soldados americanos naqueles países estão deprimidos, 5 mil se suicidaram e 37 mil telefonam diariamente para a *hot line* pedindo ajuda.

Vou continuar vendo tudo o que posso em Roma, mas meu destino é a Sicília. Em Palermo estou programado para assistir no Teatro Massimo à ópera *Ana Bolena*, de Donizetti. Verei a peça de Botho Strauss *L'una e l'autra*, passarei diante da fantástica catedral que resume todos os estilos arquitetônicos desde os normandos e os árabes. Entrarei em desnorteantes igrejas barrocas: a de São José Tietino, onde nas abóbadas há um exame de anjos esculpidos; a de Santa Catarina e o inexcedível tratamento do mármore misto; a Martorana com mosaicos árabes; e o templo normando onde os nobres se deitavam nus, com o umbigo colado no chão, em devoção, antes de partirem para a famigerada "guerra santa" no Oriente.

Sim, assistirei ao típico teatro de bonecos onde são dramatizadas as batalhas de *Orlando Furioso*, a *Chanson de Roland* e a interminável e repetida história de amor e sangue que vaza dos jornais e só a arte pode resgatar.

Mas a história insiste em pavimentar o meu caminho. Por aqui começou Garibaldi a reunificação da Itália. Aqui desembarcaram os aliados há uns sessenta anos. Olho o mapa do passado e do presente. Siracusa, Agrigento, Taormina me esperam. Há milhares de anos que me esperam. Podem esperar um pouco mais.

## Europa, a primeira vez

Meu amigo vai, pela primeira vez, à Europa.

Não é sempre que se vai a primeira vez à Europa. A rigor, uma única vez se vai a primeira vez à Europa. Sei que essas frases parecem idiotas, entre o pensamento zen e o estilo de Gertrude Stein e Clarice Lispector, que inventaram um modo de repetir a banalidade até que ela transborde em profundidade.

Ir à Europa pela primeira vez só tem um paralelo: a primeira vez que um mineiro vê o mar. Antes que isto ocorra tentam em vão lhe mostrar fotografias, explicar, trazer garrafas com água de praia. Mas quando ele se depara com o mar, é como se, pela primeira vez, ele estivesse indo à Europa.

Uma vez eu fui a primeira vez à Europa. Estava naquele programa internacional de escritores na Universidade de Iowa, nos Estados Unidos, e, me parece, eu estava com medo dessa primeira vez, por isto, tramei a peripécia juntamente com o contista Luiz Vilela. Quem nunca sentiu espanto, perplexidade, angústia e amor diante da primeira viagem à Europa nunca foi a primeira vez à Europa.

Por isto, mineiramente, Vilela e eu tramamos entrar sorrateiramente pela Europa. Isto de desembarcar logo em Paris é coisa para carioca ou paulista. Assim penetramos o solo europeu por onde ninguém penetra, pela Irlanda. Havia um álibi: conhecer a terra de James Joyce, que havia atormentado minha adolescência literária. E lá estávamos conhecendo a torre onde ele morou à beira-mar, como se trabalhasse num farol. Lá fomos conhecer o Trinity College, onde ele estudou. Lá, com dificuldade, comprei o resto de sua obra, porque até hoje os irlandeses ainda acham que ele destratou a cidade e seus cidadãos. Ali ficamos vários dias pastando, cevando nossa fome rural de Europa, tomando coragem para pular para outra ilha onde estava Londres e, quem sabe, dali desembarcar como um aliado sob o Arco do Triunfo.

Mas foi em Londres que me dei conta do que é para um mineiro ir a primeira vez à Europa. Na noite seguinte à chegada, combinei com Vilela: vamos cada um para um lado, à noite nos reencontramos para

somar duas experiências. À noite volto e o reencontro deitado olhando o teto em completa perplexidade. Então?, lhe pergunto, como foi? E ele catatônico. Insisto: diga lá, que tal? Ele em silêncio. Já pensava em chamar um médico quando o ouço murmurar:
– Não é possível.
– O que, Vilela?
– Não é possível! É demais!

E começou a narrar seus passos pela Torre de Londres, Parlamento, a entrada na Abadia de Westminster. Fazia uma descrição minuciosa de tudo. Estava esmagado com o peso de tanta história, tantas guerras, túmulos, cenotáfios, epitáfios. E quando se tornava insuportável o abatimento, olhou para os seus pés para saber onde estava. Estava pisando a sepultura de Thomas Morus. Era demais para um mineiro de Ituiutaba. Pegou um avião e acabou indo para Barcelona. A Espanha, como Portugal, é um lugar intermediário entre a América e a Europa. Ficou ali seis meses se recuperando do choque, tanto para poder voltar ao Brasil quanto para poder voltar um dia, sempre pela primeira vez, à Europa.

Nelson Rodrigues, o único cínico em que o brasileiro podia acreditar, dizia que o brasileiro não podia viajar ao exterior. Considerava que o carioca já se sentia no estrangeiro quando atravessava o túnel. E contava que um brasileiro, certa vez, ganhou uma dessas passagens promocionais para passar 24 horas em Roma. Tanto foi o choque cultural diante daquelas pedras que tinham milhares de anos, que, quando seu avião voltou e passou diante do Pão de Açúcar, o Pão de Açúcar já não o reconheceu.

Creio que foi o hispanista Américo de Castro que disse que o latino-americano não *vai* à Europa, mas *volta* à Europa. É um regresso ao ponto de partida para conferir as igualdades e diferenças. É qualquer coisa como voltar ao ventre da mãe. Há qualquer coisa de incesto em tudo isso. Uma volta ao passado não havido e, no entanto, comum.

Pois lá vai o meu amigo. Castelos, museus, vilas medievais, queijos, vinhos, e tumba de Thomas Morus, tudo está à sua espera. Essa é a sua primeira vez. E como uma mulher, a Europa se deve amar como se fosse sempre a primeira vez.

*11 de setembro de 1985*

IMPRESSÃO:

**GRÁFICA EDITORA
Pallotti**
IMAGEM DE QUALIDADE

Santa Maria - RS - Fone/Fax: (55) 3220.4500
**www.pallotti.com.br**